青春阅读　幸得相见

♥

有爱的青春陪伴者

有一瞬间，他真的想把她藏起来，然后，藏一辈子。

江苏凤凰文艺出版社
JIANGSU PHOENIX LITERATURE AND ART PUBLISHING

图书在版编目（CIP）数据

最佳女配 / 陈照寒著. — 南京 : 江苏凤凰文艺出版社，2021.2
ISBN 978-7-5594-5283-2

Ⅰ. ①最… Ⅱ. ①陈… Ⅲ. ①长篇小说 - 中国 - 当代 Ⅳ. ①I247.5

中国版本图书馆CIP数据核字(2020)第198410号

最佳女配
陈照寒 著

责任编辑　孙金荣
特约编辑　杨吉晨 封　言
责任校对　周　萍
出版发行　江苏凤凰文艺出版社
　　　　　南京市中央路165号，邮编：210009
网　　址　http://www.jswenyi.com
印　　刷　湖南凌宇纸品有限公司
开　　本　880mm×1230mm　1/32
印　　张　9.125
字　　数　253千字
版　　次　2021年2月第1版
印　　次　2021年2月第1次印刷
书　　号　ISBN 978-7-5594-5283-2
定　　价　39.80元

目录

目录

“妖艳”的女二人生

啪!

一纸合约被重重砸在了玻璃茶几上。

“你叫你的狗腿子拿这份合约给我，是什么意思？”

林兮蹙着秀气的眉头，一双漂亮的眼睛盛着怒气戒备地盯着眼前靠在沙发上的男人。男人穿着白色的浴袍，领口不经意地散开蜿蜒而下，隐约露出一点腹肌，微湿的发梢上泛着晶莹，是沐浴后尚未蒸腾掉的水汽，偶尔一滴水珠滑过棱角分明的下颌，他抬起头，好整以暇地望着林兮说:

“就是白纸黑字上的意思，林小姐不识字？”

“这是卖身契！”林兮怒气冲冲地指着男人斥道，“我要演贵公司新电影的女主，前提是必须要跟你结婚？什么鬼！”

屋子里的空气瞬间剑拔弩张起来。

站在两米开外的苏栗马瞬间汗毛竖起，十分钟前，她好不容易从离他们一米半远的地方轻挪慢移成了两米，以期神不知鬼不觉地逃离这个是非之地。然而，看现在的情况，她再不出声，保不齐一会儿就得血流成河了。

“咳！”她调整嗓音，拿出了自己的专业素养沉声道，“我必须要纠正一点，是契约婚姻，而且也并不会对外公开，对林小姐也没什么损失。重点是，新电影女主对于林小姐以后在影视圈的发展想必是非常有帮助的。”

林兮并没有与苏栗马言语纠缠，仍然死死盯住男人，问道：“为什么要选我？”

没错，苏栗马也想知道。她家总裁大人虽然不是完全不近女色，但也不是什么小葱豆腐都下肚的主儿。这个林兮，苏栗马暗暗打量了一下这个十八线小明星，嗯，身材玲珑有致，五官精致，实打实的美人。

可普通的美人，要多少有多少……

“林家扔在外头任其自生自灭的女儿。”男人适时地开口，打断了快要想入非非的苏栗马，也引来了林兮的关注。

他本人却头也不抬，继续说：“有身份，又够穷。最重要的，看上去没脑子。”

“噗！”苏栗马实在没忍住笑出声来，惹来了林兮杀人般的眼神，她干咳一声，“季总，总之林小姐我带到了，不如，我还是先出去……”

“不准。”

“不许走！”

刚挪了一步的苏栗马同时被二人叫住，她幽怨地看了一眼近在咫尺的房门，什么仇什么怨啊，他们要撒狗血，为什么还非得拖上她？她已经很惨了，拿着微薄的薪水受制于人，只能带着一份类似贩卖人口的合约去跑腿，最后还被人拎来和自己老大谈判，只能硬着头皮昧着良心地赞美老大这份非法合同，她也很难的好吗？

她只想下班，现在、立刻、马上！

不知何时林兮已经踩着高跟鞋走到了苏栗马身边，波斯绒的地毯没有发出分毫声响，以至于她全然未觉，待她反应过来，林兮已经将合约砸进了她怀里。

“电影大不了我不演了，合约我也不会签。”

她挥挥衣袖不带走一片云彩。

苏栗马被一份合同砸得满怀，不由得同情起自己来。

虽然在外人看来，她的老大季谨言不仅外表英俊，出身显赫，而且据说念书时还是个高才生，现在更是直接继承了家业，坐拥了百亿资产，这样一个天上飞的人物。可苏栗马总觉得她这个老大脑回路不太正常，小气、有洁癖，还睚眦必报，除了脸是真的很帅……

为了防止自己继续犯花痴，她适时地开口：“季总，林小姐那边，要不要考虑换个人选？”

“换人？”季谨言淡淡地瞥了她一眼，“换谁，换你？”

苏栗马差点被这位大佬吓得噎住。

“季总，您放心，我一定会想办法让林小姐签了这份合约！”她就差拍胸脯表达自己的日月可昭之心了。

“不用麻烦。”季谨言终于换了一个坐姿，拿起茶几上的咖啡杯，呷了一口，“她会回来求我的。”

突然，他眯起狭长的眸子：“怎么不是茶？”

苏栗马背后一凉，瞬间回道：“酒店不懂规矩，才准备了咖啡，我马上给您换。”此刻她鞍前马后的样子，确实像极了林兮所形容，狗腿子。

作为一个专业狗腿子，哦不，私人特助，苏栗马的工作态度和职业素养一直是一流的。这也是她能在厮杀中立于不败之地，最终留在季谨言身边的原因。虽然她最常做的工作就是演个凶横的“妖艳货色”，把季总身边他看不上的“白莲花”“绿茶婊”通通撕走，不过她渐渐也找到了这份工作的乐趣，毕竟狗仗人势有时候真的很爽。

帮季总赶莺莺燕燕太多次了，这招蜂引蝶还是头一回。

也不知这林兮究竟跟季总有什么瓜葛。在苏栗马可知范围内，只知道林兮虽然目前是个十八线小演员，却是林氏企业的千金，但奈何生母早逝，父亲再娶，后来继母又添了一个女儿叫林倩倩。可就在两年前，林兮莫名其妙被赶出了家门，在外漂泊了两年，靠着姿色和天分当起了小演员糊口，不过各种缘由就不为旁人所知了，所以苏栗马也不是很清楚。

不过，既然季谨言说林兮会回来求他，那么苏栗马对此毫不怀疑。这个男人可不单单只是在生意场上运筹帷幄，这点是毋庸置疑的。

当苏栗马走出酒店大门时，天已黑得透彻，闹市区繁华的街灯肆意，散漫而又璀璨地蜿蜒成夜晚的灯河，映得漆黑的夜幕也泛出淡淡的光，像温润的黑珍珠。

今晚季谨言有一场视频会议，这种正儿八经的工作一般都是由他在公司里的正经秘书严田负责。

于是苏栗马正好也趁此机会，提前放工。出了酒店，她没有直接回家，而是打车进了一个鱼龙混杂的街区，最后绕进了一间门庭辉煌的会所当中。

走进会所便有专属服务人员迎上来，微笑道："这位小姐，请出示一下会员资格。"

"我姓苏，找宋先生。"

服务员了然，点了点头，立刻帮她引路，乘坐电梯来到六楼，走廊都是金碧辉煌的风格，灯光晃得有些刺眼。

最终她被领到一个包间，推门而入。一百多平方米的房间内装修豪华，却空落落的，只有中间摆放着一圈欧式沙发，沙发前是一个配套的欧式茶几。西装革履的男子坐在沙发中央，交叠着双腿，轻轻摇晃着手中的红酒杯。

"宋先生。"苏栗马走过去，向男子打了一个招呼。

"坐吧。"

男子抬起头，也是一副英俊的模样。不过比起季谨言那个颜界霸主而言，还是逊色了不少，苏栗马不禁在心中做了个对比。她拣了沙发最边上的位置，依言而坐："宋先生这么急找我过来，有什么指教？"

"我听说，季二那边，最近他对一个小明星很感兴趣？"

苏栗马蹙了蹙眉："宋先生，您消息真灵通，这白天刚发生的事，您这会儿就知道了？"

见男子不置可否，她又说道："我们有言在先，只帮你查当年的事，商业上的消息我不打听。当然，也包括像这样的关于他的私事。"

"哈哈！"男子大笑起来，"别紧张，一码归一码。说白了，我也只是想弄清楚两年前的事情，不会对我那表弟做什么的。"

宋振宁，现任宋氏集团总经理。宋家在商界也是赫赫有名的家族，严格说起来，与季家还是亲戚，宋振宁的奶奶与季谨言的爷爷是兄妹，宋振宁与季谨言也算得上是远方表兄弟，可惜两人关系一直不太好。

“也是，如果对季总出手，恐怕最后倒霉的那个人，是您。”跟了季谨言一段时间，苏栗马还是有那么一丝了解他的为人，至少在生意场上他可是杀伐果决毫不心慈手软的主儿，谁惹到他算谁倒霉。

“苏特助是越来越了解你家季总了。”宋振宁闻言，调笑道。

苏栗马也不介意，只是偏着脑袋，仔细思考了一阵：“并没有，季总很难捉摸。”这话她真是出自肺腑，季谨言这个人像一口深不见底的井，大多数时候她都是看不懂的。

“哈哈，季二如果真那么好懂，他也不会坐稳现在的位置。”宋振宁放下手中的红酒杯，“你能了解几分，已实属不易了。”

“宋先生还有其他的事情要问吗？”苏栗马觉得自己待得有点久了，着急想走。

“那个小明星……”

“她与季总是最近才结识，我想，应该与两年前的事情没关系。”虽然苏栗马不太清楚为什么季谨言突然会对林兮上心，甚至还使出了结婚换角色的损招，不过……等一下，林兮作为林家大小姐，也是两年前被赶出的家门，同样都是两年前……

这中间，莫非有什么关联？

直到从包厢里出来，苏栗马都没有向宋振宁坦言心中的猜想。

若有所思地走着，直到熟悉的声音灌入耳中，她方才找回思绪。她循声望去，正巧右手边的包间大门敞开，里头沙发上坐着一对男女，男人一边正想方设法猥琐地靠向女人，一边还拼命地想灌女人酒。

苏栗马一瞧，巧了，包厢里头的女人正是林兮。

跟白天不同，林兮换了一身淡蓝色的裙子，更显得身材曼妙。她一边躲避着身旁男子的上下其手，口中一边说道：“王导，我真的不能喝了。”

“不喝，就是不给我面子！”男人不依不饶。

这个猥琐男苏栗马见过，正是季氏投资的那部新片的导演，而之前她因为跟在季谨言身边也打过一次照面。

原本她实在不想多管闲事。

可是……包间里的林兮现在显得格外弱小可怜又无助，再者，她老大看上的猎物不能先让别人占去了便宜。于是她迈步走进了包间，提高声音说道：“王导，真巧啊。”

“谁？”被打断好事的男子抬头看去，一瞬间酒意有些被吓醒了，“这……不是，苏……苏特助吗？您怎么在这儿？难道季总也在这里？”

“哦，我来会个朋友。”她笑眯眯道，“您放心，季总没来。”

猥琐男长舒了一口气，那就好。

“这……您看，我这儿现在也忙，苏特助，要不，回头我一定请您吃饭。”

这老东西还想封她口，她微微一笑：“好，王导，那就不打扰了。”刚转身，又转了回来，“只不过，这位小姐看着眼熟，好像是我们公司新开拍那部电影，通知来试镜的演员吧？”

“这……这……”王导没想到苏栗马会突然来个回马枪。

“是这样的，我们公司对这部电影十分认真，投资也巨大，肯定是希望秉持公平、公正、公开的原则去选角。导演与试镜演员私下接触，如果被媒体知道，终归不太好。”她装出迟疑的样子，“如果被季总知道就更麻烦……”

一旁的林兮默默无语，是谁拿着合约逼她结婚换角的来着？还公平、公开、公正……说谎都不打草稿。

而王导则一个激灵，腾地站起来：“我也是这么说的嘛。偏偏这小明星跟个鬼似的缠着我。”转头对林兮呵责道，“你不用来试镜了！”

“那倒不至于。”苏栗马打断道，“不能因为这点小事，断了人家前程不是？我也绝对相信王导的人品，今天，我们在这里都没有看见过对方。”她之所以这么说，也是怕王导把今天在这里看见她的事情捅到季谨言那边去。

王导立马笑开：“明白，明白。那我先走了。苏特助可以再坐一下，今日全场消费记我账上。”刚说完就一溜烟跑得没影了。

二女面面相觑，有些尴尬。

还是林兮先开的口，她捋了捋头发：“谢谢你。”

“看你也不像那种为了上位牺牲小我的人，既然不喜欢陪酒，干吗还来？”这话苏栗马问得直白。

林兮低下头：“我能不能演这部电影的女主角，对我经纪人很重要。所以……”所以她才无计可施地找到了王导。

“你演不演女主，跟你经纪人有什么关系？”

“她对我很好，之前……都是她在照顾我，我也知道这个角色对我的演艺生涯有多重要，如果我能在这个圈子里出头，作为经纪人的她，也一样能拔尖。这也算是一种，我的报恩。”

“所以说，你不如签了我们季总那份合约，总比被个老男人揩油好。”

林兮蓦然抬起头：“那不行！虽然我很想要那个角色，但是一码归一码！我不能用自己的婚姻去换。你换位思考一下，你愿意吗？”

“愿意啊。为什么不？”苏栗马回答得很快，“季总家世好，长相好，人品……呃，姑且不论。总之，我想不出拒绝的理由。何况，林大小姐，人在屋檐下不得不低头，有时候为了生存，也要做出一些取舍的。”

林兮毕竟出身世家，虽然现在落魄，但是对于苏栗马略显厚颜无耻的态度和世界观，她是无法理解的。

“我知道我现在情况不好，但我有我的坚持。”林兮正色道，“总之今天谢谢你了。我也要为我白天的不礼貌道歉。我先走了。”

说完刚要走，就被苏栗马叫住了：“等一下。”

“服务员！”苏栗马高声对外面喊道，“拿两瓶77年的干红来。”

在林兮疑惑的眼神中，苏栗马狡黠地笑了笑：“倒了。王导既然说了他买单，总该让他出出血，不是吗？”

在苏栗马大刀阔斧宰王导的时候，同一夜空下，四洲国际酒店总统套房内，季谨言刚开完海外视频会议合上电脑。严田叩门走了进来，报告道：“刚林小姐去了一家私人会所见了王导，王导确实想对林小姐图谋不轨，不过被人制止了。”

严田不由得注意起自己的用词：“是苏特助帮了林小姐。”

“哦？”

季谨言饶有兴致地抬头，长身而立，走到了落地玻璃窗前，俯瞰楼下灯火通明的街市，继续听严田说：“季总，新电影导演那边需不需要换人？”

“不用。”季谨言淡淡地答道。

严田本来觉得总裁对林小姐上心，遇到这种事，应该会出手。可现在总裁表现出作壁上观的样子，真是让严田弄不懂，不过他家总裁本来也很难懂。

于是他转了话锋，继续问道：“那需不需要去打听一下苏特助为什么会出现在那家高档的私人会所？”

“她进去以后，去了几楼、几号房？”季谨言的声音十分冷冽。

“不清楚，只知道在六楼。”严田沉垂下了头，生怕惹来怪罪，“不过，马上可以再去调查。”

“不必了。”季谨言转过身，落地窗外五光十色的街灯从他身后漫出来，裹住他周身轮廓，他的表情却溺在了昏暗里，看不清，“六楼，宋振宁？他最近有些不安分啊。”

严田后背一寒，脱口而出道：“苏特助，应该不会……”话还未说完，他便硬生生吞了回去，也不知道刚才哪来的胆子居然敢说这样的话。

“今天的事，没有发生过。”再次开口，季谨言的声音冷得可以冻死人。

“明白。”严田再次转了话锋，“另外，您刚刚开会的时候，老爷子来了电话，希望您明晚回去一趟，他好久没见到您了，想聚一聚，享受一下天伦之乐。”

昏暗中传来季谨言一声嗤笑：“老狐狸又在打什么算盘了吧。”

都说豪门大户成天都是算计，严田也是这么想的，就说季家，家族里就没有一个省油的灯，这种相处模式，他看着都心累得慌。

第二天傍晚，天边烧着火红的云，太阳还未完全落下。一辆柯尼塞格幽灵停在了季家别墅的大门口。

季谨言与苏栗马各自从两边下车。

苏栗马恭恭敬敬地跟着季谨言往别墅大门里走，迎面正好撞上一个四五十岁的男子。男子看见季谨言立马热情地迎上来：“季二公子，好久不见。”

苏栗马在财经杂志上见过这个人，林氏企业现任掌舵人，林堂，也是那位可怜兮兮的林兮大小姐的亲生父亲。

季谨言不咸不淡地点点头，权当打过招呼了。

弄得林堂有些尴尬，不过这人的脸皮也不是盖的，迅速就直奔主题。

“我今日登门拜访季老爷子，本是想着之后林氏有个项目开盘仪式，得请季老爷子帮忙剪个彩。可惜季老爷子年事已高，说是不便出面，不知季二公子能否赏脸光临呢？”林堂满脸谄媚。

见季谨言不想应声，苏栗马带着笑意，走上前一步：“林总，约定商业行程可能还要麻烦您联络一下季氏秘书部。季总那日得空，一定会光临，请静候佳音。”

听得苏栗马这样说，林堂笑得满心欢喜地离去了。苏栗马也保持着微笑，送林堂离开，只是等他走远，她立马收回职业假笑，回头的瞬间，却见季谨言站得离她很近，微低着头，全神贯注地打量着她。

这样的距离，让她的心漏跳了一拍。

她稳住心神，迫使自己不去看他那好看到极致的眉眼。

“季总，怎么了吗？”

“自作聪明。”季谨言淡淡地说了一声，转过身，头也不回地向里走去。

苏栗马长舒了一口气，跟上脚步：“是，多谢季总教诲。”

刚踏进客厅，就听到季老爷子中气十足的笑声传来：“谨言来啦，在门口见过你林叔叔了吧？”

季谨言自顾自落了座，苏栗马不敢坐，就站在了他身侧。

其实季氏与林家向来没有交集，何况比起季氏来，林家的产业也显得太微不足道了些，根本无法相比，不知道林堂用了什么手段攀上了季老爷子。

果然，只听季老爷子笑道："你林叔叔有个开盘仪式，你抽空去转转，顺便呢，林家有个女儿，林倩倩，听说比你小不了多少岁，想来也能有点共同话题。"

苏栗马算看明白了，敢情林堂能攀上这条高枝，全靠卖女求荣啊。林堂不知从哪里打听到季老爷子一直在为季谨言的婚事发愁，眼巴巴就想把女儿送上门了。之前季谨言提出与林兮签署契约婚姻，有一半原因也是来自季老爷子的压力。

兜兜转转，还是林家的女儿。

苏栗马不禁感慨世界真是太小了！

"然后呢？"季谨言漫不经心地开口，"仪式结束后，是不是还要直接把林家的女儿接回我住的酒店房间？"

季老爷子笑得像朵花似的："你要喜欢的话，我没意见。时代不同了，我们长辈现在也是很开放的。"

苏栗马在一旁听得嘴角抽抽，季谨言嗤笑了一声："爷爷，您想的都不会发生，白天少做梦。"

季老爷子闻言沉下了脸色，顿了几秒，换上了一副戚戚然的神色，开始装可怜："我像你们这么大的时候，你爸都快出生了。你看看你们现在，一个两个的，连自己的婚姻大事都不解决，我愧对列祖列宗啊。"

"你说季琝那败家子儿是只花蝴蝶，也不定性，换女朋友比换衣服还勤快，我也指望不上他让我抱曾孙子。想指望指望你吧，你挑三拣四的，再好的都入不了你的眼。你说，你到底喜欢什么类型的？难不成，你喜欢男人？"季老爷子颤颤巍巍地抬起手指指向季谨言。

"男人也好，女人也罢。我结婚的时候，会知会您一声的。"季谨言不慌不忙地拿起茶几上的紫砂茶杯，抿了一口热茶。

"哼。"季老爷子双手抱臂，下巴抬了抬，指了指苏栗马所在的位置，"好呀，我看你这臭小子就是孤独终老的命，带进过家门的雌性除了她这个小跟班，估计也只剩下母蚊子了。"

苏栗马内心满头黑线。

她又见季老爷子拭了拭眼角不存在的泪水："我命苦啊，养了两个孙子，一个要累死在花丛中，一个要孤独终老了……你说我大去以后，怎么去见你地下的奶奶，我的妻啊……"

"那个仪式我会去。"

季老爷子没想到季谨言答应得这般干脆，突然噎住，刚准备爆发的演技被生生堵住了，但是答应了就好。季老爷子又笑了起来："好好好，那记得见见那个林倩倩啊。"

季谨言勾了勾嘴角："林家，可不只有她一个女儿。"

"什么？"季老爷子一头雾水。

苏栗马作为知情者，开始觉得，林兮可能拿了女主剧本了。落魄千金被继母庶妹迫害，凭着自己坚忍不拔的毅力努力生活着，最后遇到了富家少爷季谨言喜结连理的故事。妥妥的霸道总裁文，言情狗血剧啊！她决定，下次见到林兮，要开始巴结一下了，保不齐人家哪天就成了她老板娘了。

苏栗马心里盘算着自己的小九九，与季谨言离开季家豪宅时，天已黑透。豪车疾驰在公路上，路灯与树影飞速从车窗外掠过，变幻出万般光景。

突然，季谨言一个急刹车，将车子停在了路边。夜晚的街道上只有零星几辆车从一旁疾驰而过，苏栗马疑惑道："季总？"

"下车。"

他冷冷淡淡地开口，不怒不喜，辨不出什么情绪。

"可是，季总，这里……"喂喂喂，这里可是大马路，虽然不是荒郊野外不至于有危险，但是离她住的地方又远又不方便打车，现在下车她怎么回去啊。

"下车！"季谨言侧过头，嘴角抿起一个愠怒的弧度，"或者，我把你丢黄浦江里喂鱼。"

苏栗马一个战栗，乖乖地解开安全带，老老实实地下了车。

车窗落下，季谨言瞥了她一眼："自己走回去，不许叫车，后果自负。"车窗摇起，柯尼塞格扬长而去。

徒留下苏栗马呆立在原地。

她明白了，她绝对是哪里不小心得罪了季谨言了！以他睚眦必报的个性，让她走回去，是变着法地整她出气呢。问题是，她本人也不清楚究竟是哪里惹得他不开心了。

唯一知道的一点就是，她最好还是老老实实地自己走回去，否则季谨言这个变态绝不会善罢甘休的！

眺望了一眼不见尽头的公路，想想自己要走几十公里路，苏栗马心都凉了。

翌日，苏栗马就打了电话跟严田告假。

昨晚她一直走到了凌晨三点才到家，双腿肿胀，脚上还磨出了两个大水泡，下地走路都是钻心地疼，只能跟严田请了假。

她草草地向严田说明了情况，电话那头的严田表示："那你好好休息。"挂了电话，其实严田很没良心地纳闷苏栗马居然还活蹦乱跳着。按照季总的个性，哪怕之前只到怀疑的程度，也足够苏栗马沉江喂鱼了，看来，他家总裁真是越来越难懂了。

严田觉得苏栗马是死里逃生，苏栗马自己可不这么认为，她已经在家里咒骂了季谨言半天了，直到接到了林兮的电话。她之前与林兮接触过，并且也留过联系方式。

"我想见你们季总。"

电话那头的林兮也不绕弯子，开门见山地说。

"我，决定接受你们季总的提议。但是，合约里的内容我有异议。我需要和季总再详谈一次。"

对于这通电话，苏栗马并不意外。她知道，林兮迟早还是会找上门，因为季谨言说过，就绝不会有错，只是比她预计的时间还要早了些。可惜，她大好的假日时光没有了。

苏栗马换上职业装，绾起头发，抹上浓妆。待在季谨言身边时，她总会像这样把自己打扮成庸脂俗粉的样子，既压得住场子又不会被别人放在眼里，很好的保护色。

只是这双脚，苏栗马深吸一口气，忍着剧痛把脚塞进了高跟鞋里，其实她走的每一步都很疼，面上却装得不痛不痒的。

苏栗马把林兮带到了季谨言常年居住的酒店房间里，奉上一壶龙井，倒了两杯。她对着坐在沙发上局促不安的林兮说：“林小姐，觉得合约上有什么是需要修改的呢？”一杯茶放在林兮面前，另一杯端到了季谨言面前。

此刻季谨言交叠着修长的双腿，慵懒地坐在一旁的单人沙发内：“我倒比较想听一听，林小姐改变想法的原因。”

林兮茫然地低头，望着自己交握的双手，良久，才说道：“林家的人，前两天来找我了。”

苏栗马有些疑惑，那不是好事吗？又听林兮说：“林家最近投资了一块地皮，虽然之前也涉足过房地产行业，但这么大的项目还是头一回。凭林氏一家企业根本吃不下这么大块肥猪肉，于是他们想要跟大成房地产合作，条件就是，把林家的女儿嫁过去。”

“我记得，大成房地产现任未婚的，恐怕就只有他们的董事郭韬了吧。四十多岁，把前妻打跑了，现在还带着个几岁孩子的中年家暴男？”苏栗马有些惊讶。

“呵，是啊，这样一个人，我那继母怎么舍得把她的亲生女儿送过去嫁人。所以就想起了我这个被他们扔在外头不闻不问的女儿了呗。”

苏栗马有些讶然，突然想起了林堂那张谄媚的嘴脸，不愧是在商场上打滚过的，利用一切可利用资源，一边巴着季家这棵高枝，一边还不忘从大成房产那边分一杯羹。

她忽然有些同情林兮。

季谨言却不咸不淡的，并无表示。

谈判桌上过早地暴露自己的底线是很不明智的决定，这点林兮也很清楚，不过……她抬起头，目光坚定地看向季谨言，说道：“我另外还有一个附加条件。”

“说来听听。”

季谨言像是早已料到一般，并无过多的反应，手中的青瓷盏送到了鼻尖处，稍稍一闻，满是清茶香气。

“合约里写明，不对外公开婚姻情况，我也是这个想法，所以没有异议。合约期间内，女方不得出轨，不能被拍到跟其他男子过夜，不能有太多绯闻，我也……没有异议。”这点，她应该也能做到，“合约为期两年，约满后你要给我的那栋别墅，我不要。我只要……”

林兮正了正坐姿，一字一句道：“我要H牌的代言，亚洲唯一的代言人。”说完，她有些如释重负地看了一眼站在一旁低眉敛目的苏栗马。来之前，在电梯里，苏栗马告诉她，她可以尽管提各种听上去难以实现的要求，唯独一点，如果季谨言问她问题，她必须如实回答，所以她从一开始就亮出了自己的底牌。

这根本算不上一场谈判，只要季谨言想，他随时随地可以将所有事情根据自己的意愿去处理。季谨言可不是那种单纯生来好命的集团继承人，所谓创业容易守业难，季氏之所以能成为一个百年昌盛的家族，也要归功于每一代继承人的优秀能力，到了季谨言这代更甚。

当年还在国外求学的季谨言已经是华尔街小有名气的金融分析师，后来以MBA和CFA双学位毕业，一接手季氏便展现了自己优越的商业才能，短短两三年时间就将季氏的股价又翻了数倍，一时风头无贰。这些年来也是基本巩固了季氏在商界不可撼动的地位，季谨言这个人也算创造了一段商业神话。

所以根本没人可以跟一个神话谈判，这也是苏栗马提醒林兮的原因。此刻她站在一边，用余光瞥见林兮投来的目光，但并没有与林兮对视。

她大概也知道林兮提出这个要求的原因，听说林兮那个同父异母的妹妹林倩倩，最近也有向娱乐圈发展的苗头，一出道就顶着富家千金、时尚宠儿的名头，混迹各大品牌秀展，时尚资源好到飞起。

H牌是国外的一个奢侈品大牌，也是首次准备签约一个亚洲代言人，据说这个资源基本已经内定了林倩倩，只差官宣而已了。

“她们母女咄咄逼人，抢走了属于我的东西，还把我赶了出来。”林兮言语里是满满的怒意，“就这样还不肯放过我，想要榨干我最后一点价值。”

苏栗马点了点头，表示理解。但她没有瞧见，安静地坐在沙发中，许久不发一言的季谨言刚才突然向她的方向看了一眼，又若无其事地收了回去。

“这个条件我答应。”

林兮听着季谨言轻轻松松地答应了她，也不禁有些吃惊。虽然早就听说季谨言神通广大，但是直面时的感受真的不一样，允诺一个如此有重量级的代言人位置就像买棵葱一样容易，确实令人叹为观止。

不过……她还有一个顾虑。

“真的只有名义上的婚姻？”林兮小心翼翼地问。

季谨言头也不抬：“怎么，林小姐，想要有名有实？”

“不不不。”林兮急忙挥手，“我只是觉得一个正常的男人，总有些正常的生理需求，不过，不用我来解决就好……”声音越来越轻，但是季谨言还是听见了。

他缓缓抬起头：“放心，这件事有其他人负责，用不着你。”说完，目光有意无意地落到了苏栗马身上。

林兮好像听懂了，惊讶地看着苏栗马，眼睛瞪得更大了。

“原来……你们是这样的关系？”

苏栗马也一脸蒙。刚刚有那么一瞬，她眼前一黑，差点被吓晕过去。她什么时候跟季总有这层关系了？她自己都不知道！

她可从来没有帮季谨言解决过什么生理需求！不过……她确实也没见过她的总裁有过那方面的需求，虽说是有洁癖，但按理说也不会挑剔到这份儿上，确实不太正常。

莫非，季谨言现在不行了？苏栗马在心里一阵惊呼，难怪林兮这么一个大美人放在他面前都不吃。如果真的是这样，那她一定要帮季总维护好名誉和颜面，毕竟指望着他出粮呢。

于是，她装娇羞：“嗯，暖床我会负责的，不用林小姐担心。”她觉得自己现在特别像小说里的坏女二，明知男主有未婚妻，还各种勾引使坏想把男主拐上床。一旦接受了这个设定，她莫名其妙觉得热血沸腾。

林兮这边，感觉自己得知了一个天大的八卦，倒抽了一口凉气。

季谨言闻言，脸色瞬间阴沉了下来，看向苏栗马的眼神带了一股危险的气息，周遭的空气也瞬间凉了几度。

嗯？苏栗马打了一个寒噤，自己是不是接错话了？

刚刚顺口答得太快，没经过深思熟虑，完了，要怎么样圆回来呢？苏栗马想了半天，只得尴尬地笑了两声：“林小姐，季总在开玩笑呢。我们季总平时挺平易近人的，就喜欢跟我们下属开开玩笑，挺好笑的对吧？哈哈，哈哈……”

为什么她觉得季谨言的脸色更黑了？

天哪，谁来拯救一下可怜弱小又无助的她啊！

“呃……挺好笑的。”感觉到气氛越来越僵，林兮怯怯地出了声，眼神却仍然在两人之间狐疑地打转。

苏栗马觉得，自己肯定是跳到黄河也洗不清了，干脆不想洗了。她硬着头皮无视季谨言杀人的目光，将一支签字笔递到了林兮手里：“林小姐，没有其他问题了的话，可以签字了。”

林兮长长吐出一口气，大笔一挥，签下了自己名字。

“那我们什么时候去领证？”林兮只想快点领了证，拿着红本本回林家，让林堂和那对母女尽快死心，不要再打她主意。

苏栗马小心翼翼地收起合约，真是风水轮流转，林兮之前怎么样都不同意，现在急得跟热锅上的蚂蚁似的。她侧目瞄了一眼季谨言，嗯，脸色还是暗得布满了阴云。

“时间另行安排，我会让人通知你。”季谨言的声音冷冽得像块寒冰，“没事的话，你可以走了。”

虽然林兮急着想拿结婚证解决燃眉之急，但是转念一想，既然她已经签了这张两年的卖身契，想必季谨言也不会放任林家逼她嫁给别人。她瞄了一眼此时此刻脸色还是很难看的季谨言，还是早点溜之大吉为妙。

于是，她抓起包包，给了苏栗马一个同情的眼神，瞬间逃离案发现场。

偌大的房间里就剩下了两个人。

苏栗马感觉到背后传来一阵杀气，强烈的寒意瞬间涌上心头。只听得身后传来季谨言凉薄的声音——

“既然负责暖床，那么，你现在就来帮我解决一下。”

苏栗马紧张得大气都不敢出，也不敢回头，主要是穿着高跟鞋站了太久，原本就伤痕累累的脚掌已经坚持到了极限，现在稍微一动就疼得她头皮发怵。

沉默了一会儿，她在思考怎么自救。

突然，她感觉到身后传来一股冷冽男香配合着一个炙热的怀抱，顷刻间天旋地转，她被季谨言从背后打横抱起，吓得她语无伦次：“季……季总，我……我不好吃……”

她还未说完就被季谨言扔进了沙发里。她半躺着，季谨言站着，居高临下地看着她：“我也不想吃你。”瞥了一眼她的双脚，命令似的说，“鞋脱了。”

苏栗马被吓得尚未回魂，一不小心听岔了，惊悚地双手抱胸：“脱……脱什么？不脱！”

季谨言耐心渐失，微微弯腰，直接把高跟鞋从苏栗马脚上扯了下来，惹得苏栗马一声惊呼：“疼！”她脚上的水泡因站得太久被磨破了，一丝血水从伤口渗出来，看着就疼。

季谨言可能没想到苏栗马的脚磨得这么严重，也愣了一下。几秒钟后，他掏出手机，拨了一个电话：“严田，买点治疗磨脚伤口的药上来。”

半个小时后，严田买了一堆药来了酒店，还带来了一个人。由于他没有事先跟季谨言报备来人，此刻显得有些心虚：“季总，我在楼下碰到了严总，严总说一定要上来跟你打个招呼。”

“什么严总？小田田，私下的时候，不用这么叫。”来人也不生疏，自顾自走了进来，往沙发上一坐，“怎么说我们也是亲戚嘛。”

苏栗马这才看清来人，融时代现任CEO，严雪至。从小与季谨言一起长大，季家与严家是世交，据说当时两家夫人怀孕以后定过娃娃亲，没想到生了两个男孩，也就是说季谨言与严雪至其实还是指腹为婚的一对。这件事，现在则成了一段秘辛，偶尔会被季老爷子拉出来感慨一番，如果当年严家出生的是个女孩，就能名正言顺地跟季谨言结婚，他也不用操心孙子的婚事了……苏栗马也是因为这样才晓得的。

而严田与严雪至其实并无亲戚关系，不过刚巧都姓严，而刚巧严雪至又是个毫无架子，三教九流都能结识攀谈的百搭子。

“严总就不要逗我了。”严田挠挠头。

“好了，不闹你了。”严雪至的坐姿真像在自个儿家一般随意，也就是他，换个人可能早就被季谨言扔出去了，“我在楼下与人吃饭，刚巧在电梯口碰到了小田田，便上来看看你。听说，你家小特助的脚伤了啊？”

这话是对着季谨言说的，话题却在往苏栗马身上引。

季谨言不置可否。

严雪至转头，一副刚刚才瞧见苏栗马的神色：“哟，这就是你藏着的小特助呀？这脚伤得挺严重的。”

“严总。”

苏栗马微微一笑，打了个招呼。

她与严雪至之前倒没什么交集，也没有打过照面，这个人的信息都是从别人口中道听途说来的。此刻终于见到了真人，严雪至穿着一身纪梵希的白色西装，里头居然是一件骚粉色的衬衣，可是经由他穿出来也是相得益彰，很少有人能把白色西服穿好看，上一个穿得很好看的就是她的总裁大人，季谨言。

苏栗马不禁感慨，果然，人以群分，帅哥的朋友还是帅哥！

“这伤口吧，上了药最好稍微包扎一下。”严雪至建议道，又转头问严田，“小田田，纱布买了吗？”

“买是买了……”可他不会给人包扎呀。

严雪至看了看半躺在沙发中的苏栗马，又看了看站在不远处的季谨言，目光流转了一圈：“还是要我这个医科生出马了。”边说边站了起来，脱掉西装外套，稍微卷起了点粉色衬衣的袖子，接过严田手中的医药袋，就开始翻找起来。

季谨言微不可察地皱了皱眉心，开口说道：“一年。”

“嗯？”

“你只读了一年医科。”

严雪至已经从袋子里找到了绷带和药膏，抬起头笑说：“虽然我只读了一年，可我当年也是医学系的天才。如果不是被我家人抓回去读了商科，现在说不准我都已经进中科院了。你放心，弄不死她的。”

他边说着边蹲下来，准备帮苏栗马处理伤口。

毕竟是第一次见面的陌生人，还是个公司CEO，苏栗马惊大于宠，双脚往回一缩，避开了对方伸过来的手。

“嗯？”严雪至疑惑地抬头。

苏栗马尴尬地赔笑道：“就不麻烦严总了，我还是自己来吧。”说着就想去拿严雪至手里的绷带和药膏。

偏生严雪至往后一躲，就不给她：“我说了不麻烦的。”

他面上笑眯眯的，苏栗马却在他的语气里听出了不容置疑。

这个人，是只笑面虎啊！

于是，苏栗马也不再拒绝，任凭自己的双脚被他抓在手里，细细上了药，缠上了绷带。

严雪至的手法很细致，看得出来确实学过医，整个过程苏栗马几乎没感觉到疼痛。

“这两天尽量少走路，也不要穿高跟鞋了，换成球鞋。”严雪至帮她处理好，站起来，一边放下卷起的袖子，一边漫不经心地问，“你这是走了多少路，才把脚磨成这样。”

苏栗马偷偷看了一眼站在落地玻璃窗旁，长身而立的季谨言，答道：“就……穿着高跟鞋走了几十公里吧。”

“哇——你是变态吗？”严雪至惊讶道，“有什么事这么想不开，要如此折磨自己？”

“又不是我自己要走的。”苏栗马低下头嘟嘟囔囔说了一句。

“哦，那就是让你走那么多路的人是个变态。”

季谨言闻言，脸色陡然一沉，黑得像是要滴出浓墨来。

严雪至感觉到周遭一股强冷空气袭来，余光瞧见了某人的黑脸，毕竟是发小，他还是很了解季谨言的，已是心下了然。

“你说，这个变态是谁？”他故意询问，“跟谨言说，他一定会帮你出头，把那个人狠狠教训一顿。”

怎么教训，自己打自己吗?

苏栗马瞄了一眼冷着脸的季谨言，又看向了眼前笑意盈盈的严雪至，她只觉这人是故意的!

“不必了，没有这个人。”苏栗马随即撑着身子，轻手轻脚地站了起来，对严雪至说，“总之，谢谢严总。”她可不想再惹祸上身了，于是立马转移了话题，“季总，如果没什么事，下午我想请假了。”

季谨言点了点头。

得到了默许后，苏栗马又想穿上自己的高跟鞋，总不能赤脚走回去吧。

看到她抬脚的动作，季谨言又蹙了一下眉，还未来得及开口，就听到严雪至阻止道：“刚就说不让你穿高跟鞋了，苏……你叫什么来着？”

“苏栗马。”

“哦。‘玛丽苏’小姐，你这几天不能穿高跟鞋。”

苏栗马有些无语：“严总，我叫苏栗马，不是‘玛丽苏’。”

但是，她只穿了双高跟鞋出门。这下麻烦了，她迟疑着不知该如何是好。站在一旁一直不出声的季谨言终于慢条斯理地开了口：“严田，拿双酒店拖鞋给她。”

“是。”

虽然酒店的拖鞋有些奇怪，但是宽大不挤脚，穿在脚上也不会触碰到伤口，很舒服，苏栗马也很满意。

严雪至笑眯眯地送她到门口，对她说：“‘玛丽苏’小姐，下次有机会再见啊。”

“……”好吧，她不想解释了，爱叫什么叫什么吧。

等苏栗马离开，严田也识相地离开了房间。

严雪至又散漫地坐进了沙发里，对着季谨言说：“我上来呢，是想恭喜你终于有太太了。啧啧，之前我还以为你得孤独终老了呢。”

“还没领证。”季谨言也挑了一旁的单人沙发坐下，漫不经心地答道。

“没领证？”严雪至一脸惊讶地问，“不是已经基本确定是她了吗？怎么，本人不是你的菜？那你也可以当那件事没有发生过，死不认账呗，何必还弄出个婚约来。

“不对。你可没什么道德操守，你要不想负责，谁也逼不了你。总不会只是为了你家老爷子催婚的事吧。”严雪至起先觉得不太可能，想了想，又觉得这个猜测还是比较合理的，“也对，你家那只老狐狸可不是一般人，我可不相信他是催你婚这么简单。他心里可是有更喜欢的继承人呢，如今不过是季氏在你手里发展得很好，他不敢轻举妄动罢了，你要小心别为他人做了嫁衣。”

“就算他想，现在也晚了。”季谨言神色泰然地说道。这些年，在他布局之下季氏早已经从上到下大换血了一遍，即便老狐狸在季氏德高望重，想要再插手进来也是难如登天了。

“既然你早有防备，那我就看不懂了。”严雪至原本还以为，这合约一签，会立马去领证呢，所以今天才巴巴地赶上来恭喜，“难道你怀疑，两年前的那个女孩不是她？真不是她也没事啊，我见过林兮的照片，身材、长相也算得上是拔尖的美女了。总不会这样的美女你都看不上……那我真心怀疑你的性取向，顺便担心一下成日和你鬼混的我的清白了。”

季谨言不咸不淡地瞟了他一眼："就算我喜欢男人，也看不上你。"

"你这样说，我就受伤了啊，好歹我们也是有过婚约的。"严雪至装作一阵娇羞，然后把自己逗乐了，"说真的，你对你那准太太什么感觉啊？"

见季谨言不答，他又好奇地追问："那我再问一个，那个小特助呢？你对她又是什么感觉啊？

"哇，你这个大坏蛋，不会想享齐人之福，二女共侍一夫吧？"

严雪至笑眯眯的，一副看热闹的表情，好像巴不得能一语中的，这样就有好戏看了。

"你可别告诉我你的小特助没享受到特殊待遇，坐你的沙发也就算了。一个可能是宋振宁留在你身边的信鸽，你居然还能让她好好活着，没有沉尸湖底，啧啧。"

"现在没有做，不代表以后不会。"

"那如果，小特助真的是宋振宁的小信鸽，你准备怎么办？"

季谨言扬起一个凉薄的笑容，笑里藏刀，让人有些发怵："你说呢？"

"哇。你好狠，小特助好可怜。"严雪至一副惋惜的语气，脸上却丝毫不见惋惜之情，还是一副笑眯眯的样子。

"你好像看了半天热闹了，好看吗？"季谨言一挑眉，忽然想起了刚才还有一笔账没找他算。

"好看得不得了！"

"我保证，今晚美股开盘后，融时代的颜色会更好看。"

"大哥，我错了。"

不带这么威胁的，果然是睚眦必报小心眼！

此时的苏栗马并不知道他们正在议论自己，只是耳朵莫名其妙地烧了一路。懒得多想，她也正好趁此机会，干脆直接请了两天假，在家里吃吃喝喝睡睡，过两天酒囊饭袋的日子，舒服得简直不想再回去上班了。

可惜假期刚结束，季谨言就联系了她，让她去季氏一趟，破坏了她美好的米虫生活。

因为严雪至告诫她这段时间最好穿球鞋，于是她只能换掉往日的职业装，上身套了一件白色的T恤，配上一条简单的牛仔裤，一双干净的小白鞋，头发随意地绾起，像极了学生时代初恋女孩儿的样子。

其实，她本身长相偏稚嫩，脸也小巧精致，身材骨架也偏玲珑，虽算不上多么明艳的美女，却是青春耐看极了，像个稚气未脱的学生。

以至于她站在严田面前，让严田都差点没认出来："苏……苏特助？"

"我……很奇怪吗？"苏栗马尴尬地摸了摸脖子。自从成了季谨言的特助，她好久没这样随意地穿过了，自己也觉得有些不适应。

"不，不是……"严田眼睛闪烁了一下，脸上竟浮起了一抹红晕，"这样穿，很随意，很好看。"说完又假意咳嗽了几声，转了话锋，"季总现在正在开会，电影选角在三楼，林小姐现在也在那里。季总交代了，以后林小姐那边的事务就交给你负责了。"

"明白了。"

苏栗马接到了任务，直接来到了季氏三楼。

其实，她来季氏的次数屈指可数，虽然她是季谨言的特助，不过基本只负责他的私人行程，工作地点也以他下榻的酒店为轴心，所以知道她存在的人也寥寥可数。

她刚上三楼，走出电梯，就被前台小姐拦了下来。看着她一身学生打扮，前台小姐就自认为她可能是某个明星带来的实习助理。

"你是谁带来的小助理？不知道这里是季氏，不能随便乱逛吗？"

"我找林兮小姐。"苏栗马也懒得解释。

"你等一下。"前台小姐趾趾地瞥了她一眼，翻了翻手中的记事本，"嗯，倒是有个来试镜的小明星叫林兮，你进去吧。下次不要乱走了。"

苏栗马道谢以后就顺着走廊往里走。

等找到林兮的时候，她正好完成试镜，从摄影棚里走出来。见到苏栗马今日的打扮，她先是一愣，随即笑了笑："很适合你。"

苏栗马也回以浅笑，两人结伴向电梯的方向走去。

刚走没几步，后面就突然冲上来一个打扮明艳、抹着精致妆容的女人生生拦住了她们的去路，面色不善："林兮，别以为导演觉得你演得好你就嘚瑟。我告诉你，这个角色非我莫属，你趁早靠边站吧！"

苏栗马皱了皱眉，恍惚记得，这个人她在杂志上看到过，好像就是林兮的妹妹，林倩倩。

"我跟你没什么好说的，请你让开！"林兮不想跟对方多言。

林倩倩却不依不饶，趾高气扬地看着她："姐姐这两年找的金主，爬的床不行呀，身边的助理都是个乳臭未干的实习生，看来是不受重视啊！"

她这话说得难听，而且一骂就骂了两个。苏栗马脸色一沉，冷声说道："林小姐自然没有你母亲那么厉害。"

"你说什么？"

"没什么，就是突然想起林家现任夫人，好像是小三上位，气死了原配，赶走了原配的女儿。"苏栗马嗤了一下，"这方面，林小姐确实不行。"

林倩倩气急败坏，抬起手来就要打苏栗马，却被她稳稳挡了下来，侧头对林兮说："你先走，我善后。"

林兮本不肯走，却在苏栗马坚定的眼神中败下阵来，朝她点了点头，然后走向电梯。

林倩倩见状就想去追，却被苏栗马压制得动弹不得，气得直跺脚，连吼带闹："小贱人，放开我！"

"林小姐家教真好，在季氏，一口一个贱人。"

"骂你怎么了？就算在季氏，也是我的地盘，打你都可以！"林倩倩怒道。她父亲林堂准备为她搭桥铺路结识季总，说不准日后她就摇身一变，成了总裁夫人，整个季氏都会是她的囊中之物，她自然可以随心所欲！

苏栗马却好像听到了天大的笑话，真的"扑哧"一声笑了出来："你的地盘？"林倩倩真当她父亲搭上了季老爷子，她就能扶摇直上九万里？咋不上天呢？

如果林倩倩哪天知道了自己看不起的姐姐变成了准季太太，她会不会被气晕?

想想就觉得很有意思，苏栗马心中生出了一个恶作剧般的念头，突然十分期待这一天的到来。

“季氏什么时候是你的地盘了？”

熟悉的声音突然传来。

苏栗马回头，就瞧见严田冷着脸站在那里。

“私人恩怨，你管得着吗？”林倩倩怒呛道。

“我管不着，季总管得着了吧？”严田声音冷了几分，“有私人恩怨出去解决，在我们季氏就得遵守季氏的规矩。”

林倩倩一愣，她再没脑子也看出了严田身份不一般：“这位，怎么称呼？”

“我是季总的秘书，严田。”

没想到对方竟然是季总的秘书，林倩倩一把放开了苏栗马，捋了捋头发：“原来是严秘书，你肯定误会了，她是个不懂事的实习生助理，我正在教育她懂点规矩呢。”

就见苏栗马闻言做了个无可奈何的姿势，严田蹙了蹙眉：“既然试镜已经结束，林小姐可以回去了。”

“那……季总？”她好不容易来了趟季氏，还这么巧碰到了季总身边的秘书，不知道有没有这个运气见一下季谨言本人。

“季总很忙，没工夫见闲人。”

林倩倩吃了个闭门羹，也不能发作，只能尴尬地笑道：“那下次季总空的时候，再麻烦严秘书引荐。”

等林倩倩终于消失，严田才走近苏栗马，看了她一会儿，确定她毫发无伤，才对她说：“季总在办公室等你，跟我上楼吧。”

于是苏栗马跟着严田，走进了另一间直通总裁办公室的专用电梯。

躲在一旁看了很久戏的前台小姐，羡慕得连牙都酸了——那实习生什么来路，居然能去总裁办公室!

Chapter 2.

// 她的总裁大人从来不按套路出牌 //

偌大的办公室里悄无声息，这是苏栗马第一次进季谨言的办公室。

她仔细观察了一下，办公室的摆设陈列都是现代风格，简约大气，颜色以冷色调黑白灰为主。一走进这间办公室就让人感觉温度要比其他地方低几度。办公室里除了季谨言的办公桌，右边是一整排书柜，后面是一整面的落地玻璃，中央摆了一套价值不菲的沙发，茶几是大理石台面嵌着玻璃的款式，上头却放着一套中式古朴的茶具，看纹色应该是有些年头的古董了。

此刻季谨言就坐在办公桌前，左手边是四台依次排序的超薄显示屏，屏幕上是红红绿绿的曲线图，这些图形后面就代表着金融股票这个吃人不吐骨头的战场。

季谨言就靠在真皮靠椅中，身着一件白色衬衫，一双锐利的眸子正游移在显示屏中，不知又在算计些什么。

“胆子越来越肥了啊，直接在季氏跟人起冲突了。”季谨言也不看苏栗马，观察着显示屏上的数据，漫不经心地道。

“我这是在帮季总赶苍蝇呢。”苏栗马脑子转得飞快。

“哦？”季谨言不置可否，低头拿起桌面上一份文件，阅读了起来，示意她继续。

“季总，你猜我今天遇到谁了？林家的二女儿，真是没见过她那样嚣张跋扈的人，对着自己的亲姐姐说话都难听极了。林兮怎么说与季总你也有一纸合约在，我不能看我老板的准太太被言语侮辱啊。这四舍五入等于侮辱季总你啊。”苏栗马添油加醋、义愤填膺地说着，“侮辱季总你，就等于要我的命！所以我就气不过，要跟她理论啊。可你猜她说什么？”

见季谨言不接话，她也不急，继续自顾自说道：“她说她未来是要当季太太的人，季氏将来也是她的！她想在季氏教训谁就教训谁，根本不把你放在眼里啊。仗着父亲攀附上了季老爷子就目中无人，简直不能忍！”林倩倩当然嘴上没那么说，她只不过把林倩倩心里想的说出来了。

果然，只见季谨言脸色一沉：“哪个林家的？”

“就之前季老爷子，想撮合给你的林家二小姐，林兮的妹妹。”

“林……”季谨言皱了皱眉。

“林倩倩。”

季谨言想了很久，都不记得有这个名字：“没印象。”

苏栗马暗爽了片刻，林堂费尽心机搭上季老爷子给女儿铺路，谁承想季谨言根本连他女儿姓甚名谁都记不住。这也就算了，林倩倩今天还白痴到在季氏闹脾气，林堂要是知道了非得被气死不可。

“季总，可是你那天还答应了老爷子去林家的开盘仪式，顺便见见那个林二小姐发展发展……”苏栗马故意提醒道。

“哼，痴心妄想。”季谨言的眸中闪过一片寒光。

他按了一下手边的无线接讯，对外面的严田说：“严田，今天新电影试镜结果如何？”

“季总请稍等。”接着是文件翻过的声音，片刻后，严田道，“综合排名第一的是林兮小姐，王导个人推荐的是林兮演女一号，林倩倩饰演女二号。”

“季氏的电影，即便是女二，也不是什么不三不四的人可以演的。”

“明白了，季总。”其实严田也很看不过林倩倩那副没教养的模样，不过，他家总裁很少会插手娱乐部的事情，这次只能怪这位大小姐自己撞在枪口上了，得罪了季总的人。想至此，他便拿起笔毫不留情地在林倩倩的名字上画了一个红色的大叉叉。

这样一来，就彻底断绝了林倩倩出现在这部电影的可能性了。

也算帮林兮解决了一个大麻烦。

苏栗马都忍不住暗暗佩服起自己反应敏捷智商过人。她忍不住自我鼓掌时，一股寒意突然从脚底蔓延而上，是不祥的预感。

果然，就听季谨言转了语调，又把话锋绕了回来："赶苍蝇，只会挥挥掸掸，知道挑事，不知道怎么收尾？"

尤其是当他看了严田拿上来的视频监控，画面里，林倩倩一次次挑衅甚至还打算动手伤人。他这个恨铁不成钢的特助，居然只会挡，不会主动打回去？传出去，怕是要丢了他季谨言的脸面。

"季总，我错了……我保证，下次就算别人打死我，我也绝不还手，绝不给你惹麻烦！"

"……"

苏栗马华华丽丽地理解错了季谨言的意思。

朽木不可雕也！季谨言无语地扶额："你觉得，我会怕这些麻烦？"

那是什么意思？苏栗马一头雾水，弱弱地说："那打回去？"

终于听到句满意的人话了，季谨言放下手中的文件夹，朝苏栗马瞧了一眼。

这一瞧，便让他有些怔忪。

落地玻璃窗外的阳光，从他背后洒了进来，旭日的暖光被他的办公桌挡住了去路，洋洋洒洒地投在地面绒毯上，一块明一块暗，她就那样恰好站在了光影里。

可能是光线直射的原因，显得她的皮肤特别白皙，不施粉黛的小脸也十分精致，她唯唯诺诺地站在那里，低眉敛目的样子温顺乖巧。季谨言从来没觉得苏栗马这么顺眼过。

苏栗马低着头，用余光捕捉到了季谨言眼中闪过的那抹惊异之色。她不由得感慨，果然白 T 恤牛仔裤扎马尾是所有男人的幻想，连季谨言这位神坛上的人物都不例外。

就在苏栗马犹犹豫豫不知要说点什么的时候，季谨言桌面上的一个玻璃球突然闪了几下红光，随即他打开无线传讯，就听到严田的声音传来："季总，季老爷子在楼下，说要上来看看你。"

“告诉他，我有事。”

修长的手指刚想按掉无线传讯，严田有些急迫地又道：“老爷子说，他就在楼下等，但是如果等久了，他心脏病犯了，血压也会升高……”

“……”

果然是那位季老爷子惯用的伎俩，苏栗马想着。

季谨言沉默了几秒，用手边的遥控器打开了对面墙上的超大电视机。电视机上面全是季氏楼层的监控视频，左下角一楼的监控里，就见季老爷子带着两个保镖守在总裁专用电梯口那里。

季谨言蹙了一下眉，对严田说：“让他上来吧。”

“是。”严田欲言又止地补了一句，“季老爷子刚才好像还说了一句女人什么的，我怕他老人家是听到了什么，误会了，才急着赶上来的……”

苏栗马闻言一怔，女人？

难道是林倩倩跑回去哭诉了？林堂不会像林倩倩一样没脑子，林家千金在季氏跟人闹得不可开交，这可不是什么好事，他不会跟季老爷子说，说了季老爷子也根本不会理睬他们，反而可能会觉得他们不知礼数。所以不太可能是为了林倩倩那茬……

或者是因为林兮？这件事由上到下，保密工作都做得滴水不漏，按理说也不太可能。

苏栗马百思不得其解，忽然灵光一闪，三楼那个前台可是亲眼看见她走进总裁专属电梯里的！

虽然季老爷子认得她，但是，保不齐其他人把这件事宣传得如何如何暧昧不明，现在老爷子看见她在这里，她就是百口莫辩了。

搞不好季老爷子还把她当成季总前途的绊脚石，给她一千万让她离开，她也喜大普奔一夜暴富，但万一老爷子选择把她丢进湖里喂鱼呢？

小命要紧！她慌乱地四下寻找可躲藏之地。见季谨言略有疑惑，她慌忙解释道：“三楼的前台亲眼看着我上来的。”

季谨言眉宇微蹙。

门外传来了严田迎接的声音：“季老爷子。”

苏栗马慌不择路，一下蹿进了季谨言面前的办公桌下，缩成小小的一团。

季谨言眉头皱得更紧，冷声道：“出来。”

“嘘！”苏栗马示意她的总裁大人不要再说了。

办公室的大门被推开，季老爷子满脸春风地走了进来，往沙发上一坐，就开始东张西望起来。

季谨言微微调整了一下办公椅的位置，悄无声息地掩住了苏栗马。

他将季老爷子的神情尽数看在眼底，又不动声色地翻开面前的文件夹，等季老爷子找了一圈面上浮现了失望之色，才悠悠开口问道：“爷爷，到底在找什么？”

“你办公室，就你一个人？”季老爷子不死心地问。

“不是。”

季老爷子又挂上了期待的表情。

“不是还有您吗？”

“我的意思是，刚刚就没有什么人来过？”季老爷子脖子伸得老长，想把角角落落都看个遍。

“例如？”季谨言放下文件，望向季老爷子。

“例如女人什么的。”季老爷子笑眯眯地说，“穿着白色衬衫牛仔裤的，像个学生打扮的。”

果然！

苏栗马暗自庆幸自己躲得及时。

季谨言微眯双眼，眸中闪过一抹危险之色：“爷爷，消息够快啊，这会儿上来是来堵人的？”

季老爷子闻言不怒反笑：“当然，捉奸要捉双。这么多年，我好不容易盼着你带个女人回办公室。你放心，我可不像那些食古不化的老顽固，办公室恋情我也是允许的。只是没想到……”目光流转到季谨言身上，像是在探究，“你喜欢这类型的，听说还是个学生。”

“爷爷，您可能要失望了，这里只有我。”

“不要这么小气，跟我说说又不会怎么样。”季老爷子装作一副委屈的样子，“哎……我都第一时间赶来了，还是被你这小子逃了，无趣无趣。”

“爷爷如果闲着，可以去国外找季珵。”季谨言又低下头自顾自忙起来了，“一定能天天抓到不同样的。”

季老爷子闻言，敛了敛笑意，说道：“你俩都是我孙子，我一样疼。”站起来掸掸中式衣袍，不舍地环顾一下四周，“算了算了，我自讨没趣，我还是跟老严喝茶去了。”说完便也悻悻然离去了。

等季老爷子走了许久，苏栗马都不敢出声也不敢出来，直到季谨言忍无可忍，沉声道：“滚出来！”

听季谨言语气不善，苏栗马慌乱地想要钻出来，却不承想季谨言还没让开，她就一头撞上了他的大腿内侧。

她吓得一个激灵，“咚”一声，脑袋又直接撞上了办公桌。

季谨言的一双大长腿站了起来，俊美的脸上倏地布满了阴云。他让开一大步，好让苏栗马从办公桌下爬了出来。

苏栗马一边手脚并用地钻了出来，一边还揉着自己被撞伤的额头，只觉得今天诸事不顺，可能没看皇历！

“见不得人？”

季谨言一手把座椅拉到远一点的位置，重新落座，双腿交叠，语气里寒意森森。

她还未从地上爬起来，就保持着这样跪伏着的姿态，仰起头怔怔地望着季谨言。此刻她才好像意识到事情的严重性，方才一着急，头脑一片空白，找到缝隙就钻。可是她忽略了，这个缝隙里藏了一头食人的野兽，吃人不吐骨头的那种。

她疯了吧……

她居然当着季谨言的面，钻进他的办公桌？

还撞到了他的胯下？

她倏地脸色一红，又倏地脸色一白，脸上阴晴交迭了一整个四季后，她终于弱弱地开口：“不躲起来，万一，季老爷子把我丢去喂鱼怎么办？”

季谨言冷笑道：“那你不怕，我把你丢去喂鱼？”

“怕！”苏栗马郑重地点了点头。

不知为何听到苏栗马这么说，季谨言竟然心情一悦，方才的怒火已经消了大半，她没什么出彩的地方，就有时候够实诚这点，还是可圈可点的。

“季总，我错了。我就是怕季老爷子见到误会了，您跟林兮小姐已经签了婚约，就算不对外公开，季老爷子那边迟早要去说的。您说，如果别人误会你给林兮小姐戴绿帽子，那影响多不好啊。”

“谁敢？”季谨言挑了挑眉。

“您不能双标啊……”苏栗马嘟囔了一句，心下想着，不准林兮给你戴绿帽子，自己给别人戴绿帽子就成?

她说得极轻，季谨言却还是听见了。

他蓦然从办公椅中站起，一双腿长得苏栗马都羡慕不已，他俯瞰着仍坐在地上的她，好整以暇地问：“怎么，你想当这顶绿帽子？”

苏栗马吓得直摇头：“不敢，不能，我不配。”

“哼，倒是有自知之明。”然后像捉小鸡一样把苏栗马从地上拎了起来，“需不需要你藏起来，不是你说了算的。记住，游戏规则，是制作者来定的。”

说罢，他一把将苏栗马拉进怀里。清冷却又炽烈的男性荷尔蒙气息瞬间裹住了苏栗马整个身躯，她被季谨言的举动惊得呆若木鸡。由于身高力量的悬殊，她牢牢地被他圈在怀抱里，像个扯线木偶一样被拖走。

走出办公室，严田看见这幅画面，惊讶了一下，但不愧是季谨言的秘书，见惯了大风大浪，很快就平静了下来，一如往常般去按电梯门：“季总，需不需要备车？”

“把我那辆保时捷开到门口。”

“是。”严田恭敬地送季谨言他们进了电梯。

电梯门合上的那一刻，严田长吁了一口气，谁能告诉他刚才是怎么一回事，他到底看到了什么？他的老板是被下了降头吗？

否则怎么可能搂着苏特助从办公室走出来……

季氏一楼。

刚从总裁专用电梯里出来，苏栗马就感觉到四面八方射过来的目光，像是被凌迟一般难受，她恨不得找个地洞钻进去，可惜逃不脱也躲不开。幸好今天她没穿高跟鞋，以至于季谨言比她高出许多，搂着她的姿势又过分贴近，她干脆将脸整个埋进了季谨言的西服里。

苏栗马算是明白了，季谨言又在报复她了。

她不是想躲吗，他就干脆把她拉出来让大家看看，让她无所遁形！季谨言这个睚眦必报的变态，简直了……

众目睽睽之下，明明一小段路却好像走了许久。终于走出了季氏，一辆银灰色的保时捷正好停在了大门口，上车前，季谨言还对苏栗马说了一句：“你原来就这么矮的吗？”

“……”她好想打他！

马路对面，一辆黑色款式沉稳的宾利，安静地停靠在街边。

穿过车水马龙，车里的季老爷子看着对面两个人坐进了保时捷，激动地就要去开车门，一旁有人劝阻他：“季老爷子，您这样很危险。”

“不是，别拦我，我要去看我孙媳妇。”说着他又要去开门，却看见对街的那辆保时捷瞬间就开走了，他又急得对司机喊，“快追，快追！”

司机无奈地转头：“老爷子，这边方向不一样，得到前面掉头，少爷可能早跑远了。”

季老爷子气得捶大腿：“臭小子果然骗我，可惜没有看到我孙媳妇的脸。”他懊悔地问身边的人，“你们看到没？”

司机他们都摇头表示，隔太远没看清。

“老爷子您别急，如果真的是二少爷的女朋友，迟早会带回家的。”司机宽慰他。

“罢了，罢了，开车去找老严。”季老爷子又像想到什么一样，笑逐颜开起来，“老严上次嘲笑我家两个孙子和他家的宝贝都是单身狗，哼，今天我就要告诉他，只有他家的孙子才是单身狗！”

保时捷从季氏开出来以后，疾驰到一个高档商场门口停了下来。

“季总，你这是？”

旷工出来购物？苏栗马一脸疑惑。

季谨言只是淡淡地瞟了她一眼，并不想多做解释，而是领着她坐上观光电梯直达六楼。

这座商场是市里几座高档商场之一，来这里消费的几乎全是政商名流，全球奢侈品品牌在这里几乎全部包揽，一应俱全。而商场的六楼则更是重金之地，专属于 VIP 的购物天堂，入内条件极为严苛，除了必须每年消费达到一定金额，而这个数额已经是个天文数字以外，更是对客户的身份背景也有一定的要求。也就是说，一般的土豪暴发户无论消费多少都是无法成为专属 VIP 的。

苏栗马刚跟着季谨言走出电梯，就看到电梯口站着一位西装革履的购物管家，对着他们笑脸相迎道：“两位贵宾，下午好。”

在这里购物的时候基本都会配备一名专属导购，向客人推荐一些时下最流行的款式，以及客人看上的每一样物品都必须要准确地说出意义以及出处，也会适当地给出一些搭配上的建议，所以对导购的应聘要求也很高。

早就听说了这里口口相传的奢靡之气，现在亲眼所见，真有些叹为观止，苏栗马走在瓷砖地面上的脚步也不由得变得小心翼翼起来。

季谨言双手插着口袋，目不斜视向前走，苏栗马就局促地跟在他身后。

以前没有仔细瞧过，季谨言的身材很挺拔，窄腰宽肩，修长双腿，目测 187cm 左右的身高，可以算得上绝对的黄金比例。可惜他不怎么爱抛头露面，几乎不接受媒体杂志采访，否则又该是万千少女的幻想对象之一了。

正当她胡思乱想的时候，季谨言已经带着她走进了一家奢侈品店里。

“这一排，全拿给她试。”

季谨言凉薄的声音将苏栗马的思绪拉了回来。看她一脸疑惑，他适时地解释道：“上班时间，穿得这样寒酸，换了。”

这是要给她买衣服？还是买如此昂贵的奢侈品？苏栗马内心激动得老泪纵横。

没想到，她也要准备体验一把小说中，“壕”无人性的购物桥段了！她恨不得当场对着她的总裁大人喊几声“万岁”。

苏栗马捧着导购递给她的衣服，欢喜雀跃地小跑进了试衣间。

季谨言坐在沙发上，一手翻着国外的财经杂志，一手捏着导购奉上的青瓷茶杯，漫不经心地看她换了一身又一身的衣裳。

“丑。”

“没水准。”

“是在搞笑吗？”

“很一般。”

以上是季谨言对她换装的评价，苏栗马开始怀疑，季谨言是在整她了！

从一开始的开心雀跃到现在的敷衍应付，哪怕是再昂贵的奢侈品，她也不想要了，只想尽快结束这场该死的变装秀！

苏栗马穿着一条略带职业装风格的裙子，一脸生无可恋地从试衣间走出来，她都不想听季谨言的评价了，肯定又是不行。

没想到，这次季谨言居然意外地对她说：“这件还像点样子。”

苏栗马噌地眼睛一亮，似乎看到了马上就要脱离苦海的胜利曙光，露出了久违的笑容：“季总，您觉得好就好，那就选这套了吧。”

季谨言点点头，表示同意。

导购笑容可掬地走上前来：“是选定这套了是吗？请问您今日是直接支付，还是记在账上？”

季谨言头也不抬：“问她，她自己买单。”

导购笑盈盈地又看向了苏栗马。

苏栗马瞬间感觉到了五雷轰顶——

什么?

不是季总旷工带她来这里购物的，难道不应该他付钱?她还以为季谨言大发慈悲善心大发要送她一件衣服，现在什么情况，她的总裁怎么不按套路出牌啊!

她脑海中飞速闪过了，刚才衣服穿上前，吊牌上的价格……她无助地咽了咽口水，心里确认过了，是她打工两年都买不起的裙子。

于是她只能尴尬地对着导购笑道:“我还没决定，这件好像不是很适合我，我能再看看嘛……”

不愧是有专业素养的导购，闻言笑着点了点头，示意她随意看，又退到了一边。

她快步走近季谨言，尴尬地轻声道:“咳，季总，我……以为，是你要送我一件裙子我才试的。”

季谨言抬起头，像看神经病一样看她。

“我为什么要买件裙子送你?你是帮季氏谈成了什么大项目，还是另有功绩?”

苏栗马无言以对，下一句话生生被堵住了。良久，她才咬着下唇说道:“那，我可不可以不买这条裙子?”

“你上班时间穿得那么随便，会影响季氏的形象。”

她的工作明明只围绕着季谨言的私事转，百八十年都去不了一趟季氏，什么影响季氏的形象这种鬼话!

她无语望苍天。

看她一副绝望的样子，季谨言挑了挑眉:“不过就三十来万，你不至于拿不出来吧。”怎么，当宋振宁的信鸽，他连这点好处费都不舍得给?

“季总，你不要再跟我开玩笑了，你看我像是会有三十万的人吗?我的工资还是你发的，你最清楚了，我真的不是一般的穷困潦倒。”这个数目在小县城都够一套房子的首付啦，她可不会奢侈到，拿去买条裙子。

季谨言抬起头审视着几步之遥的苏栗马，判断出她似乎并不是在撒谎之后，才对她说：“去换了吧，仔细一看，确实难看。”

苏栗马如蒙大赦地奔去试衣间立马换下了那条烫手的裙子。

刚走出来，就听见季谨言对导购说：“去把刚才那条红色的裙子包起来。”如果她的记忆没出错，那件裙子更贵，要八十多万……

苏栗马哭不出来了，她脑海中甚至闪现了跳楼计划，就听季谨言悠悠补充道：“记我账上。”然后将导购精心包装起来的裙子扔给了她。

苏栗马难以置信地僵在了原地，这是……送给她了？

从天堂坠进地狱，又从地狱被拉回天堂的感受，苏栗马算是真真切切体验到了。可是有没有人告诉她，季谨言脑子里到底装了些什么啊？

季谨言此刻，却在暗自思考，如果是宋振宁的人不至于区区几十万都拿不出来，如果是装的……他回过头，打量了苏栗马一眼，苏栗马被盯得有些发毛。

“你最好是真的，否则……”他勾了勾嘴角，没有继续说下去。

“？”

什么真的假的，季总总不会怀疑，这么高档的商场里卖假货吧？苏栗马抱着品牌购物袋站在原地，直愣愣地发蒙。

几天后，林兮的经纪人就收到了来自季氏的通知，林兮成功通过试镜，成为新电影的女主角。

几乎第一时间林兮就把这个喜讯告诉了苏栗马。

电话里的林兮的语气开心得像个孩子，苏栗马诚心诚意地说了一句“恭喜”。

林兮滔滔不绝了一会儿以后，有些尴尬地说：“你是不是觉得我很奇怪，明明一开始就知道的结果，现在却不知道在高兴个什么劲。”

“不会。”苏栗马说，“你很有实力，这是你应得的。”

“对了，你有空吗？我想请你吃个饭，顺便就当帮我庆祝了。”林兮被林家赶出来以后，除了经纪人，身边几乎没有信得过的朋友了。以前的闺蜜，在她落魄之后，友谊的小船说翻就翻了，也是尝尽了世态炎凉。

这几次与苏栗马相处下来，林兮发现苏栗马其实很好相处，而且几次三番地帮助她，无论如何她还是很感激的。

苏栗马也欣然应允了。

两人约在了外滩一家奢华的西班牙餐厅内。

其实这两年林兮工作不是很顺利，虽然经济算不上拮据，但也算不上很宽裕。不过因为从小家世熏陶，她认为请人吃饭，还是要找些好一点的地方，虽然很肉痛，但还是坚持选择了这间餐厅。

苏栗马因为季谨言的缘故，也掌握了一些林兮的基本资料。林兮这两年生活过得也并不尽如人意，所以她在点菜方面也十分手下留情，挑了一些便宜的菜品。

这家餐厅的马德里炖肉十分正宗，苏栗马忍不住多尝了几口。

菜肴差不多上齐之后，苏栗马从包里翻出一份文件，递到林兮的面前，微笑着说："这是季总让我带给你的。"

林兮疑惑地打开文件夹，才发现这居然是一份合约，H 牌亚洲区品牌代言人的合约！

在苏栗马的微笑中，林兮慢慢睁大了惊讶的眼眸，惊愕了好一会儿不知如何开口。苏栗马却先举起酒杯，浅笑着对她说："今天算是双喜临门了。"

其实三天前，季谨言带着她跑去商场买完衣服，回到车里，就把这份文件扔给她，让她转交给林兮签字。

当时苏栗马的震惊不亚于此时此刻的林兮。

季谨言答应的事情，还从未食言过。饶是苏栗马知道他肯定有办法搞定这份代言合约，但是拿下代言人的速度之快，也足以令人啧啧称奇。

"半个月后，H 牌会官宣品牌代言人，我先说声恭喜了。"说罢，苏栗马微扬起头，杯中酒就顺势从口腔滑入喉口。

林兮从震惊中回神，有些喜不自禁地回敬了一杯酒，说道："谢谢你。

还有代我谢谢……季总。”她斟酌了一下，还是觉得称呼为“季总”比较合适。

两人相视一笑，举着酒杯，一饮而尽，气氛看上去十分和谐。

隔着数张桌子，落地玻璃窗外，是能眺望江边夜景的露台。露台上放置着一张环形沙发，此刻，严雪至慵懒地靠在沙发上，手里晃着酒杯。他面前就是斑驳陆离的璀璨夜景，他却微微侧过身，透过落地玻璃观察着餐厅里头那张餐桌旁的两个女生。

他好像看到了一幅极为有趣的画面一般，掏出手机，拨通后传来季谨言不咸不淡的声音：“有事？”

“有。”严雪至笑眯眯地说，“某些人的齐人之福享受得分外惬意啊，真没见过正宫和情人相处得这么融洽的。”

男人嘛，有钱总归喜欢花天酒地，严雪至从小生活在这个圈子，也见过不少大佬三妻四妾，但无一例外，情敌见面总是分外眼红的，正宫跟情人之间必有恶战。

像这两个女人一样，这么和睦的……他都想求教一下季谨言是如何做到的了。

“你先别挂！”严雪至见电话那头不出声，及时道。

事实证明，他真的很了解季谨言，如果不是他这么说，现在季谨言已经挂了这通无聊的电话，让他哪儿凉快哪儿待着去了。

“我见到你的准太太和你家小特助了，你猜怎么着？”严雪至假意卖了个关子，“她俩看着一点火药味都没有，特和谐。”

“然后呢？”

“咳，这种情况呢，我只想到三种可能：第一种，她们爱你并且爱惨你了，所以呢，都愿意和平共处了；第二种呢，完全跟第一种相反，就是她们俩都不爱你，对你一点感觉都没有……”

电话那头的季谨言微不可察地皱了皱眉，连他自己都没发现，他的脸色在听到最后一句话时沉了三分，让他身边站着的严田都不由得紧张了一下。

“第三种嘛……”严雪至低低地笑了两声，“就是她们看对眼了，准备谋害你之后双宿双飞去了。”

“嘟嘟嘟……”

季谨言无情地挂断了电话，严雪至也不生气，脸上仍挂着笑意，看着手机屏幕变暗熄灭，又转头看向餐厅里头。其实他从很久之前就开始好奇了，能融化那个万年冰山的究竟会是哪个天赋异禀的怪物……

此时此刻正在开怀畅饮的苏栗马与林兮根本不知道，有人在暗中观察她们。

林兮很开心。

苏栗马也很开心，一想到林倩倩可能因为林兮的截和生气而扭曲的面孔，她就高兴极了，以至于忘记了自己的酒量，不由自主地多喝了几杯。

脑子已经有点昏昏沉沉的，餐厅里昏暗的灯光在她眼前一闪一闪的。

林兮见苏栗马抹了那么厚粉底的皮肤都透出红来，不由得劝道：“你少喝点。”

“今天这么开心，红酒这么贵。”苏栗马傻呵呵地笑着，“我一定要多喝一点的。”

“那也不能这么个喝法呀。”林兮看了一眼几乎都是苏栗马喝掉的空酒瓶，无奈地叹了一口气。

酒足饭饱后，二人准备撤了。

苏栗马刚站起来，脚底一个不稳，高跟鞋踉跄了一下，顺手就把座椅上的包包打翻在地，她蹲下身去捡。

林兮怕苏栗马酒醉站不稳，立马想站起来去扶，却不小心撞到了身后走来的一个身材修长长相俊美的男人。她回头立刻道歉道：“对不起，我朋友喝醉了，所以我站起来有点急。”

“没关系。”男人脸上犹挂着好看的笑容，瞟了一眼埋头捡东西的苏栗马，却没有因此停下步伐，匆匆离去。

苏栗马好像听到了一个熟悉男声，回头去瞧，却只瞧见了林兮：“你刚才在跟谁说话？”

“刚我不小心撞到别人了。”林兮蹲下来，帮她一起收拾，“我帮你。”

严雪至走出了一段距离，边向外走边掏出手机，又拨通了季谨言的电话：“你的小特助好像喝醉了哦，她们现在在外滩 LA&P 餐厅……”

还没等他说完，季谨言又瞬间按掉了电话。

严田觉得，季总今天很奇怪。

二十几分钟前他接了一个电话，脸色瞬间黑得像暴风雨即将来临似的，让整间小书房都陡然寒冷了三分。

三分钟前，季总又接了一个电话，虽然他一句话没说就挂了，此刻却好像有些出神，食指在桌上叩了叩。

片刻后，他淡淡地开口：“严田，备车。”说罢，就站了起来，顺手拿起搭在靠椅上的西装外头，就往外走。

“是。”

严田不敢耽误片刻，立马准备了一辆加长商务车。

只是……总裁要去哪儿？

二十分钟后，严田有了答案。季谨言让司机将车开进了外滩的滨江路，这条路上都是琳琅的餐厅，坐在副驾驶的严田远远看见了站在一家西班牙餐厅门口的苏栗马与林兮。

原来是为了来接未来的季太太……

严田自动忽略了苏栗马，毕竟身为季总的特助，如果能上位也不会等到现在了，甚至把那天季谨言搂着她走出办公室的那幕都当成了，他高强度工作下产生的幻觉。

商务车稳稳停在了她们面前。

后座车窗玻璃摇下，露出季谨言那张棱角分明却毫无表情的脸，林兮有些错愕：“季总，你怎么在这里？”

原本挽着林兮手臂，斜靠在她肩膀上的苏栗马也睁开了一双微醺的眼，赫然看见了车内脸色不是很好看的季谨言。

“上车。”

季谨言沉声开口，带着不容置疑的态度。

林兮无奈，只能搀扶着苏栗马上了车。

商务车平稳地行驶在马路上。车后座内异常安静，原本还能正常走路正常上车的苏栗马，在上车后好像就醉得不省人事了。她和林兮坐在一边，季谨言坐在对面，安静得连呼吸声都很清晰。

这个尴尬的时候，偏偏苏栗马就醉倒了。林兮局促地交握着双手，目光盯着自己的手看，不敢抬头。

她能明确地感受到对面来自季谨言不悦的目光。

这么重的酒气，到底不知死活喝了多少酒？季谨言皱了皱眉头。

车内空气更加凝重，林兮实在忍受不了了，轻轻出声道：“那个……季总，你们送我到天乾的门口停下就行了，我就住在那里。”

“嗯。”季谨言不置可否地应了一声。

车里又陷入了一阵沉静，副驾驶座上的严田看不下去了，转过头，对着林兮笑道：“那快了，前面转过一个红绿灯就到了。”

林兮点点头，又问道：“那苏栗马……”

“苏特助我们会负责送她回去的。”

林兮为难地看了看醉倒的苏栗马。

“我的员工，我能吃了她？”

季谨言一眼看穿了林兮的担忧。

但怎么听出了一种咬牙切齿的意味？林兮睁着茫然的大眼睛，最后只能点点头应了下来，也对，季总自己的特助，他怎么着也不会伤害她的。

下车了，林兮礼貌地表示感谢：“谢谢季总，那个……小苏就拜托你们了。”

小苏？

季谨言挑了挑眉。

林兮还来不及看清他脸上的神色，就顺手关上了车门。

见商务车重新启动，渐行渐远后，林兮就向着小区反方向的马路走去，刚走了两步，口袋里的手机适时响起。

她皱了皱眉，接起来："什么事？"

"我是你的父亲，没事就不能联系你了吗？"

电话那头传来林堂的声音。

夜色里，林兮冷笑了一下，这两年来林兮对她不管不问，当年她在林家门口苦苦哀求，他都没松口认她这个女儿。现在一找到她的利用价值就一口一个父亲，拿亲情当作筹码，真让她觉得恶心。

"请问你有什么事吗？"她又淡淡地重复了一遍。

电话那头沉默了片刻："明天回家来吃个饭，咱们一家人好久没聚过了。"

猜不准他们又在打什么主意，但是……林兮忽然想起两年前，离开家前，母亲生前留下来的那个玉镯子她没有带出来，能回一趟林家也好，能把镯子拿回来。

思及此，她便应了下来："知道了，我会回去。"

挂了电话，晚风有些冻人，她瑟缩了一下，拦下一辆出租车，朝着另一个偏僻又晦暗的小区驶去。

苏栗马仍旧半倚在车椅上，合着眼，醉得不省人事，一路轻微的颠簸都没能将她吵醒。

副驾驶座上的严田觉得后排的气压有点过低，刚想说点话，缓和一下气氛："苏特助不知道什么时候跟林兮小姐关系这么好了？"

哪壶不开提哪壶！

他话音刚落，季谨言的脸色又瞬间沉了下来。

说错什么了吗？严田心里打着小鼓，下一秒就看见季谨言抬起穿着熨帖西裤的长腿，毫不留情地一脚踢在苏栗马躺着的座椅边上。

"起来！"

他的语气不容置喙。

可苏栗马还是死死闭着眼睛，醉倒在座椅上。

“看来真的醉得不轻……”严田小心翼翼地开口，“季总，是把苏特助送回家里吗？可是钥匙……”

虽然他早就帮季总将苏栗马的住址调查得一清二楚，但是他们一车连司机三个男的，总不能从苏特助身上搜身找钥匙给她开门回家吧。

沉默了片刻，季谨言才沉声道：“掉头，回酒店。”

没人发现，躺在沙发上的苏栗马微不可察地蹙了蹙眉。

车子开到酒店门口。严田又犯难了，他该怎么样把苏特助从车里弄上楼呢？公主抱他怕是抱不动啊，所以他决定以扛的方式，把苏特助扛上楼。

然而他刚把苏栗马扛在肩膀上，没走几步，就感觉到苏栗马挣扎了几下，从他肩上掉下来，捂着嘴跑到了一旁的花坛里，“呕”一声吐了出来。

季谨言冷冷地瞥了严田一眼，仿佛在责怪他，连个人都能背吐了！

严田吓得瞬间噤声。

苏栗马呕了一会儿，半睁着迷蒙的眼睛，犹带着一点醉意茫然地看了一圈，最后对着离自己最近的季谨言，张开双臂，露出一个灿烂的笑容：“抱！”

“……”

严田怀疑自己听错了。

苏特助现在是在向他的总裁求抱抱？完了，看来苏特助是真的醉得不轻了。

见季谨言还是立在原地，没有反应，苏栗马又催促了一声：“抱！”

严田决定还是冒死上前制止在他看来完全属于耍酒疯的行为。毕竟一场同僚，他不能看到苏特助明早起来死得很难看。

然而还没等他开口，季谨言蓦然上前几步，在严田和门童错愕的眼神中，稳稳将苏栗马打横抱起。

苏栗马的身体好像本能地瑟缩了一下，面上却仍然挂着大大的笑容，傻呵呵地朝季谨言笑。

季谨言也没说什么，抱着她，迈着长腿径直上了楼，边走边向边上的人吩咐："在我房间隔壁再开一间房。"

严田感觉被雷劈了一下，怔在原地。有没有人告诉他，现在究竟是什么情况？

好的，就当季总善心大发、体恤员工。按照严田对季谨言的了解，至少把苏栗马抱回酒店房间以后，季总应该会毫不犹豫地把她丢掉。

然而，他却看见季总不仅一路把苏栗马抱进了房间，还小心翼翼地将她安置在了大床上。

严田已经震惊得说不出话来了。

季谨言对自己的举动也是百思不得其解，刚刚在楼下，看着苏栗马浸染着醉意没心没肺的笑容，他就不由自主地抱起了她……

可他是何许人也，这种扰乱他心神的情绪片刻就被他压了下去，再开口时声音又恢复往日的平淡："不知天高地厚。严田，走。"

他刚转身，西服的一角就被不知何时坐起来的苏栗马拉住，她揉着醉意醺醺的眼睛，用含着醉腔的声音说："不要走……"

"噗——"严田差点喷了出来，这是什么要命的台词，任何人听上去都像是在邀请！

季谨言的身子僵了一瞬间，再回头，脸上也没有怒意，只是多了些辨不清的情绪，似乎也在仔细探究着苏栗马。

严田不知道此时此刻，应该识相地退出去顺便关上房门呢，还是阻止苏特助再自寻死路。最后，他只能硬着头皮说道："苏特助，你该休息了。"

"不要！"苏栗马摇摇头，还是死死拽着季谨言的衣角不放，然后又是一个明媚的笑容，"帮我卸妆。"

"……"

季谨言脸色一黑。

已经默默快退到门口的严田不知道该说什么好了。苏特助一直在作死的边缘疯狂试探，他已经无法挽救了。

似乎感觉到了季谨言脸色不悦，苏栗马缩了缩脖子，像是受了委屈似的，唯唯诺诺地说："不卸妆，我不睡，电视机里说带妆睡觉对皮肤不好。"

气氛一时安静得像是坠入了虚空，只剩下沉默。

严田的背后沁出了一层薄汗，此刻他的角度只能瞧见季谨言挺拔的背影，然而光是瞧着个背影，就能想象得出此刻季总是怎样一副臭脸！

也得亏苏特助现在醉得脑子都不清醒了，否则，他还真不敢相信，有人触了老虎的虎须还敢笑吟吟地问老虎舒不舒服一样。

他是真怕季总一生气直接把苏特助从窗户扔出去，这么高，会出人命的……

季谨言背对着严田，严田看不见，可苏栗马瞧得格外清明，他的脸色并没有那么难看，只是一双幽深的眸子，看她的眼神从审视转变成了探究，最后酿成了一种不知名的情绪。

"严田。"良久后，季谨言蓦然开口，"去把卫生间的卸妆水拿过来。"

他听到了什么？

他是不是耳朵坏了……

感觉到身后的严田还伫在原地，并无行动，季谨言皱了皱眉："愣着干吗？"

严田这才回了神，发现自己不是幻听，匆匆忙忙就从洗手间里取来了化妆棉和卸妆水，双手恭敬地递给了季谨言，然后又小心翼翼地问："季总，这种小事，要不还是我来吧……"

"不用了。"季谨言头也不回，注视着眼前这张笑意盎然的脸，"你去门口等着。"

"是。"

严田神色复杂地看了一眼二人，轻轻走出房间，虚掩上了房门。

见季谨言一副要为自己卸妆的架势，苏栗马满意地合上眼睛，扬起了一张小脸。

季谨言也不多言，将化妆棉蘸上卸妆水以后，仔仔细细地帮她擦拭着皮肤，动作十分谨慎轻柔，像是在擦拭一件珍贵的古玩易碎品，生怕一不小心就碰碎了。

这是他第一次，这么温柔地对待苏栗马。

厚重的粉底慢慢从苏栗马脸上卸下，露出了原本那张清秀到带上点稚气的脸庞，此刻不知是否是酒精的作用，她脸色红扑扑的，在灯光下显得分外娇俏。

季谨言的另一只手，不由自主便捏住了她的下巴。

“怦怦……怦怦……”

静谧的室内，极其轻微的心跳声都像是被无限放大了一般，被季谨言毫不留情地捕捉到了。他微微弯下身，越贴近苏栗马，那阵心跳声便越明显。

“酒醒了？”他沉着嗓音，低低地说了一句。

苏栗马睁开眼睛，歪了一下头，茫然地看着离自己很近的季谨言，犹带着一副醉意。

季谨言似乎也不想深究，放开她的下颌，扫视了一眼她依然抓着自己衣角的手：“妆都卸完了，你还要抓到什么时候？”

苏栗马还是乐呵呵的，故意摇了摇他的衣角，然后忽然间放开，转身钻进了被窝，嘟囔了一句：“晚安。”

季谨言整了整自己的西装，瞥了一眼被窝里的人，转身出了房间。

严田终于等到季谨言出来，便替苏栗马将房门关得严严实实。

季谨言常年下榻的房间就在隔壁，开门进去之前，他突然顿住脚步，问身后在等他进房的严田：“普通女生会手拉手走路吗？”

严田被问得一愣：“关系好的话，很正常吧。”

“正常？”他怎么不觉得？

“对啊，可能我们男的会觉得挺奇怪的，但是女生表达关系好的方式，好像就是这样。”严田继续解释，“就像念书的时候，那些女同学就喜欢几个人拉着手散散步什么的。”

女生都会这样？他以前从来没有关注过……

“季总，您问这个是？”严田看着若有所思的季谨言问道。

“没事。你可以下班了。”

严田看着“砰”一声被关上的房门，不由得叹了一口气，他这个总裁秘书是越来越难当了——

隔壁房间的苏栗马蜷缩在被子里，眼睛闭得死死的，嘴角却微微上扬，方才似被激起了波澜的心跳，渐渐平复如初……

一夜好觉。

再睁开眼，苏栗马看见自己在一个陌生的房间，既不惊讶也不奇怪。她走进洗手间，刷牙洗脸。

其实，她昨晚根本没醉得那么彻底。

刚开始确实有些许醉意，直到季谨言居然出现在餐厅门口，加上林兮，简直像是一个彻底的修罗场，所以一上车她就决定装醉装睡，谁都不理。

只是没想到……

她这一装，季谨言直接把她带回了酒店。也没想到，严田居然想扛她上楼，喝了点酒加上胃被严田的肩膀顶得难受，颠得她真的吐了出来。可是如果醉酒醒得太快，被发现她在车里装睡，她总觉得季谨言不会放过她。

所以她干脆装疯卖傻继续装醉。

本来还以为季谨言铁定不会抱她，她都想好了，借着耍酒疯靠近季谨言，拉扯一下他的西装，把他平常衣冠楚楚示人的形象破坏掉。

没想到季谨言抱了她不说，甚至连她提出帮她卸妆这样的要求，他都照做了。

想起之前被迫走了几十公里，和在商场里丢脸的场景，她有种小仇得报的感觉。季总亲自帮她卸妆哎……

早知道季谨言会对喝醉酒的人这么善良，她在考虑，要不要多喝醉几次了。

但想想还是算了，她对醉酒早已有了阴影。其实她以前酒量很差，这两年为了不重蹈覆辙她一直在练习酒量，拼命学习如何千杯不醉，现在虽然算不上海量，但是也能起码保证即使有了醉意还能意识清醒。

真醉不行，像昨晚的假醉可以有……

洗漱完毕，苏栗马敲开了隔壁季谨言的房门。在严田的注视下，她蹑手蹑脚地走了进来，就看到这样一幅画面。

季谨言坐在沙发里，穿了一件白色衬衫，手里翻阅着财经日报。清晨的阳光透过窗玻璃照在他脸上，棱角分明的侧脸线条，以及高挺的鼻梁。

苏栗马有些恍神。

她开始怀疑，是不是昨晚的酒精还没完全从她体内挥发出去，导致她刚刚居然心脏漏跳了一拍。

“看够了？”季谨言淡淡地开口，目光还是盯着眼前的报纸，并未抬起，“酒还没醒的话，严田，拿盆水泼醒她。”

这个男人安静的时候简直完美到无可挑剔，一开口说话，就恶毒得要命！

“不用了，我已经醒了。”做戏要做全套，该承认的错误她必须主动，否则等他秋后算账她就倒霉了，于是她佯装出满脸愧疚，“季总，对不起，我不该喝那么多的，后来一直迷迷糊糊的，我怎么会睡在隔壁？早上起来，我吓了一大跳。”

严田显然被她“真挚”的演技所蒙蔽：“昨天是季总……”刚想陈述季总抱她上楼的事实，就见季谨言的眼刀飞了过来，“和我，把你带回酒店的。你什么都不记得了吗？”

苏栗马摇了摇头：“想不起来了。”

严田下意识地看了看季谨言，见对方不准备再说什么，他也决定不再描述昨晚的某些细节，大致一句概括了，然后又劝说苏栗马：“咳，总之，苏特助以后还是少喝点酒吧，虽然是私人时间……”

“明白了。”昨夜的事掀过不再重提，这也正对了苏栗马的心思，“谢谢季总，谢谢严秘书，下次不会了。”

“再有下次……”

季谨言淡淡地开口，吓得她一激灵，垂下头，斩钉截铁地再三保证：“我保证，绝不会有下次了！”

“……”

其实再有下次……也无妨。

季谨言心里竟凭空生出这样一个想法，让他自己都有些好奇。他不喜欢喝醉酒的女人，尤其是还会撒酒疯的。不过会装醉卖乖的，他好像并不讨厌。

他面上仍旧不咸不淡：“嗯。知道就好。”

苏栗马见季谨言没有追究下去的意思，长吁了一口气，她这算逃过一劫了？

她暗暗庆幸之余也决定下次还是不要铤而走险拔老虎须了，季谨言是什么人？这位大佬可是出了名的小肚鸡肠、睚眦必报！

不是次次都这么好运的，还是见好就收吧……

此时她口袋里的手机蓦然一亮，收到一条微信。

苏栗马见季谨言的注意力全部放在了面前的报纸上，她偷偷拿出手机来瞧了一眼，是林兮发来的信息。

“我现在在林家，你有空的话，能麻烦来接我一下吗？”

Chapter 3.

她不仅拿了女二剧本，还拿了男主剧本

“我到了，你出来吧。”

苏栗马掏出手机给林兮发去了这条微信，然后摇下了车窗，看着车头右边的后视镜。

卡宴停在了距林宅不远的拐角处。

从后视镜里瞧见林兮从林家大门款款走出，苏栗马便探出头向她招招手。

林兮走过来，打开车门，刚想上车，就惊讶地僵住了身子。

卡宴的驾驶员，不是别人，正是严田，就听他转过头打了个招呼：“林小姐。”

而某个冷面神现在就和苏栗马并排坐在车后座，看见林兮想坐进后座时，猝不及防地皱了一下眉头。

林兮捕捉到了季谨言眉宇间细微的动作，于是很自然流畅地关上门，顺手打开副驾驶的位置坐了进去，转头对苏栗马笑笑：“我坐前面。”

不远处的林宅大门，林倩倩偷偷摸摸地跟了出来，正巧看见林兮坐上了卡宴副驾驶的位置，但从她的角度看不清车内情形。

她立刻掏出手机，偷偷拍了一张照片，记下了车牌号。八成这辆车的主人就是林兮的金主，哼，她倒要看看对方会是哪路货色。

在林倩倩暗暗偷窥时，卡宴却没有多做停留，弹指间便扬长而去。

严田觉得，季总一定是不放心林小姐，否则怎么会刚刚听到苏特助要来找林小姐以后，就说要出门顺便载她们一程。

苏栗马也觉得很奇怪，但她不觉得向来眼高于顶自恋成瘾的季谨言是为了林兮，大概，是他最近……太闲了吧。

她只想到了这一个可能性。

又是尴尬诡谲的气氛。

严田觉得不能再这么安静下去，适时地出声询问：“林小姐，还是回天乾吗？”

“嗯。”林兮点头应道。

苏栗马有一肚子的话想问林兮，可是碍于车子里还有季谨言和严田在，所以不好开口。她偷偷瞟了一眼季谨言，见他此时靠在车椅上，合着双眸，不知是醒是睡。

她按捺不住好奇，斟酌了一下，还是轻声问道：“林家人有没有为难你？”

显然林兮跟她有一样的顾虑，有些话不好当着他们的面说，所以只答了一句：“还好，没怎么为难我。”

车子开到了天乾，林兮告辞下车，并道了谢。

苏栗马有些迟疑，她分明看清楚了林兮欲言又止的样子，一定有什么想跟她说。于是她小心翼翼地望向季谨言：“季总，我可以下车找一下林小姐吗？我有些话想跟林小姐说。”

季谨言微合的双眸蓦然睁开，瞧了她一眼，冷冷开口：“你好像还在上班时间吧？工作时间聊私事，你觉得合适吗？”

“不……不合适。”苏栗马默默垂首，早知道就抵死不从这位大佬说要顺路相送的提议了。

“严田，开车。”季谨言沉声吩咐。

卡宴一路平稳地行驶着。

严田的目光不停地瞟向后视镜，季总只让他开车，也没说要开去哪里，说顺路送苏特助来找林小姐，可明明季总下午并没有行程。

究竟要开去哪里啊？他心里腹诽，可是，他不敢问。

后排的季谨言神色淡淡的，苏栗马的脸色却不太好，一张脸愈加苍白起来，靠着车窗玻璃双手捂着肚子，一脸难受的样子。

“苏特助，你没事吧，脸色看上去很差，是不是不舒服？”严田从后视镜中观察到，询问了一声。

这一问把季谨言的目光也拉到了苏栗马身上，只见她脸色惨白如纸，额头还沁出了一层薄汗。她说：“我没事，就是胃有点不舒服。”

季谨言闻言，蹙了一下眉。

“我记得前面就有个医院，还是去看一下吧。”严田道。

“嗯。”季谨言应了一声。

“真不用了。”说完这句话，她感觉胃更疼了一些，连拒绝的话也懒得说，随他们去了。

车子转进医院，拥挤不已，果然最热闹的地方就是医院。

严田只能不好意思地转头道：“季总，要不您先跟苏特助下车，我找个车位停车。”其实季家一直有专属的私人医生，甚至还有私人医院，但是苏特助好像特别难受的样子，他也只能转进这所最近的公立医院。

而且只是个特助不舒服，总不能劳烦季家的私人医生来看病……

苏栗马不想多言，使尽为数不多的气力打开了车门，下了车。季谨言见她这一套动作，皱了皱眉，最终没说什么，也跟着下了车。

他站在医院门口，看着人来人往。

苏栗马捂着胃部，疼得歪歪扭扭地站不住。

季谨言站在她身边，像具雕塑，一言不发。从小到大，他有不舒服都有季家的医生直接上门会诊，从来没有踏进过医院一步。

渐渐地，他们开始引来路人的注目。

身材挺拔的男人身着一身名牌西装笔直地站在那里，五官英俊，器宇不凡，怎么看都不像是普通人。而他的目光凝聚在身边经直接疼到蹲下的女人身上。

这是在拍戏吗？有路人想。

一个年纪不大的小护士凑上来，问道：“先生，有什么要帮忙的吗？”

季谨言指了指蹲着的苏栗马：“她不舒服，要看医生。”

咦？已经有女朋友了？小护士叹了口气，她本来想着来搭讪的，看了看苏栗马此刻惨白的脸，她再看向季谨言的眼神，有些不同了。

挺帅一男的，怎么对女朋友这么狠？女朋友都疼成这样了，还一脸没事人的模样，果然长得帅的都是渣男。小护士想，语气也没刚才那么好了："先去挂号吧。"

"挂号？"季谨言眯了眯眼睛。

"挂号都不会？"还是个没出过社会的白痴，"你扶着她，跟我来。"

苏栗马虽然疼，但意识还是清醒的，随即强撑起身子准备跟小护士走。

季谨言看见她踉跄的步伐，几步上前，结实有力的臂膀一把扶住了她。

"季总，不用麻烦了。"

苏栗马想要躲，却使不出太多力气。

季谨言的手臂很有力，一手箍住她，让她动弹不得。她犹在挣扎，在季谨言看来，却像是一团棉花揉在怀里。

"乖，别闹。"

苏栗马好像被雷劈了一下——

季谨言他说了什么？

乖？

苏栗马还来不及回味，胃部一阵痉挛又撕裂了她的神经，让她无法思考。

跟着小护士，办完挂号手续，等着医生叫号。季谨言看了一眼坐在冰冷长凳上，蜷缩着身躯的苏栗马，不耐烦地说："为什么还要等？"

"看病肯定是要排队的。"苏栗马有气无力地解释，她大概也猜到以季谨言的家世肯定看病都有医生直接上门，"季总，你坐一会儿吧，马上就轮到了。"

季谨言看了看苏栗马身边空空的凳子，这么多人坐过，都不知道有没有消毒……他皱了皱眉，并不想坐下。

好在不一会儿，就轮到了苏栗马。

医生用听诊器监听了一下苏栗马的胃部，又按了按几个方位，询问苏栗马：

“这里痛不痛？这里呢？”

片刻后，医生开始拿笔在病历上龙飞凤舞起来，还顺口问道：“吃过东西了吗？”

“还没，早上起来还没来得及吃东西。”

“那正好，去拍个片子，再验个血吧。”说罢，医生就把电子卡递向季谨言的方位，“帅哥，去交一下钱，取个单子吧。”

“……”

这个人活得不耐烦了吗？季谨言挑了挑眉，敢叫他做事？

苏栗马打了寒噤，慌忙站起来，要去抢卡：“给我吧，医生，我自己去就行了。”

“那不行。小姑娘你看你都疼成什么样了？”医生不给她，“这时候本来就需要男朋友照顾一下的。”

男朋友？

苏栗马差点一口老血喷出来，用脚指头想也知道此刻站在她身后的季谨言脸色肯定很难看，她急忙解释道：“不是的，他……只是我老板。”

“老板会陪下属来医院看病？”医生狐疑的眼神在两人身上打转，显然是不相信。

季谨言皱了皱眉，也不知心里那股烦躁的情绪是什么。他夺过医生手里的电子病历卡，长腿大步迈了出去。

苏栗马全程在季谨言的押解下，准确来讲，季谨言只是像个铁面门神一样站在她身边，完成了拍片验血。他全程冷着脸气压很低，她也不好过，只盼望着严田快点来。

而此时的严田终于找到了停车位，走进医院，却找不到他的总裁和苏特助了，像一只没头的苍蝇正在医院里打转。

医生看了看胃部X光片，又看了看手中的验血单：“姑娘，你是不是胃不太好？”

苏栗马有些紧张：“是有什么问题吗？”

“没大问题，就是常年胃病引起的胃痉挛，你又没吃东西，所以有点低血糖。”医生笑了笑，“我先开点药给你，回去吃点清淡的，按时吃饭。你们这些小姑娘，总是乱减肥，饭也不好好吃，把身体都搞坏了……”

很显然，医生以为她是为了减肥才弄坏的胃。其实，是她以前为了省钱，经常一天只吃一顿熬出来的。

她讪讪地笑了笑，也不想多做解释。

医生还在滔滔不绝：“你们这些年轻人啊，仗着年轻不爱惜自己的身体，老了就知道苦了。你这个男朋友怎么当的，也不好好照顾照顾女朋友。小姑娘到中午都没吃东西，你就由着她？你也不心疼一下。”说罢带着情绪地瞥了一眼长身而立的季谨言。

苏栗马陡然感觉到周遭瞬间陷入了低气压，她怕季谨言快要忍不住翻脸了，立马站起来向医生道谢：“谢谢医生，我知道了，我会注意的。”然后拉着季谨言就往外走，避免了一场“医闹”。

医院走廊，季谨言脸上不耐烦的情绪溢于言表，他沉着脸看着苏栗马。

苏栗马被盯得有些发怵，捂着胃部的动作越发显得孱弱：“那个，季总……医生他不知道情况，瞎说八道的，你不要往心里去。”

“什么不要往心里去？”季谨言一挑眉。

“就……就说你是我男朋友，他是误会了，所以他说的话，在没有事实依据的前提下，没有什么好跟他计较的。所谓不知者无罪……”

随着她的话音，季谨言的脸色愈描愈黑，双眸寒意森森。

这个人是搞不清楚重点吗？

“减肥？”他决定有必要提点一下她，冷峭的唇漠然开口。

“没减肥。”苏栗马顺口答道。

季谨言蹙了蹙眉，问道：“那怎么来的胃病？”

“季总……你在关心我？”苏栗马有些难以置信，目不转睛地瞧着季谨言看。

“知道为什么同意先送你来医院吗？”季谨言也不回答她，淡淡地瞟了她一眼，目光没什么情绪，见她疑惑地摇摇头，他继续说道，“我怕你，死在我车上。”

苏栗马无语，她还以为铁树开了花，冷血季总会体恤员工了？原来都是那天上浮云，压根就是痴心妄想。

这时，严田终于找到了二人，刚到跟前就发现，苏特助的脸色不是很好看，是发生了什么吗？

季谨言将手中的药单扔给严田，吩咐道：“去拿药。”见严田点头应道，他便单手插着西裤口袋，迈步向前。走出了两步，他又蓦然回头对苏栗马用命令的口吻说道，“不许减肥！”

“……”她没有减肥！

终于结束了这场并不愉悦的看病之旅，卡宴停在了季氏门前，由于下午还有一场会议，季谨言率先跨出一条长腿，下了车，对驾驶座上的严田交代道：“送她回酒店。”又警告似的瞥了一眼苏栗马，“没事，不许逃班！”

苏栗马无语。

这个不许那个不许，她以前没觉得，季谨言什么时候管得比海还宽了？以前明明是，他有私人行程需要她处理时她才要上班，他有正经工作要忙时她可以随时放大假的！

这样超长时间守在酒店待命，必须得加工资！不然可不划算，她暗暗想着。

车子再次缓缓启动。

苏栗马觉得车内有些安静，便对严田说道：“严秘书你在前面一点的位置放我下来，我可以自己打车回去，我已经没事了。”

“季总交代了，要把你送回去，而且我也不放心你一个人。”主要也是不敢忤逆总裁，不过话又说回来，这两天他一个堂堂季氏的秘书已经快沦落成小司机了，唉……

刚回到酒店，见苏栗马下了车，严田本来想把车子掉个头就开走，“叮”一声，手机收到一条短信。他点开手机屏幕，看了一眼，叹了口气，被逼无奈地跟着苏栗马下了车。

见严田一直跟自己上楼，进了房间，苏栗马终于忍不住出声："严秘书，你送我到这里就可以了。"

严田尴尬地扯了扯嘴角："季总说了，让我帮你叫一点吃的，应该马上就来了。"

话还没说完，就有酒店服务生推着推车敲了敲大开的房门，微笑道："您好，你们的客房餐点到了。"

苏栗马望着一推车上面数十个菜肴，一脸惊讶："我也吃不完这么多呀。"

紧接着严田的下一句话，就彻彻底底惊到了她——

"季总还说了，要我看着你把这些都吃光再走。"严田掏出手机，示明了季谨言刚才发给他的短信。

"……"

季谨言这个神经病，苏栗马仰望苍天。

季氏的新电影很快就被提上了日程。

官博上连续三晚八点准时曝光电影名以及主角阵容，引来无数讨论，热度占据微博话题榜迟迟不退，苏栗马也一直在关注。

第一天公布了电影名——《妖女》。这部电影的剧本她听林兮提起过，大致讲述了夏朝妹喜的故事，夏后氏履癸，夏朝最后一位君主，因荒淫无度暴虐无道专宠妹喜不理朝纲，最后导致国破家亡的结局。不过电影里还稍微做了一下演绎，履癸对妹喜一直用情至深，而妹喜因为肩负的使命，只能一步一步引导夏朝走至灭亡。

这个故事的基调充满了虐恋悲剧的色彩。

第二天公布了男主的选角，一如外界传言，是近期圈内炙手可热的小生，凌辰。他凭借一部 IP 剧的男主大火，现在风头正盛。

最后一天也是重中之重的女主角公布，导演之前就放话，这个角色会启用新人，选角也一直在进行中，却始终一点风声都不肯透露。

今晚就直接挂出了林兮的宣传海报，一夜之间，让所有人认识到了这个名不见经传的小演员。

有一些无聊的网友，还扒出了林兮跑龙套时的场景，不过普遍微博下的风评都不错：

“姐姐很漂亮哎，气质好好，身材也好好。”

“这个姐姐颜值简直了，我可以，我可以。”

“快戳林兮演丫鬟的视频……”

然而翌日早上，苏栗马就发现微博上有许多控评的黑子，到处黑林兮陪酒傍金主，用脚指头想想都知道是谁干的！

于是苏栗马掏出手机，拨通了严田的电话。

“喂，严秘书，季总呢？”

“正在办公室里呢。”严田看了一眼合着的总裁办公室大门，“苏特助，有什么事情吗？”

“也没有大事，你看到微博上那些有关林兮的谣言了吗？”她也不绕弯子。

“我没怎么关注微博，稍等一下，我看看。”严田打开了面前电脑上的微博，稍微浏览了片刻，有些叹为观止，现在网络上都这么可怕了吗？

苏栗马听见电话那头鼠标移动的声音，就猜到严田应该已经看到了。

“你看啊，严秘书，林小姐怎么说也是季总的未婚妻对吧，她被键盘侠人身攻击，也有伤季总颜面……”

“有道理。”严田点点头，觉得十分有理有据，万一季总发起火来，后果难以想象。

“那这件事就麻烦严秘书啦。”苏栗马微微一笑，“季总一开心，论功行赏，功劳也都是你的。”

挂了电话，严田立马联络了娱乐部公关，让他们立马解决掉微博上一切关于林兮不实的谣言，理由是会影响季氏电影的评价。

季氏娱乐部虽然不是季氏主干业务，但处理各种问题都是业内屈指可数的标杆，迅速且不留后患，手段跟季总本人简直如出一辙。

于是半个小时以后，苏栗马就已经看不见挂在热搜上的“黑料”了。

而此时的林倩倩正在家里咬牙切齿，雇水军黑林兮确实是她做的，但是无论她砸再多钱进去，雇多少水军，她编造的“黑料”却始终被牢牢压制着，无法登上热搜！

严田也刷着微博，正在扬扬得意，他就被季谨言叫进了办公室：“下午四点的临时会议，准备得怎么样了？”

“各部门主管已经全部通知到了。”严田小心翼翼地瞥了一眼季谨言，“季总，另外还有一件事要跟您报告一下，微博上关于林兮小姐的黑料已经全部处理掉了……”

季谨言皱了一下眉，抬起头，看向严田。

“是这样的，《妖女》官博挂出女主角之后，有水军恶意攻击林兮小姐，像是有人故意为之……”严田垂着头，更加注意起措辞。

“然后呢？”季谨言明白了严田的意思，挑了挑眉，“谁让你自作主张帮林兮压热搜？”

他确实武断先行了没错，可他以为那铁定也是季总的想法啊。

“对不起，苏特助联系了我以后，我没有多想，擅自做主处理掉了。下次不会了，绝对会先请示您。”

“苏特助？”季谨言捕捉到了他话里的重点。

“……”他好像不小心把苏栗马出卖了。

沉默了良久，季谨言才蓦然开口：“取消下午的临时会议，回酒店，通知苏特助上班。”说着长身而立，走了两步却又顿了一下，“顺便告诉她，让她洗干净脖子过来。”

此时，苏栗马接到严田的电话，很是张皇。不知道是她听岔了，还是严秘书表达错误，她仿佛听到了……

季总让她洗干净身子等他？

苏栗马火急火燎地赶回了她的工作地点。

四洲国际酒店 8888 号房间。

一般酒店只有一张门卡，由于季谨言的特殊身份，酒店直接配备了两张门卡，一张季谨言自己持有，另外一张就在苏栗马手上。

她到了一会儿，季谨言和严田才信步走了进来。

掠过季谨言，她看到严田递给她一个同情的眼神。看来，大事不妙啊。

季谨言大步流星走了进来，掠过她身边，解开西装的扣子，长腿交叠着往沙发上一坐。

苏栗马立马狗腿地敬上一杯上好的雨前龙井。

“林兮的热搜是你让严秘书撤的？”季谨言也不抬头，好整以暇地端起茶杯，抿了一口。

苏栗马递给严田一记眼神追杀，弄得严田心虚地低下了头。

“我哪里使得动严秘书啊。”苏栗马辩解道，“我只是跟严秘书说，这件事怕再发酵下去，影响季总您的颜面，问问严秘书怎么办才好，其他的我可什么都没说。”

季谨言瞥了一眼不远的严田。

严田被吓得后背一僵，仔细想想，苏特助好像真的没有说处理这件事，于是他只能讪讪道：“季总，是这样没错的，是我擅自主张了。”

“哼，小聪明。”季谨言嗤了一声。

苏栗马知道其实什么事都瞒不过季谨言的眼睛，她故意打给严田，说那些话，也不过是看严田忠心耿耿，绝对稍微一套就上钩。为了帮助林兮，她的确耍了一些小聪明。

“季总，其实严秘书和我都是一心向着季总您的。虽然您与林小姐的婚约不对外公开，但是林小姐声誉受损，对季氏的电影也不是什么好事。”何况好歹林兮也是他的合约未婚妻，他不管不顾的，最后只能由她出面帮忙，到底是谁的未婚妻啊？

有一瞬间，苏栗马甚至觉得，她不仅拿了妖艳货色的女二剧本，甚至还拿了男主剧本。季谨言作壁上观看好戏，她却要冲在前头保护他的未婚妻！

“目的说得过去。可是……”季谨言眯起危险的双眸，“我让严田交代你的话，你做了没？”说罢，还有意无意地从上到下打量了一番苏栗马。

洗干净身子等他吗……

他想做什么？苏栗马不自在地扯着衣角，声音轻轻的：“急着出来，没洗。那我现在去洗手间洗？”季总应该不至于饥不择食对她下手，难道是洁癖症犯了，嫌弃她平日里不整洁？

见季谨言不置可否，她硬着头皮就想往盥洗室里走，走了两步又转头问道：“那浴袍有吗？”

季谨言眼中闪过一丝疑惑，严田也是一脸蒙。

“不是让我洗干净身子……”苏栗马怔怔地出声。

“噗！”严田差点笑了出来，拼命强忍住笑意，解释道，“季总，是让你洗干净脖子等他。”

苏栗马老脸一红，再偷偷望向季谨言时，发现他脸上又攀上了乌云。

“严田，出去！”

沉默了片刻，季谨言沉声开口，吓得严田片刻都不敢耽误，立马离开了房间。

还没等苏栗马反应过来，季谨言快速走到她身边，一把将她捞了过来，欺身就把她压在了沙发上。

“季总，你……你做什么？”苏栗马被惊得话都说不完整了。

“你说呢？”季谨言一只臂膀撑在她耳边，面色依旧不起波澜，“你不是要洗干净身子等我吗？”说罢，有着绝美五官的脸就慢慢朝着她的脸压了下来。

“别别别，季总，我错了，我年纪大，我耳背，连话都听不清了，我真不是这个意思啊。我怎么敢肖想你呢？借我十个胆子也不敢打你的主意。”她闭着眼睛，开始求爹爹告奶奶起来，心脏扑通扑通地跳着。

“和我在一起很糟糕？”

季谨言不悦的声音从她头顶幽幽地传来。

虽然他一开始招聘特助，会选上苏栗马，就是看中她并不想爬他的床，毕竟放一个花痴在他身边，天天如狼似虎地盯着他，很不安全。她也确实把工作完成得很好，帮他挡掉不少桃花灾的同时，也从未想过利用职务之便近他的身。

这也是为什么，他怀疑她是宋振宁的信鸽时，都没有第一时间解决她的原因。

可是，当他发现，她对一个女人的兴趣，都比自己大的时候，他就有些恼火了，一旦起了这个念头，星星之火便可燎原。

这是要吃窝边草的架势?

苏栗马有些惊讶地睁开眼，就看见季谨言近在咫尺的脸，连呼吸都能喷到她脸上，俊美的五官近看更是夺人心魄的耀目，令她有一瞬间恍神。

“哪里！能被季总临幸，是我的荣幸。”她平复狂跳的心，挤出一个微笑，就这样笑盈盈地对着季谨言的双眸。

她不完全了解季谨言，但她很了解他讨厌什么样的女人。

果然就见季谨言冷哼一声，松开压着她的姿势，理了理西装，瞥了她一眼:“清楚你的身份，以后不要耍小聪明，做好该做的事。”

“是。”

苏栗马仍旧面朝上，心乱如麻地平躺在沙发中，这一声回应就淹没在了季谨言走进书房后的关门声里。

书房里的季谨言，脱掉西装外套，随意解开了领口的两颗扣子，往真皮办公椅中一靠，合着双目，体内还有一股无名火在蹿。

该死!

刚才有那么一瞬间，他差点真动了念头。虽然这是男性的正常生理反应，但是他一向很能控制自己的欲望需求，就连严雪至也笑过他，有种近乎变态的克制力。

可是就在刚才，他的克制力差点土崩瓦解。

她不美，总是浓妆艳抹甚至有点俗气，但他不讨厌她这样子的伪装，也不讨厌她平日里耍耍小聪明，狗腿拍马屁的样子。毕竟她很识时务，也很有分寸。

她很适合做他的特助，帮他处理一些日常琐事……但仅限于此。

季谨言蓦然睁开眼睛。

方才那股原始的欲望已经被他压了下去，不见踪影。

“小苏，小苏，你听没听见我说话啊？”

苏栗马飘在外头的思绪被面前林兮呼唤的声音拉了回来。

林兮狐疑地盯着她：“你没事吧，今天怎么状态怪怪的？”

不得不怪啊……尤其是在发生了昨天那样的事情以后，其实她不该胡思乱想的，诚如季谨言所说，她把自己该做的事情做好就行了，其余的人或事，不能肖想的就不要想，否则就是自寻烦恼自找苦吃了。

于是苏栗马笑了笑，摇了摇头：“没事，可能有点累。你刚刚说到，那对母女拿了你妈的遗物？”

林兮点点头，大致讲述了一下昨日回林家的情况。无非就是林堂想逼她与大成集团的郭韬见面，而那对恬不知耻的母女则私吞了她母亲生前的玉镯，不肯交出。

“你也别着急。如果玉镯在她们手里，迟早有露出马脚的一天，到时候再拿回来也不迟。”苏栗马安慰她，又思忖了片刻，“反而，是你父亲那边，急着安排你和郭韬见面，看来也没有这么容易死心的。”

“我跟他们说，我有未婚夫了。”

“你说了是季总？”

“没有。就算我那天说了，他们也不会相信，指不定还以为我疯了。”

苏栗马点点头：“不过，我觉得，季总应该不会放任你父亲逼你嫁给郭韬，毕竟你们之间还有一份协议在。就是不知道他打算几时出手……”

“我也是这样想的，所以我在等。”林兮跟苏栗马想的一样，“只是，他们跟我说，过几天林家有个开盘仪式，之后还有个庆功宴，让我也去一趟。”

她有些不安，不知道林倩倩母女在打什么算盘。

“那天，季总好像也会去。不过这种正式场合，都是严田陪他去，我一般去不了。”苏栗马又转了话锋，“但是你放心，兵来将挡，水来土掩，无所畏惧。”

林兮莞尔了一下：“我能像你这么胆子大就好了。”她从小母亲过世，继母猖狂，被养在深闺里当一个听话的大小姐，有时候真是羡慕苏栗马的洒脱。

“其实没什么好的，什么环境造就什么样的人。”

林兮询问：“那你……”

“我从小生活在孤儿院，什么都要靠自己。如果不是有个好心人资助我念书，可能当初我就早早出来打工，现在大概已经嫁人，‘儿孙满堂’了。”苏栗马满不在乎地笑了笑，“所以有时候我只能胆子大些，凶一些，这样才能保护自己，不让别人欺负到我头上来。”

看着苏栗马平淡地叙述着自己的身世，林兮有些不知所措：“对不起……”

“没什么好对不起的，人各有命。就像我羡慕你的出身，却也不羡慕你的家庭，大部分人生来总是有些不完美的。”她忽而想起了些什么，补充道，“也不是个个都能活得像季谨言那样，翻手为云覆手为雨，像条海龙王似的。”

林兮扑哧一笑，觉得这个形容很是贴切。

两人谈笑风生间，并未察觉到从远处射过来的一道赤裸裸的目光。

幽暗的咖啡厅里，一个年近不惑挺着圆滚肚皮的男人，正死死地盯着她们。

桌上昏黄的烛光投在林兮的侧脸上，男人丝毫没有收敛贪婪的目光，随即掏出手机拨通了一个电话：“林太太啊，你这个便宜女儿长得真不错！”

“小兮啊没什么特长，就是这皮相好看。”电话那头正是林兮的继母，“郭总，你放心，只要你看得中，这桩婚事就是铁板钉钉的事。”

“可是，林大小姐还年轻，怕是看不上我这个中年大叔喽……”虽这么说，郭韬的目光却仍胶着在那边，不肯放松。

“郭总，你放心，过几天仪式之后的酒会，必有惊喜送上。”

听电话那头这么说，郭韬的眼中闪过一道猥琐的精光。

“那就拜托林太太了。”

苏栗马的眼皮一直在跳，弄得她有些心神不宁。

今天是林氏开盘仪式的日子，仪式之后就是酒会，季谨言会去，林兮也会去，可是她去不了。

此刻，她一个人驻守在空荡荡的酒店房间内，看着落地玻璃窗外折射进来的暖光，带着一丝燥热，搅得人心烦不已。

她揉了揉眉心，努力克制住心底的胡思乱想。

想着闲来无事，正好偷懒打个盹，睡到了接近黄昏，她被一阵手机铃声吵醒，揉着惺忪的睡眼，接起电话，嗓子慵慵懒懒的：“你好，请问哪位？”

“是我，你不会在旷工睡觉吧？啧啧，真舒服，羡慕死了。”

电话那头的女声有些熟悉，苏栗马顿时清醒了三分，看了看来电显示，是当年与她同在一个孤儿院的玩伴，目前好像就职在某家八卦杂志做狗仔。

“死样，我还以为你都忘了我了，这么久都不联系我。”苏栗马笑盈盈的，面对好久不见的朋友突然的联系，心里还是很高兴的。

“嘁，你也不主动联系我啊。”

“我不是最近比较忙嘛。”苏栗马尴尬地解释。

“得了吧，知道你在季氏工作，大企业大忙人。”电话那头传来调笑的声音，片刻又转了话锋，“对了，你们季氏的新电影女主好像是叫林兮吧？”

听到这个名字，苏栗马蓦地一怔，原先那股不祥的预感又逐渐攀升上来，只听电话里的人语气瞬间严肃了一些：“林氏今天办庆功宴知道吧？老大让我去饭店门口蹲点，说是有关于林兮的大爆料。好多家媒体都接到消息，闻风赶去了。我想到你在季氏工作，也不知道这事会不会影响季氏的电影，就先通知你一声。”

林兮的爆料？

苏栗马额头神经突突地跳，她扶额，举着手机说道：“谢谢你，改日一定请你吃顿好的。”

挂了电话，苏栗马有些费解，她大概猜得出喊上那么多家媒体杂志的始作俑者是谁，除了林倩倩这个死对头，林兮应该也没有其他得罪的人。可是，她能想到的爆料，无非就是林兮是林家流落在外头的女儿这一件事。

如果仅仅是这样的事，不足以伤害任何一个人。

可如若对方的目的远没有她想的这般简单的话……

作为一名身经百战的特助，她的危机公关意识油然而生，稍作反应便拨通了严田的电话。

“苏特助？”

电话那头传来悦耳缠绵的音乐声，配合着周遭低吟繁杂的交头接耳，时不时还传来清脆的碰杯声。苏栗马猜测，严田应该在酒会上无疑。

“严秘书，请问季总现在在你身边吗？”

“不在。我在林氏的酒会上，季总还有个会议，要开完会才会过来。”严田说道。

然后苏栗马从严田口中得知，早上的仪式剪彩，季谨言以不方便面对媒体为由推托了，顺便打发了严田去参加。当时，林堂的脸色就不太好看，但是最终也只是迫于淫威表示理解。然后严田就只能代表季氏，从仪式一直陪衬到了酒会上。

此时此刻，严田还在跟源源不断涌上来，想要他引荐给季总的政商人士周旋。

“那……有看到林小姐吗？”苏栗马问。

严田顿了片刻，似乎真的仔细搜寻了一圈：“也没有。”

“我知道了，如果见到林小姐，务必提醒她今天万事小心。”

还未等对方询问清楚，她再次挂了电话，毫不迟疑地走出酒店。

林氏酒会在近郊的贺云山庄举办。

这座山庄除了三个五百平方米左右的平层宴会大厅之外，另外还建造了十几栋精致的小型别墅，规则地隐匿在曲径通幽、花海叶林当中。

因为位置偏郊区，地势广阔，这里所有的建筑都是平层，整体规模就是一个高级度假村，据说是融时代名下，严家的产业。

苏栗马一路紧赶慢赶赶到此处时，隐约看见一堆抱着相机戴着鸭舌帽的记者就埋伏在山庄大门口边侧，嘁嘁喳喳不知在交流什么。

她装作没有看见，径直走了进去，然而却在酒会宴厅门口被拦了下来，对方开口问道："小姐，请出示一下您的邀请函。"

"我是跟季氏的严秘书一起来的，他现在就在里面。"苏栗马落落大方地说。

穿着黑色制服的安保人员狐疑地打量了一下她，只见她穿了一件再普通不过的工作套装，并不像奔赴晚宴的样子："对不起，没有邀请函，我不能让您进去，请见谅。"

苏栗马交涉失败，只能再次致电严田，只是这次她却在电话里头，听见了车子引擎的声音。果然就听严秘书说："我？我现在正在赶往季氏的路上，季总的会议快要结束了，今天司机又放假，所以我去接他。"主要他也想逃开会儿，酒会上被人围得够呛。

这一来一回最快也要一个半小时！

看来是指望不上严田了。

苏栗马又立刻拨通了林兮的电话，仍然无人接听，心中的忐忑更甚。她之前一直不停给林兮发微信打电话，然而对方丝毫没有回应，所以才火急火燎地赶到此处。

她内心只有一个想法：出事了！

最棘手的是，她现在就犹如一条迷失在海洋中的孤帆，丝毫没有寻找的头绪和方向。她找不到人，也不确定林兮到底有没有出事，所以不能贸然惊动季谨言，但也不能丝毫不作行动。

可是她现在进不去宴会大厅，只能守在大厅门口，不顾安保人员可疑的眼神，来回踱步。

就在她一筹莫展之际，熟悉的声音倏然灌入耳中。

“哟，‘玛丽苏’小姐，不跟在你家季总屁股后面，怎么有空来这里打转？”

苏栗马循声望去，只见两三米开外，严雪至噙着笑意优哉游哉地向她的方向走过来。

她有些诧异：“严总，这么巧，您怎么也在这里？”

“不巧，我家的产业，我当然会在这里出现。”

苏栗马三两步迎上前，直奔主题：“那严总，有没有办法进这宴会厅？”

严雪至越过她不高的个头，看了看衣香鬓影的内厅。

“是林家的庆功宴吧？”他说了一句。

“我家的山庄，我当然能带人进去了。”严雪至笑眯眯的，末了又突然转了话锋，“但是，我凭什么要帮你呢？”

苏栗马想了想：“严总不是跟季总关系很好吗？”

“关系是好不错，但是一码归一码，除非……”他犹含着笑，“算你家季总欠我一个人情。”

苏栗马有些无语：“我不能代表季总本人。要不，算我欠你一个人情？”

严雪至从上到下打量了一下她：“我的人情很贵的，一般人还不起。”

时间不等人，苏栗马实在不想继续浪费在言语纠缠上。沉默了片刻，她抬起头：“好，算季总欠你一个人情。”华华丽丽把自家老板出卖了。

“成交。”

在严雪至的带领下，苏栗马果然畅通无阻地走进了宴会大厅。

婉转的音乐在厅内流淌，宾客身着华服，满场都是有头有脸的人物。苏栗马在人群中仔细搜寻，并未瞧见林兮的身影，以及她的继母与林倩倩，只有远处站着的林堂正在与身旁的人有说有笑。

苏栗马心不在焉地接过侍应递上来的香槟，目光流连了一圈，并无所获，她有些失望。

严雪至捏着酒杯，微微颔首，眼神略带探究的意味，看见她脸色攀上明显的失落，他抿了一口酒，不疾不徐地问道：“‘玛丽苏’小姐，你在找什么？”

苏栗马闻言，回头瞧了一眼严雪至，咬着下唇，陷入一片沉思。

见她不答，他也无所谓的样子，反而将视线游移到了远处林堂的身上，蓦然开口：“听说林家有意与大成集团的郭总联姻，所以才会一起合作了这个项目。”

不知是故意还是巧合，听严雪至提起这件事，苏栗马看向他的目光都含了一丝诧异。只见他扬了扬下巴：“看，林家的小姐来了。”

苏栗马循着他的视线望过去，就见林倩倩身着一件高定礼服从侧边推门而入，满脸春风得意，扬着下巴款款向林堂那边走去。

苏栗马不由得蹙了一下眉，而身边的严雪至假意环顾了一下四周：“说起这件事，怎么没见到郭韬，今天他也算半个主角。”

她像是突然醍醐灌顶，四下扫视，确实没有见到郭韬！

一次的凑巧是巧合，两次的凑巧就不是巧合了。她只觉严雪至知道一些什么，于是旁敲侧击道：“那严总知道林家有两个女儿吧？我就是来找另外一个林小姐的。”

严雪至笑盈盈地看向她：“所以，你要找的林小姐不在，郭总也恰巧不在。”他话里话外全是引导的意味。

苏栗马不是神仙，她实在拿捏不准现下的情况，只能靠着零碎的线索猜测：“林堂有意促成女儿与郭总联姻，就必定会安排他们见面。”如果只是被逼相亲，不至于联系不上，再想起方才林倩倩那副小人得志的神情，外头收到消息埋伏的记者……

她蓦然有个预想，渐渐睁大了双眼。

严雪至捕捉到她神色的变化，好整以暇地说道：“这个圈子里，狗血的桥段远比你想象的还要多。”他从小到大也见过不少。

似乎为了肯定她的猜想，他又悠悠抛出一句：“我听总台的姑娘说，郭韬在后面还预订了一间度假别墅。”眼神还有意无意地瞥过苏栗马。

他果然知道！

苏栗马凝着神色，也不再避讳，直接询问道：“能告知房号多少吗？”

“客人的隐私我们不能透露，况且，我也不知道。”他确实不清楚，只是之前在与总台小姑娘打趣时，无意间听说的，不过他当下并未放在心上，所以也没多问。

“严总，能否帮忙打听一下？”

“我已经帮过你一次了，算是给过谨言面子了。”严雪至说，“这个忙嘛，帮你我也没有什么好处。”

见他犹在装腔作势，苏栗马走近了两步，压低嗓音轻轻说：“严总跟季总关系那么好，应该知道林兮是季总的未婚妻吧？”见严雪至不置可否，她就知道对方其实一清二楚，也不再拐弯抹角。

“所以，这不是帮我，而是帮季总。难道严总可以眼睁睁看着自己好兄弟的未婚妻出事？您让季总怎么办？”

这话换严田听了早就上当了，可严雪至只思索了片刻，就笑了笑说道：“怎么办？凉拌呗，按照谨言的性格，万一真出事了，他应该会直接换个未婚妻。”

“……”

苏栗马无言以对，对方实在太了解季谨言了，让她丝毫找不到空子钻。

这个人是个撬不开的扇贝！

严雪至好整以暇地等苏栗马再次开口，没注意到林堂已经携着林倩倩走至他们身侧，爽朗的笑意瞬间打破了尴尬气氛：“严总大驾光临，林某蓬荜生辉啊！”

林堂其实并未邀请严雪至，本来融时代就是棵枝叶繁茂的大树，与季氏一样，都是金字塔顶尖的存在，能请来一个已经很是不易，根本没想过今天严雪至也能不请自来。

林堂的笑容掩饰不住：“严总来之前也不先打声招呼，我一定亲自迎接，哪像现在这样怠慢您了。”

毕竟在人家的场子上，严雪至不好不给面子，敬了杯酒：“我呢，就是今天恰好到这里来转转，听说林氏酒会在此举办，就顺道来恭贺一下。”

“感谢，感谢，严总，来，干杯。”

二人开启了无限的商业互捧，林倩倩站在父亲身旁，装作一副千金小姐的优雅派头，时不时也跟着莞尔几句。

倒是并未认出苏栗马，苏栗马与那日的打扮天差地别，加上她低眉敛目默默站在一边，略显庸俗的扮相，很自然让人忽视了她的存在。林倩倩大概以为她不是严雪至的助理，就是想来结识攀谈豪绅的拜金女，就并未把她放在眼里。

苏栗马也乐得自在，在他们侃侃而谈的过程中就默默往人多的地方，隐遁而去。

严雪至摆明不会出手帮忙的意思，她只能自己另觅他法。

走出宴会厅，穿过两边都是竹林的青石小径，她直奔总台而去。到总台不远处，她顿了顿脚步，加大了迈步时身体的幅度，妖娆地扭到了总台跟前，换上一副趾高气扬的神色，一拍台子："郭总的东西不见了，让你们去把监控调出来。"

年轻的总台小姐面面相觑，然后站起来恭敬问："这位小姐，请问您是？"

"大成集团郭韬，郭总的秘书。"苏栗马瞥了一眼总台小姐，眼中尽是傲气，"听见没有，愣着干吗？郭总的东西丢了，要看监控，有没有什么可疑的人物在他身边出现过。"

总台小姐有些为难："小姐，请您稍等，我去请经理过来。"

不稍片刻，大堂经理就来了，对着苏栗马问道："请问郭总遗失了什么东西？"

"私人物品，不方便透露。"苏栗马装作不耐烦地说，"你们到底给不给看监控？"

"这……小姐，我们有规定，山庄的监控不便给非工作人员观看。"

"郭总本来是想大事化小，所以才先让我来看监控，看看有没有可疑的人在他附近出现。"苏栗马挑了挑眉，"既然这样，那就直接报警好了。"说罢就准备掏手机。

"等一下，小姐。"大堂经理从刚才开始便一直在打量苏栗马，见她一副秘书打扮，又趾高气扬的样子，确实像那位身边的人，郭总吩咐了不让打扰自己，所以他现在也不能打电话确认。

而且如果报警，事情闹大，惊动了严总，恐怕他要吃不了兜着走，于是大堂经理飞快地做了决定：“小姐，您稍等，我立马吩咐安保室调出郭总的路线。”

“嗯，快点，我很忙的。”苏栗马捋了捋头发，将一个刻薄的秘书演绎得入木三分，心里却一直没底地打鼓。

郭韬到贺云山庄的时间不长，用两倍速很快就看完了视频监控。最后一个画面定格在了一栋度假屋面前，苏栗马聚精会神，看见了门牌上写着“木槿轩”三个字。

这就是她要找的！

她不能直接追问前台郭韬订的房间号，哪怕以秘书送东西的名义也不行，因为身为秘书可以直接联络到郭韬本人。而假借郭韬丢失物品，她才有机会可以通过监控调查出郭韬所在之处，林兮也很可能在那里。

“没什么可疑的人，那我去跟郭总说一下，有需要再找你们。”

撂下这句话，苏栗马就匆匆忙忙向木槿轩赶去。

▼
// 她的确垂涎过总裁的美色 //

夜色渐沉，最后一道半橙半紫的霞光也没入晦暗，一弯月亮薄薄地挂在那里。天空是夜将伊始的样子，地面却华灯初上，车流不息。

严田载着季谨言，正在前往贺云山庄的路上。

他忽然想起刚才苏特助的两通电话，透过后视镜瞧了一眼后排闭目养神的季谨言，迟疑着开口："季总，有件事忘了跟您说，傍晚的时候苏特助有联系过我，让我如果见到林小姐，要告诫她小心。"

季谨言闻言蓦然睁开眼睛。

灯光穿过车玻璃划过他的瞳孔，一阵明一阵暗，幽深得辨不出情绪。

"还有多久到？"他沉声开口。

"大概还要二十分钟。"根据来时的时间，严田预估道。

"快点。"

听他这么说，严田也不敢耽误，踩重了油门，加快了一些车速。

车子驶入贺云山庄大门时，季谨言透过车窗瞧见外头路灯下，幽暗不明处，一群记者打扮的人乌压压地聚成一团守在那里，他皱了皱眉。

有接待恭敬地打开车门。

季谨言下了车，扣上西装外套的纽扣，未做停歇，就径直往宴会厅走去。

外面的夜色有些深沉，厅内的灯光却白炽如昼。

季谨言一走进来，就有人停止了谈笑风生，向他望过来。他站在那里，俊挺、矜贵，加上那副相貌，让人瞧上一眼便移不开眼。

他极少在公共场合露面，所以有人识得，有人不识得他。然而那种气质，一看就是非富即贵的人物。

季谨言本人倒是毫不在意，面无表情地巡视了一周，最后停在了径直朝他走来的严雪至身上。其实早有人认出了他的身份，但见他浑身散发着冷漠，他们也都不敢凑上来触霉头。

“你终于来啦。”严雪至递给季谨言一杯酒。

季谨言没接，严雪至也无所谓，继续说：“你家小特助刚还在这里，转个身就不见了。”

季谨言蓦然拧紧眉头：“人呢？”

有些质问的语气，严雪至想到方才，讪讪地说：“大概是……单枪匹马勇闯魔窟，替你救佳人去了。”

季谨言面色一沉，声音也跟着降了几度：“你就让她一个人去？”

“我这不是被人绊住了？回头她就不见了，我正想去找她来着。”严雪至心虚地撇开视线，不敢对上季谨言冷冽的目光。

“在哪里？”季谨言冷声问。

“我刚问过侍应，木槿轩。”听大堂经理说起郭总“秘书”调看监控的事，严雪至就猜到了。虽然他并不想多管闲事，但毕竟是他的地盘，如果真出什么事也麻烦，所以本就打算去看一眼。

结果正好撞上季谨言走进来……

听严雪至说完，季谨言冷着脸，转身就要走，却又杀出了一只拦路虎。

林堂迫不及待地带着林倩倩迎了上来：“季总，总算把您盼来了，有失远迎。这是我家小女，林倩倩。”

林倩倩面色浮现一阵娇羞，饶是她听说过季谨言的名声，却没想到他不仅年轻有为，本人的长相也是如此出众。她含羞向季谨言打招呼：“季总，久闻大名，初次见面。”她今日特地挑选了一件粉色的高定晚礼服，抹胸的款式，纱织的裙摆上手工绣了几片蓝色的花骨朵，走的是仙女风，因为听说季总不太喜欢过于妖娆妩媚的女人。

都说美色误人……季谨言又凭借他的美貌成功勾引了一个小姑娘，严雪至如是想。

然而当事人一点反应都没有，甚至都没拿正眼瞧过林倩倩，直接对林堂道：“我还有要事，先告辞。”说罢，头也不回，绕过他们就往外走。

林堂莫名其妙，怎么刚来就要走？他正想跟上去劝季谨言留步，却被严雪至挡了下来：“谨言有事，我没事，来，林总，我敬你一杯。”

林堂只能尴尬地赔着笑，使了一个“没用”的眼色递给伫立在身旁的林倩倩。

林倩倩双手抓着裙子，愤愤地咬着牙，自己一身的精心打扮，居然被视若无睹。她哪里受过这种委屈，当场就想掉眼泪，但碍于场合只能强忍着。

木槿轩外。

夜色浓稠，引路的灯火顺着小路将苏栗马领至此处。两旁灌木丛中，传来低低的虫鸣，在幽静的背景里分外清晰。

与前头宴会厅里的喧嚣不同，这里格外静。本身山庄里的度假别墅为了保证私密性和绝对的清幽，每一栋都相隔甚远，而周围都是繁茂的竹林，此刻卧在夜风里沙沙作响，像是有一只怪物隐匿在黑暗中，随时就要将一切吞噬。

木槿轩里头透出明亮的光。

门是虚掩着的。

大概是为了方便外面的记者破门而入，苏栗马联想到。她蹑手蹑脚地走进去，因为是个平层，其实格局并不会很大，穿过三面都是玻璃的客厅，右手边的屏风后面就是卧室。

此刻林兮躺在大床上昏迷不醒，而郭韬下身围着白色的浴巾，露出半截肥腻的上身。他坐在床沿，正色眯眯地打量着林兮：“宝贝，我会对你负责的。”眼睛盯住那双修长洁白的腿，抬手就摸了上去。

“咔嚓”一声！

手机闪光灯的亮光刺到了郭韬的眼睛，闭了一下，他怒斥道：“哪个不长眼的东西？”

苏栗马从屏风后走出来:“是林夫人让我来的，我是《娱风杂志》的记者。”她急中生智，编造了一个杂志名称。

郭韬不悦地皱眉:“怎么这么早就过来了?”打断他的好事。

苏栗马故意笑得暧昧:“林太太说，要杂志头条更加劲爆一点，所以特地安排我早点过来，指导一些拍摄技巧，必要时，可以加上一段视频。”

听她这么说，郭韬也不怀疑，扬起猥琐的笑容说:“那你可要给我拍好一点。”说罢，就低头欲吻林兮。

“等一下。”苏栗马叫住他，“女主角这样不省人事拍出来的效果不好，把她弄醒，我有办法拍出那种欲拒还迎的效果。”

“弄醒后，她跑了怎么办?”

“放心，我进来的时候已经帮您把门关上了。”当然是瞎话。

说完，苏栗马转身从浴室端了一盆冷水，不等郭韬反应，毫不迟疑就往林兮脸上泼。

受到冷水的刺激，林兮真的悠悠转醒。强烈的光线有些扎眼，全身上下连眼皮都乏力异常，等看清眼前的场景，她悚然清醒了过来，她被算计了!

而此时一旁的郭韬，看见湿身诱惑的林兮，本来立刻就想饿狼扑食上去，蓦然想到了什么，突然转头，阴鸷般地盯着苏栗马:“你是记者怎么用手机拍照?记者不是都有专业相机吗?”刚才他被美色冲昏头脑，一时竟没反应过来。

“呃，手机拍照也很清晰的……本报社穷，配不起相机……”苏栗马边说边往后退。

郭韬两三步，逼向她。

林兮这是已经完全清醒过来，除了四肢还是无力，就听苏栗马一声大喊:“跑!”

她明白了苏栗马的意思，拼尽全力撑起身子就向外跑，她要去找人救苏栗马——

宛如末日狂奔!

郭韬一声咒骂，反手就把苏栗马扇倒在地。

到手的鸭子都飞了，郭韬恶狠狠地盯着地上的苏栗马，一把抓起她的头发，硬生生把她拖行到沙发当中，一摊油腻腻的肉就毫不留情地压向苏栗马。

她犹在挣扎，又结实地挨了郭韬一巴掌，脑子被打得有点蒙。

“看我今天不弄死你！”郭韬压着苏栗马，撕开她的衬衣。

苏栗马心里没有害怕，只是感到冰冷的绝望，席卷至四肢百骸。她是一个惜命主义者，哪怕受到了屈辱，哪怕今天逃不过这一劫，她也要活着……活着走出去……

于是她放弃挣扎，准备冷漠地承受接下来的一切……

突然，她身上一轻，恍惚间，听到茶几破碎的声音、郭韬“哎哟哎哟”的求饶声，还有季谨言那句冰冷刺骨的话：“严田，把他绑起来！”

他声音毫无温度，冷得像一汪寒夜里的池水，却莫名让人觉得安心。

季谨言站在沙发边，看着沙发里的苏栗马闭着眼睛，纤细的身子止不住地打战，暴露在空气中的胸口格外刺眼。他脱下外套，盖在了她身上，骨节分明的手指在伸向她的半空中蓦然停住，半天，才徐徐说道：“已经，没事了。”

短短几个字，却像是分外有力度。

苏栗马终于缓缓睁开双眸，跃入眼帘的就是季谨言的脸。她从未见过他流露出这般温柔的神色，让她生出仿佛眼前的人，不是那个叱咤风云的季谨言的错觉。

她用季谨言的外套裹住身子，慢慢坐起，沉默了许久，才开口说了第一句话：“谢谢季总。”

季谨言皱了皱眉，遇到这样的事，她不哭不闹，除了那微微发抖的身躯昭示着主人的害怕，差点就辨不出她方才竟经历过那样的遭遇。

目光所及，又见她脸颊上红红的指印，季谨言双眸一沉，一股怒意在眼底肆虐，是暴风雨的前兆，又面无表情地冷声吩咐：“严田，交给你处理了。”说罢，扶起沙发中的苏栗马，往外头走去。

“是。”

严田磨刀霍霍，正好，他也恨不得弄死这个败类！

通往木槿轩的石板路上，严雪至陪着林兮默默站在灯下。

方才他们寻过来，半路就遇到了林兮，跟落汤鸡似的，还在拼命喊着“去救苏栗马”。

于是季谨言他们继续向前，他就留下来当护花使者。

有侍应生顺着小路找了过来，有些慌忙，对严雪至说道：“严总，大堂那边聚了很多记者，我们安保员快挡不住了。”

严雪至点头表示知道了，望向仍旧失魂落魄的林兮，悠悠开口：“林小姐，外头那些人是在等着看你的好戏，虽然看不到你的了，但是里头还有谨言他们在。这件事的起源在于你，你不该有所表示吗？”

此时，林兮才慢慢找回了三魂七魄。她整了整裙子，拨了拨头发：“我知道了，我会想办法挡住那些记者的。”然后款步向大堂走去。

大堂的记者一见到林兮出现，闪光灯瞬间犹如潮汐般涌来：

“林小姐，请问你是林氏集团的千金，是真的吗？”

“请问你身上怎么是湿的，是落水了吗？”

问题络绎不绝，林兮拣了最后一个问题，茫然地低下头，回答道：“是，因为有点小问题，所以我被泼了水，但……我不怪她。”她更感谢苏栗马，这样的恩情。

而记者听着模棱两可的回答，纷纷开始浮想联翩。

因为林兮拖延时间，季谨言开车，载着苏栗马顺利驶出了贺云山庄。

刚从山庄出来，晦暗的天空开始飘起细雨，苏栗马坐在副驾驶的位置上，披着男士的黑色外套，衬得肤色越发苍白。她就这样静默地坐着，一言不发。

甚至有一瞬间，她的呼吸都是停滞的。

季谨言皱了皱眉，将车开到湖边蓦然停下，打开两边的车窗，一股凉风混着几滴夜雨扑腾进车内。

清凉的空气刹那扑向苏栗马的眼耳口鼻，让她如释重负地吸入一口新鲜空气。

“知道怕了？”季谨言淡淡地开口，声音混在凉风里飘来。

苏栗马有些局促地望向他。她今天的举动确实太过莽撞，如今回想起来，还是会觉得后怕。也许是因为在季谨言身边过惯了狗仗人势的日子，让她一时得意忘形，高估了自己，今天她能逃脱完全纯属侥幸，但并不是每次都有好运。

也许季谨言当初说得对，她的确自作聪明了……

一想到这里，她也不由得挫败起来。

季谨言将苏栗马的神色捕捉进眼里，忽然问道：“为什么帮林兮？”比起责备她的鲁莽，他其实更想知道，她几次三番帮助一个不相干的人是出于什么目的。

“林兮是个好姑娘，我总不能看着一个好姑娘被人白白糟蹋。”还有最重要的一点，“季总，你把她交给我负责，那我就要把你交代的事情做好。”

季谨言有一瞬间怔忪，良久，才幽幽吐出几个字：“大可不必。”声音在朦胧夜雨里显得格外清晰。

苏栗马却不太理解：“季总，小的愚钝，请直言。”

“意思就是……”季谨言瞥了她一眼，“空有李逵的脑，没有李逵的四肢。”

“……”

“就是说你，头脑简单以外，四肢也不发达。”

“……”

“除了莽，连最基本的审时度势都没有。”

“……”

“你是想要把我的脸丢到大西洋去吗？”

苏栗马被季谨言珠帘断落一般数落了一顿，这么久以来还是第一次见他对自己说了那么多话，一时脑袋有些发蒙，半晌只怯生生地挤出了一个问题：“为什么是大西洋，不是太平洋？”

问完，她看见季谨言睇过来不善的眼神，就后悔了，又企图亡羊补牢：“季总，我错了，以后我一定向你学习向你看齐，只求学到你英明神武的百分之一，也能受用终生了。”

在这种时刻，还能自由发挥狗腿精神，也只有她了。

季谨言扶额，懒得与苏栗马再争辩。车外雨声渐大，他适时地关上窗，再次启动车子。因为路上耽误了一会儿时间，正好与严田和林兮一前一后回到了酒店。

林兮刚踏进酒店房间，就泪眼婆娑地跑到苏栗马跟前，看到她白皙的下颌明显的红印，更加自责起来：“都是我不好，差点害了你。”

苏栗马反而有些不知所措，只能安慰林兮：“我这不是没事吗？而且你也差点出事。”

“好几次都是你救了我。”林兮的声音有些哽咽，无视一旁某人冰冷的目光，握住苏栗马的双手，“真的都不知道该怎么报答你，你要是个男的，我铁定嫁给你，一辈子跟定你了。”

“……”

严田感觉到身后一股强冷空气袭来，回头就瞧见了他家总裁大人如墨的脸，比外头的夜雨还要沉，还要冷。

“咳，时间也不早了，不如我先送苏特助回去吧？”他感觉到季总的脸色又黑了三分，求生欲让他蓦然改口，“或许可能也许，我还是先送林小姐回去吧。”

严田刚准备送林兮出门，坐在沙发里脸色冷然的季谨言，淡漠地开了口：“林小姐，你马上就要进组拍电影了，希望你能将时间多多安排在工作上面。”语气里似有一些警告的意味。

林兮茫然地回头，看到苏栗马的那一刻，好似了然于胸般频频点头，然后才跟着严田离开了房间。

“那个……季总，没什么事情我也回去了。”

室内因为少了两个人，又蓦然安静了下来，苏栗马有些尴尬，就想溜之大吉。

“留下。”

听见季谨言轻轻吐出这两个字，她瞪圆了眼睛，又听他道：“下雨。我让酒店给你开了一间房，在隔壁。”

“我……”

她刚想开口，季谨言淡淡瞥了她一眼说：“员工福利你只能选择住，不能折现。”

“……”

该死！他怎么知道自己想变现来着？

迫于“地主阶级”的体恤压迫，苏栗马乖乖去了隔壁房间睡觉。

季谨言却没有休息，坐在办公桌前盯着外国股市，临近到了深夜。

等他从股市中抽出思绪，窗外已是暴雨如注，雨滴噼里啪啦地砸在落地玻璃窗上，却因为玻璃的特殊材质，里头一点声响都听不见。他揉揉疲惫的眉心，一脸倦态地走到玻璃窗前。雨似乎下了很久，都蒸起了水雾，袅袅飘散在雨帘中，让地面的灯火夜景都染上一片虚无的朦胧感。

他蓦然想起了苏栗马，脚步不受控制，鬼使神差地用备用门卡打开了隔壁的房门。

房间内很暗，只有酒品台上亮着一束微弱的昏黄灯光，然后就只有未落上窗帘的玻璃外透进来的淡淡街光，却被雨遮去了一大半亮光。

刚迈进房门几步，他觉得这样似乎不太妥当，就想退出去，却突然听到某个熟悉的声音带着惊恐，喃喃呓语：“不要，不要过来，放开我……滚开……”

声音越来越响，最后的尾音都含了一丝颤抖。

季谨言循声三两步走到床边，暗淡的光线照着苏栗马，她躺在床上睡得很不安生，面露惊色，似做了一个很深的噩梦。

梦魇越来越重，她甚至开始挥手，不知是挡还是抓。

“不要过来！”

一声惊恐的尖叫伴随着窗外的一道电闪雷鸣，让她挣脱梦魇，惊坐而起！她手心不偏不倚地抓住了季谨言的手臂，紧紧的，恍如抱住了一根浮木。

闪电从窗外划过，骤亮，瞬灭。

两道目光在晦暗中无声地杂糅在一起。季谨言弯着腰，离苏栗马很近，她甚至能在他幽暗漆黑的瞳孔中清晰地看到自己的倒影。

大雨倾盆，灯光很暗，呼吸很重，亦很近。

林林总总带出一室暧昧的气氛。

空气立马变得尴尬起来。

苏栗马此刻才慢悠悠回过神来，大气都不敢出，轻轻地说："季总，你怎么在这里？"

"你做噩梦了。"

季谨言难得没有怼她，不知是错觉还是其他，他的声音在这样静谧的夜里，显得格外温和。

"好像是的，我做了个不太好的梦。"

苏栗马有些神思恍惚，就听季谨言淡漠却悦耳的声音从头顶再次响起："睡吧，我陪着你。"

这句话，像是注入了魔力一般，瞬间让她一颗心平静了下来，她依言躺下，一只手还是死死抓着他的衣袖，不肯放开，也不肯闭上眼睛，似乎在害怕她一闭上眼睛，就又剩下孤身一人。

季谨言仿佛有些无奈，伸出另一只空闲的手，去遮挡她的眼睛，迫使她乖乖合眼。没有被他手掌覆住的她的双唇，微微扬起一抹弧度，喃喃道："你这个动作，感觉我像死不瞑目似的。"

"……"

温温热热的掌心温度透过眼皮一直传进她的大脑，还有那股子好闻清冷的味道，令她安心又眷恋……

一夜雨歇，雨后的阳光炽烈又晃眼，透过玻璃照进来。

苏栗马在暖阳中缓缓醒来，睁开沉重的眼皮，身边已经没有季谨言的存在，仿佛昨晚的一切不过是海市蜃楼，一夜幻梦。

随着意识逐渐清明，她还是不由自主红了脸，臊得再次躲进被子里。

天哪……

她昨天到底没脸没皮干了什么？

她居然拉着总裁大人，让人家陪她“睡觉”，现在想起来都很佩服自己昨晚的勇气，简直就是吃了熊心豹子胆了。

万一总裁大人误会她觊觎他的美色，直接炒她鱿鱼，她就不好解释了。

虽然，她的确垂涎过季谨言的美色……

她双手拍了拍自己的腮帮子，犹带着一丝微疼，试图让自己清醒过来。她掀开被子，面前那堵墙后面是季谨言的房间，想到了他，她又不争气地红了脸！

“啊，好烦！”

苏栗马不喜欢这种心烦意乱的感觉，不由得在床上捶胸顿足，用以发泄自己烂泥扶不上墙的郁闷感。

一时半会儿无颜去见她的总裁大人，她就四仰八叉地躺在床上刷起了微博，林兮的名字又赫然出现在了热搜上。

标题是：林氏千金流落街头，继母当众泼水，不让归家！

这么狗血的标题，苏栗马也有些佩服媒体胡说八道的能力。大概就是媒体踢爆了林兮富家千金的身份，外加昨天湿身接受采访，于是娱记们为博眼球脑补出了一部豪门狗血大剧。

由此事件也引发了电影《妖女》的话题，所以季氏也乐见其成，任凭热搜挂在上面。

只不过，苏栗马想起，昨天那盆水，好像是她泼的来着？不巧的是，让林倩倩和她母亲做了背锅侠，大概这就叫恶性反噬。

还有另外一个话题，占据了热搜的半壁江山，讨论度比林兮的那条还要高。

大成集团董事郭韬涉嫌猥亵侵犯侍应生，被连夜逮捕，融时代 CEO 表示会尽力安抚受害员工，也会将此事追究到底。

因为这件事涉及的问题比较敏感，一下子就激起了千层浪，网友纷纷群起攻之指责声讨，要求大成集团立即撤换领导层。

饶是郭家律师团已经第一时间站出来解释说明，但还是平息不了民愤。而这件事还未发酵之前，郭韬就被第一时间逮捕，恐怕与季氏脱不了干系。

哪怕无法直接判刑定罪，官司一起，郭韬大概也是毁了……

不过林兮就逃过一劫了。

想起昨天郭韬那恶心人的嘴脸，苏栗马内心毫无波澜，他就是咎由自取！

“活该，活该！”

她聚精会神地刷着微博，没注意到房门再次被人打开，一边吐槽着，一边变换着各种奇葩的躺姿。

蓦然觉得空气里有股冷意，她才后知后觉地朝着门的方向望去，就见季谨言沉着脸站在那里。两条尴尬的腿悬伸在空中，她的头微微仰起，透过空中摆成V字形的双腿间，与季谨言面面相觑。

尴尬的姿势，僵住的空气。

“日上三竿了，睡得真好啊。”季谨言一个字一个字地吐出来，却让她听出了点咬牙切齿的意味。

她悚然一个鲤鱼打挺，慌张地端坐起身子，窘迫得不敢去看季谨言的眼睛，尬笑了两声说道：“季总，早啊。”

“不早了。不过，苏特助要是喜欢，还可以再睡一会儿。”语气轻飘飘的，却来者不善。

苏栗马一个激灵，连忙道：“不了不了，我立马起床换衣服，我爱工作，工作使我快乐！”

季谨言冷哼了一声，转身出了房门。

所以，到底为什么季谨言连门都不敲就走进她的房间啊？她很不满，但她不敢说。

苏栗马觉得有些奇怪。

自从贺云山庄那天之后，林兮已经有好几天没主动联系她了，原本二人一见如故，很聊得来，每天都会在微信上闲谈一番。

不知道林兮是不是还在自责……

今天是林兮进剧组的第一天，季谨言有个挺耽误工夫的季度例会要开，苏栗马正好偷懒放大假。

于是她买了一束花，打算去探望一下林兮，顺便观摩一下拍戏日常。

电影在影视城拍摄，拍摄主街道被工作人员拦了起来。苏栗马也是事先跟林兮打过招呼，所以有跟组的小助理在入口处等她，引她往里走。

古色古香的街道，穿着古装的群演或坐在地上，或站着聊天休憩，仿佛真的一下子穿越到了古代，如果不是他们手中还拿着智能手机的话。

今天的苏栗马因为不用上班，特地套了一条简单的白色裙子，还戴上一副黑框眼镜，十足的学生样。

跟组助理以为苏栗马不是林兮的小粉丝，就是经纪公司派来的小助理。毕竟那位女主角，进组后连个助理都不带，虽然是个新人，也没见过这么低调的。

见到林兮，她正坐在折叠椅上，细细阅读着手中的剧本。她上身套了一件窄边宽袖的赤色上衣，下身穿了一条赭赫的下裳，衣饰的花色采撷了云雷纹，十分还原夏商时期的穿着打扮，足以见得季氏的电影制作精良。

见林兮专心研究剧本，苏栗马也并未去打扰。直到她似乎感受到了某道视线，悠悠抬头，瞧见了苏栗马，便立刻放下剧本向苏栗马走来："你来了，站了多久了，怎么也不说一声？"

"看你这么用心，不好意思喊你。"苏栗马笑盈盈地将手中的花束递给林兮，"恭祝你拍戏顺利。"

"谢谢。"林兮接过花，一副愉悦的模样。

"这几天很忙吗？"苏栗马瞧了林兮一眼，见她疑惑地看着自己，又说，"我看你好几天没有联系我。"

林兮有些局促，抱着花欲言又止了很久。

苏栗马见她为难的表情，如是说："我以为我们已经是朋友了。"

"当然是。"在林兮心里早已经把苏栗马当成朋友了，不，不仅仅是，更是她的救命恩人。

"既然是朋友，你就没必要还为了那件事自责。"苏栗马始终认为林兮是出于愧疚，才疏远联系。

"不是的……"其实她一直都想联系苏栗马，只是想起季谨言那晚的警示，犹豫地说，"我是怕季总生气。"

苏栗马："啥？"关季谨言什么事?

像是要找个话题出口，林兮低头摆弄起手里的花，说道："我觉得，季总对你，不太一样。"之前只是隐隐约约有些感觉，自从那天夜里她敏锐地捕捉了季谨言言语里不悦的口吻，就越发加深了这个肯定。

苏栗马却像是被雷生生劈了个正着似的，吓了一大跳："怎么可能！"

私下环视了一圈周围，见没人注意她们，苏栗马才压低声音说道："你才是季太太好吗？"

"假的，就两年。"林兮也靠近她一点，比了两根手指。

"总之，不可能。"季谨言是什么人物，眼光高到圈子里的贵族名媛，季老爷子全都挖出来任君挑选了，他愣是一个都没看上，否则之前也不会轮到林堂"进贡"女儿了。

这样的人，会看上她?

开玩笑!

林兮却疑惑地蹙了蹙眉："怎么不可能?你是他的得力助手，他怎么就不能对你不一样了？毕竟你是他特助，总比旁人重要些的。"所以她差点拖了苏栗马下水，季谨言会生气，也很正常。

苏栗马有些惊讶，林兮原来是这个意思，她好像想岔了……刚刚好像不要脸了一把，于是她讪讪地挠了挠脖子："也对，这么一看，我这岗位是挺重要的哈。"

犹在尴尬，苏栗马正好瞧见不远处，这部戏的男主凌辰在几人的拥簇下缓缓走过，她找准时机，立马岔开话题：“凌辰，真的是本人哎，好帅！”

林兮回头瞧了一眼，还好吧……

“我觉得好像还是季总比较帅吧。”虽然她偶尔很畏惧季谨言，不过季总本人的颜值，放眼娱乐圈，能与之匹敌的也少之又少，“你每天对着季总，难道你不觉得吗？”

“有吗？大概……我看他看腻了吧。”此刻苏栗马已经变成了彻头彻尾自带滤镜的小粉丝，像个花痴一样望着凌辰的背影，“我现在觉得凌辰比较帅。”

而此时，高耸的季氏总部大楼内。

话题中心人物季总本季，倏然蹙了蹙眉，硬生生将方才鼻间想要打喷嚏的冲动压制了下去。

会议室的众人见他脸色不悦，纷纷低头，空气更加凝重。

数分钟的鸦雀无声。

季谨言蓦然从主位办公椅中站起来，沉声道：“季度总结连份像样的报告都提交不了，回去重做，如果再交上来这种东西……”冷峻的目光在颔首的众人身上扫了一圈，“那我就该考虑各位是否适合现在的职位了。”说完，就头也不回径直走出了会议室。

众人噤若寒蝉，见他离开，才纷纷松了一口气。

其实他们提交的报告如果放到外头，在业界已经算是数一数二的水准了，可架不住季总要求高啊……

锃亮的瓷砖地面被阳光晒得微微发光，透过右手边一整面落地玻璃，照进来。

季谨言疾步前行，严田亦步亦趋地跟在他身侧。

“季总，刚才方小姐打来电话说希望邀请您共进晚餐，请问您是否前往？”

“哪个方小姐？”季谨言头都不回。

“茉华酒店的千金，一个月前陪同您出席过一次酒会。”

“不去。”有些场合他无法单独出席，所以有时候会接受爷爷的建议，携同女伴。不过这种只见过一面，名字长相他都记不得的人，不感兴趣见第二次。

“可是……”严田有些迟疑，这个方小姐有些难打发。

“苏特助呢？”

季谨言听出严田的言外之意，这种事情本就是交给苏栗马负责的。

“本来以为季总你的例会开很久，所以苏特助今天是放假的。我之前跟她联系过，她现在应该去林兮小姐那边探班了。”严田道。

季谨言蓦然停住脚步，阳光晒在他黑色的西服上，凭空生出些许燥意，他松了松脖间的领带，双眸被灿烂的日光刺得微敛，不知在想些什么。

半晌，他重新调整步伐向前走去。

“备车，去影视城。”

“咔——”

打板声一响，原本全身心投入表演中的演员纷纷放松了下来。

“很好，准备下一场。”

第一次见真人表演，不是透过电视屏幕，苏栗马刚才在安静无声的片场外侧也被气氛感染，大气都不敢出。

林兮下了场，直接向她走过来。

剧组的化妆师立马上前替林兮补妆，见苏栗马还没缓过神来，笑道：“其实我也是第一次参加这么大的制作，早上第一场戏的时候，我紧张得连台词都说不出来。”

“你适应得挺快。”苏栗马肯定道。

“你是实习助理吧？”化妆师给林兮补完妆，瞟了一眼苏栗马，“难怪没有眼力见儿，艺人下了场，连最基本的水都不送上一口。”

苏栗马一怔，看来又是把她当成小助理了。

也不等林兮解释，苏栗马立刻从折叠椅的身边取来了水杯递给林兮。见林兮皱起好看的眉，她笑着说道：“你就让我当一次艺人助理试试吧，我觉得挺好玩的。”

林兮这才接过水杯，笑了笑没说话。

不远处的王导正在和编导商量下一场戏的情景。

打扮朴素的女编导，约莫二十七八的年纪，犹犹豫豫地开口说：“王导，下一场戏，有吻戏了……”

“吻戏怎么了？”王导仍旧在反复翻阅着上一场戏，目光都不抬。

编导压低了声音：“王导，你忘了，开拍前，季氏秘书部的严部长，特别嘱咐过，女主角太过的暴露戏和亲密戏都要删减，或者找替身吗？”

“一个吻戏而已。”

“是热吻……”

王导这才迟疑地抬起头，望向编导那双无辜又带着肯定的眼睛。

他思考了片刻，说道：“你去群演那里问问看，随便抓一个回来当吻替。”

编导望了一眼那边群演的颜值，基本上没有一个能被拎出来的：“可是毕竟要跟凌辰搭档吻戏，这太丑了……”怕是凌辰那边也交代不过去。

“我不管，这场戏一定要拍，你自己想办法。”王导不耐烦地说。

编导实在没辙，低头丧气地瞟了一眼林兮的方向，蓦然看见了正在跟林兮有说有笑的女孩子。虽然她戴着厚重的黑框眼镜，但依稀可见清秀的脸庞，特别是下巴的位置，与林兮还有三分相似，都是瓜子脸。

她如获珍宝一般，一路朝着她们小跑而来。

苏栗马警觉地发现身边突然窜出来一个人，两眼放光地望着自己，有些疑惑：“请问，有什么事吗？”

“那个，你是林兮小姐的助理吗？”编导挠挠头，“可以麻烦你当一下替身吗？”

苏栗马：“替身？”

林兮也颇为疑惑，下一场戏，好像就是一场感情戏，并没有需要用到替身的场景吧。何况太危险的戏，她也坚决不同意苏栗马上。

“不是什么危险戏，你放心。”编导继续说。

硕大的遮阳伞下，凌辰的折叠椅也在不远处，他的助理刚才正好听见了导演和编导的探讨，皱起了眉头：“编导，这怕是不太好吧，找个小助理来跟我们凌辰搭戏。”

听见人家一副十分嫌弃自己的语气，苏栗马挑了挑眉，本来她还不想答应，既然如此，她还偏偏就要应承下来：“好啊，我也正好想试一下演戏是什么感觉。”说罢，还笑眯眯地瞧了一眼那个狗眼看人低的助理。

“非常感谢，我去找化妆师给你找套衣服。”编导见苏栗马答应下来，十分欢喜地忙碌去了。

凌辰的助理还想说什么：“等一下！”

坐在椅子上的凌辰却蓦然打断她，抬眼向苏栗马望去：“我觉得，让她来演也挺好的。”

“他在看我哎。”苏栗马见凌辰看着自己，扯了扯林兮的衣袖，欣喜地说着悄悄话，“我等等是不是要跟他本人演对手戏啊？”

“是……”林兮看过剧本，所以清楚地知道下一场是什么戏，她迟疑地瞧着苏栗马，“可是，你确定？”

苏栗马回头，见林兮的神情有些为难，她还未来得及询问，就听那边的助理又急忙说道：“可是，等等那场戏……”

“好了，人家女孩子都不介意，我怎么能扭扭捏捏呢？”

什么意思？

苏栗马这才觉得凌辰看她的眼神有些古怪，她小心翼翼地问林兮：“接下来那场戏，究竟是什么剧情，需要用到替身？”

林兮叹了口气：“吻戏……”

苏栗马：“……”

得知真相的苏栗马，本来想找编导回绝，但看到对方一脸期待委以重任的目光，她说不出口了。

答应了，就不能反悔。

这是契约精神，可饶是她看过凌辰的戏，对这个演员十分有好感，可是跟第一次见面的男人接吻这件事，她真的难以接受。

做了半天的思想工作，苏栗马心里还是慌得打鼓。

现在她开始有点佩服演员了，飞天遁地吊威亚，骑马落水舞刀枪，甚至还能跟原本陌生的人去做零距离接触。

苏栗马光是想想，鸡皮疙瘩都已经落了满地。

然而已经容不得反悔，她被换上一套商周服饰，松松地绾起头发。化妆师给她简单描了个妆，重点描绘了她的下巴和唇形，力求与林兮相像，毕竟她只有这个部分需要出境。

她有些紧张地搓着小手。

即将与苏栗马亲密接触的男主角凌辰，走到她身边，见她焦虑的样子，安慰道：“不用紧张，对于成年人，这不是一件难事吧？”想到她刚才一副学生的样子，他有些迟疑，“难道，你还是……”

“当然不是。”苏栗马知道凌辰意有所指，立马回复。

可是即使她有过接吻经验，一码归一码，在这么多人面前和不熟的人接吻，她恐怕还是无法收放自如。

“那就不要紧张，只是演戏而已，何况……我应该没那么难以下口吧？”凌辰调侃了一下，瞬间缓解了些苏栗马紧张的情绪。

“好，来，男主角和吻替准备一下，上场了。”

随着导演一声令下，苏栗马腾地从折叠椅中站了起来，慷慨赴死般地向摄影场地内走去。与林兮擦肩而过时，她听林兮说：“你要觉得实在不行，还是别演了。”

“没事，亲偶像哎，说出去我得被人羡慕嫉妒死。”她如是说，然而脸上却明明白白写着史诗级的悲壮。

“一，二，三……Action！”

苏栗马躺在凌辰的怀里，可能是日头比较大，这个怀抱并没有好闻的味道，只有一股淡淡的汗水味萦绕在她的鼻尖。

不知为何，她蓦然想起，季谨言身上的味道，永远蕴含着清冷却好闻的气息……

她有一瞬间的出神。

随着面前那张不断放大的脸庞，她突然收紧了瞳孔。

“嗝——”

一个响亮的嗝从她口腔溢出，伴随着身体一颤。

“嗝——”

又是一个饱嗝。

“咔！”导演不耐烦地喊，“怎么回事？”

凌辰已经松开了苏栗马，单膝半跪在地上，强忍着笑意。

苏栗马站起来，有些尴尬地喊道：“不好意思，我打嗝了……嗝……”正说着又来一个。

她感觉周边响起窃窃的偷笑声，脸上臊得绯红，丢脸得恨不得找个地洞钻进去。

天哪……究竟为什么一个吻戏，还要替身啊！

这个问题的答案也是季谨言想要知道的。

他刚踏进片场，就在满地的拍摄仪器和一堆工作人员当中瞧见了苏栗马。

日光正好，她穿着一身古装，一脸忐忑地坐在椅子中，目光不安地扫视四周，却始终没有向季谨言的方向飘来。

直到看到一个男人走近她，甚至，二人有说有笑。

“那个是男主角凌辰吧，咦？他身边的那个女孩子，怎么像是苏特助？”严田不合时宜地开口，又被季谨言瞥了一个冷眼。

然后，严田看到，苏栗马走向拍摄地中央，毫无廉耻地躺进凌辰的怀里。下一秒，两人越靠越近，甚至快要嘴对嘴亲上了……

一个嗝瞬间破坏了所有的气氛。

也恰好缓和了季谨言黑出浓墨的脸色。

“这是在干吗？”季谨言问道，冷清的声音凛冽得像刀子，宛如十二月冬夜里的风，刮得人生疼。

“说是苏特助在做吻替……”刚季谨言还在沉默观察时，严田已经问清了眼前的情况，此刻他小心翼翼地解释。

“吻替？”季谨言挑了挑眉，本就狭长的眸子不善地看向严田，“一个吻戏，还要替身？”

严田一凛。

这好像是他的锅，没错。

因为之前怕林兮小姐在电影里有太过出格的戏份，会影响季总的名声，于是特意告知剧组删减激情戏或者多用替身。

只是，他真的没有想到，怎么这个替身就变成了苏特助了？

“季氏的电影，连个吻戏都要替身，传出去像什么样子？”季谨言冷冷开口，见严田还不做行动，他语气越发不悦，“你是要看他们滚到床上去，拍完整部戏吗？”

严田：“……”

这是吻戏，并没有床戏！

不过严田不敢再耽误：“好的，我立马去处理。”

这边的导演焦急地等待苏栗马打嗝平复，已经快等得耐心告罄。

编导凑近导演耳边，低语道：“严秘书来了，说找替身演吻戏会降低季氏的口碑，让演员本人上阵……”

导演本来想发火，怎么这些资本家想一出是一出，一回头真瞧见严田站在不远处向自己点头致意，也不好意思再发火。

“行吧行吧，通知下去，不用替身了，主演就位。”

于是接到通知的苏栗马，一脸惊讶地提着裙摆一路小跑到导演面前，确认道：“真的不用吻替了？”

“都说用不着你了。吻替效果不好，还是得演员本人自己来。”王导不耐烦地抬头，看到苏栗马的脸一怔。

刚才在显示器里看，他只是觉得眼熟，现在一瞧，才发现对方居然是季谨言身边的人，惊讶道：“苏……”

苏栗马知道对方认出了自己，毕竟，她跟王导之间，可不只是有过一面之缘。

她顺势做了一个噤声的手势，再次询问：“如果确定不用替身了，那我就走啦。”

王导点点头，就见苏栗马如释重负一般跑开了。

“导演，那位小助理，你认识吗？”编导适时问道。

“小助理？”

“对啊，她不是林兮身边的实习助理吗？”

“不长眼睛的东西，她哪是个实习小助理啊……”话说至此处，见编导一脸好奇地等他继续，王导便突然转了话腔，“啧，你管那么多，通知演员就位，拍下一场了。”

替补队员成功退役，如获大释的苏栗马匆匆换下一身戏服，刚回到片场，就在拐角红柱旁发现了严田的身影。

严田正直直地瞧着她的方向，向她点头致意。

苏栗马走过去，好奇道：“严秘书，你怎么在这里？”

二十四孝好秘书既然在此地，该不会季谨言也来了吧？

她忽而想到了些什么，掏出手机，果然有一条严田发来的微信，时间是三十分钟前。

严田看了一眼后知后觉的苏栗马，像是故意解释她的疑惑，说道：“例会提早结束，季总也来了，车在巷口。”

跟着严田穿过拐角后古色古香的长街，通过青碧的绿化带，就是一条柏油小路，一辆加长商务车就安静地停在路边。

苏栗马走近车边，敲了敲后窗玻璃。

玻璃落下，慢慢露出季谨言那张矜贵雅致的脸庞，神色冷冷淡淡，嘴唇却抿成了不悦的弧度。

嗯，确实好像比凌辰好看……

之前苏栗马故意将脑中的季谨言的模样模糊了三分，带着滤镜去瞧了凌辰，自然得出了那般结论。现在季谨言本尊就在她面前，清晰可见，让她忽视不了。

好吧，此刻她同意林兮的观点。

“季总。”

见季谨言不准备出声，苏栗马率先谨慎地开了口。

季谨言瞥了她一眼，也不说话，只一眼他又蓦然想起她刚才自然无比地躺在别人怀里的模样，脸色倏地又沉了三分。

苏栗马敏锐地捕捉到了季谨言周身散发的寒意，连日头都盖不住的浓。思前想后，她觉得可能是季谨言有事找她，却联络不上她的缘故。

“抱歉，季总，我没有想到，您的例会会这么早结束。”何况也是他本人说她今天可以放假的，不过这话她不敢提，“请问，您找我有什么事吗？”

他仍不开口，眼里浮动着不知名的情绪，盯得苏栗马有些发毛。

“季总？”受不了这种眼神凌迟，苏栗马怯怯地唤他。

半晌，季谨言慢条斯理地开了口：“谁让你当替身的？”

他怎么知道?

苏栗马心里生出这个疑问，但不管什么原因，季谨言应该是清清楚楚看到了，于是她慌忙解释：“季总，我绝对没有工作时间做兼职，今天本来休息来着，而且我是义务劳动，不领报酬。”

“……”

季氏原本有规定，员工不许在工作时间处理兼职工作，以防影响本职效率。

所以苏栗马就误以为，季谨言是因为这个生气。

然而，在听到她的那句“义务劳动”时，季谨言的脸色更差了。

都说女人心海底针，苏栗马却觉得，季谨言的心思更难猜……她也懒得再去猜度，反正该解释的都解释过了，于是干脆装作看不懂他面若寒霜的脸色，直接说道：“季总，我可以走了。”突然又像想到了什么似的，“那个……能不能麻烦您稍等一下，我去要个签名。”

季谨言：“签名？”

“嗯，我刚忘了跟凌辰要签名了。”现在凌辰这么火，就算不做收藏，拿去卖给小粉丝也不错。

季谨言的神色终于在她说完这句话时，黑了个透彻，宛如乌云过镜般，令人窒息。

他冷着声音：“谁说我来找你？”

“嗯？”

“我来接林兮。”季谨言收回目光，再不看苏栗马一眼，“去叫她出来。”

原来，不是找自己啊……

心底凭空生出些许失落，苏栗马有些讪讪的，嘴里那个“哦”字刚出口，车玻璃毫不留情地关上了，留下她尴尬的倒影。

回到片场，正在拍摄女二和男二的剧情。

苏栗马稍微打听了一下，林兮今天的戏份已经拍完了，此刻对方应该是在化妆间卸妆。

于是她寻了过去，刚抬手想叩门，就听见里面传来一个熟悉又刻薄的女声：“怎么，不说话啦，是被我戳中脊梁骨了？”

苏栗马几乎毫不迟疑，拧开门把，闯了进去。

果然不出所料，此刻林倩倩正靠在化妆间的转椅中，交叠着腿，左右转动椅子。

“哟，还以为你攀上高枝，能有多好的资源了，还是原来那个实习助理啊。”林倩倩言语里尽是嘲讽。

此刻，化妆间里，总共有三人：林兮、林倩倩，还有凌辰，苏栗马是第四位不速之客。

苏栗马走了进去，疑惑地看了一眼凌辰，然后径直望向林倩倩："林小姐，你好像不是这个剧组的演员吧，怎么有空过来？"

林倩倩听出了她的言下之意，忍着怒气，笑盈盈地站起来挽住凌辰的手臂："你以为我这么有空？我当然是来探凌辰的班的。"

原来如此……

早就有传言小生凌辰对时尚千金林倩倩心有爱慕，原来苏栗马还觉得不可能，现在看来爱情使人变瞎，也不是不可能了。她再看向凌辰的目光，就带有一丝同情对方眼神不好的意味。

而凌辰只是默默站着，女人的战争他还是不要插手为妙。

看着林倩倩那张趾高气扬的脸，苏栗马总是忍不住想起，数日前，林兮在酒会上的遭遇，甚至连她都差点遭殃，她心中有股恶气堵着，始终没法舒展。

她忽然灵光一闪，说道："哦，我以为，林小姐是因为H牌代言人的资源被人截和，心生不忿特地来找碴的。看来，是我小人之心了。"

就在林兮进组前几天，H牌也正式官宣了亚洲区的代言人。

苏栗马故意提起这件事，就是想呛呛林倩倩，否则她咽不下这口气。

果然，就见林倩倩脸色风云骤变。苏栗马不提还好，一提她更生气，阴鸷地盯着林兮："别以为你拿了代言，演了女主，你就风光无限了。你用的什么龌龊手段上位，你自己知道！"

林兮蹙眉："你想说什么？"

"卡宴8822。"林倩倩扬起一个冷笑，"很熟悉吧？"

这个车牌号，苏栗马有些印象。

"没错，就是那天来我家接你的车子。"

苏栗马与林兮默契地交换了一个眼神，应该是那次去林家，季谨言、严田也在的那天，没想到居然被林倩倩看到了。

林倩倩见二人心虚的样子，笑得更开心了："是你的金主吧？而且我还不小心得知了一个惊天绯闻，那辆车原来是属于……”

苏栗马眼睛都不由自主地瞪大了。

“季少，季理名下的！”怪不得林兮能演季氏的电影，还能截和她本唾手可得的代言，得知这个消息的时候，林倩倩十分震怒，她还没有接触到季总，林兮居然抢先一步坐上了季大少的车。

苏栗马内心有很多问号。

林兮也同样。

“不过，你也别太得意。”林倩倩当时虽然生气，但是转念一想季理的为人，也不由得嗤之以鼻，“季大少是圈子里有名的花花公子，听说他本人现在还在国外潇洒，对你，不过就是玩玩而已，你还是早点认清现实比较好！”

“……”

不知道为什么，林倩倩好像认定了林兮的金主，就是那个面都没露过的季理。

不过，对于这件事苏栗马与林兮不打算拆穿，也懒得解释。

“林小姐，发挥完你的想象力了吗？”苏栗马移开了目光，微敛，“发挥完了，就不要打扰林小姐下班了。”说罢，就拉着林兮头也不回地离开。

化妆间的门合上前，苏栗马还听见，林倩倩气急败坏的声音——

“别得意，给我等着！”

“为什么林倩倩会误以为，我跟季理？”走出了好远，林兮才提出心中疑问。

苏栗马摇摇头：“我也不知道，谁知道林倩倩哪根筋搭错了？”

有件当事人都不知道的事，林倩倩是通过车牌查了车主，卡宴确实是在季理名下没错。而那是因为，那日为了不让季总久等，严田顺手从季氏大楼的停车库里挑了一辆离得最近的车罢了。

而远在大西洋彼岸的季理，就无辜做了背锅侠……

这个疑惑很快就被她们抛诸脑后了。

因为苏栗马说起了另外一件事："季总来了，找你。"

正说着二人已经走到了商务车旁，后车窗又缓缓落下，飘来季谨言淡淡的声音："上车。"

林兮不敢多问，依言上车，只不过还是坐进了副驾驶的位置。

苏栗马也想上车，还未来得及触到车把手，就被季谨言无情拒绝道："你自己回去。"

"……"

驾驶座上的严田透过车头的后视镜，同情地望了一眼苏特助，毫不迟疑地启动引擎扬长而去，留下苏栗马一个人风中凌乱。

她还没弄清楚情况。

面前又开过一辆奥迪，停稳。

车窗落下，探出凌辰的一张脸，微笑道："苏小姐，介不介意一起吃个饭？"

"凌先生，不用送林小姐吗？"苏栗马巡视了一圈车内。

凌辰依然微笑着："倩倩家里有专车，用不到我。"

语气里略带的自嘲却被苏栗马警觉地捕捉到了，不过她并无兴趣多加了解："凌先生是大明星，与我单独吃饭，恐怕不妥吧？"

"不过就吃个饭。"然后他收回目光，状若无意地说，"你是林兮的助理吧，有件事或许你有兴趣知道。"

苏栗马微微皱了皱眉头。

片刻，她便飞速做了决定，毫不扭捏地上了车。

"那就恭敬不如从命了。"

凌辰选的是一家私密性很好的高级饭店。

御和楼包间内，摆着一张硕大的圆桌，天花板垂下一盏璀璨的水晶吊灯。灯光落在桌面馥郁的鲜花和精致的餐具上，泛出盈润的光泽。

苏栗马与凌辰隔开一个位置，落座。

原来以为只是简单吃一顿，没想到凌辰这么大方，直接来了这家非常昂贵的饭店，反倒让苏栗马不好意思了。

点菜，上餐。

餐点差不多上齐后，服务员恭敬地退了出去，顺带关上了门。

其间二人都说话，安静地埋头进食，只剩下碗筷碰撞的声音。

或许是异常安静的气氛令人不适，二人居然几乎同一时间出了声。

“那个……”

“苏……”

凌辰笑了笑，很有礼貌地示意苏栗马先说：“苏小姐，你先说。”

苏栗马放下筷子，捏起桌上的纸巾，轻拭了一下嘴唇：“凌先生，你刚才说，有件事是我有兴趣知道的，我想听一下，是什么事？”

“你现在，就是一副挺有兴趣的样子。”

“……”

又听凌辰笑了笑：“我开玩笑的。关于林小姐，我希望你能转告她，让她最近多加注意。”

苏栗马皱了皱眉。

“她们姐妹二人的事情，我本就不想多加参与，所以，我的提醒就是点到为止。”

看来方才她们离开化妆间以后，凌辰必定是听说了什么。苏栗马端坐了身子，平视他说：“凌先生与其告诫别人小心，不如劝有害人之心的那个人放下屠刀，才更加妥当吧。”

听苏栗马这么说，凌辰终于仔细地瞧了瞧眼前的苏栗马，明明打扮得像个涉世未深的学生，说话做事却是不像。

出于私心，他也不由得出言维护：“倩倩，只不过是比较任性妄为，实际还是个没长大的小姑娘……”

“……”

真是情人眼里出西施，苏栗马又一次感慨，凌辰不一般的眼瞎。

“我有个问题，能否请凌先生直言？”苏栗马问，见对方抬手示意，她继续说，“你是否亦如外界传言，对林倩倩有好感？”

凌辰闻言一愣，起初他以为她也是好奇八卦，之后才明白她话里的用意，郑重地点点头：“是的。”

这也就表明了凌辰是站在林倩倩那边的，能提醒一句，已实属不易了。

苏栗马叹了口气，抓起包包，站了起来：“我明白了，感谢凌先生的提醒。不过，我不认为喜欢一个人，就要一味地容忍对方的所作所为。”然后在凌辰错愕的眼神里，缓缓走出了包间。

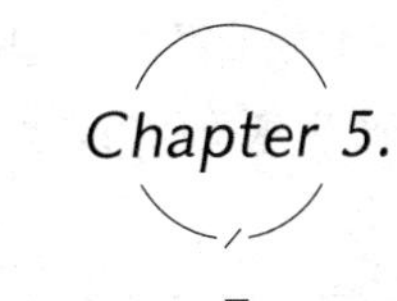

Chapter 5.

触感不错的拥抱

御和楼镏金灿然的大门口，加长黑色商务车停住。

门童恭敬地上前等待车内的人下车。

车门打开，季谨言率先跨出一条长腿，站直身躯，目光淡淡扫过御和楼的门庭，迈步向内走去。

林兮从前排急匆匆下车后，亦步亦趋地跟在他身后。

绕过围绕着小溪的假山，便有身着旗袍的美艳服务生前来领路，穿过拱形圆门，一路引至内厅，走廊两边依次排列了两排包间，而他们则一直行至了最里侧。

林兮抬头，赫然瞧见了包厢名称——

杯莫停。

字迹是端端正正的楷书。

旗袍美女服务生仪态极佳地推开了包厢门，林兮跟着季谨言走了进去，内里宽阔，入眼便瞧见正对面那面米黄色绘金图案的墙面上，挂着一幅落日山水图，包厢正中间放置着一张圆桌。桌旁一位打扮时尚，一身行头价值不菲的年轻姑娘，微微抬头，见他们走进来，便盈盈微笑着起身迎接。

“季总。”姑娘笑容甜美，这一声，也是唤得人心荡神摇。

然而被唤之人，却毫无反应，淡淡点了点头，径直走到圆桌旁，轻轻拉开一个位置，对林兮说：“坐。”

林兮脸上瞬间划过一丝吃惊，又悄悄憋了下去。她硬着头皮走过去，在二人的注视下落座，季谨言也顺势坐在了她身旁的位置上。

这一幕，完完整整落在年轻姑娘的眼里，包括林兮那抹惊色。

她笑了笑，优雅地坐下：“我是茉华酒店的方莫莉，请问这位小姐怎么称呼？”

“林兮。”林兮想了想，还是只报了名字。

方莫莉的目光在二人身上流转了一圈：“可否冒昧地问一句，林小姐与季总是什么关系？”

饶是林兮反应再迟钝，也瞧出来了，这个姑娘对季谨言的心思不简单。她偷偷瞄了一眼身边神色淡淡的季谨言，默默叹了一口气，敢情她是被拉来挡枪的。

可对方问得如此直接，她却一时不知如何回答最为妥当，于是迟疑着不作回复。

方莫莉也不急，自顾自端起茶杯，优雅地喝起了茶。

随着时间流逝，季谨言淡然的脸上慢慢攀上一丝不耐。

茉华的这个女人，跟狗皮膏药一样，一连三日到访季氏，就算他拒之不见，她也每天觍着脸上门，一坐就是两三个小时，怎么也打发不走。

他今天答应邀约，无非就是想彻底断了这个女人的念头。

而赶苍蝇这些事，原本是苏栗马来做的……

“未婚妻。”见林兮迟迟不说话，季谨言按捺不住出了声。

这一句话，瞬间让桌上两个女人眼中都闪过一抹吃惊。

方茉莉挑了挑眉：“原来如此，不过，季总太优秀了，很难让人见了不心动。林小姐，我好像看上你的未婚夫了，怎么办呢？”

“你要抢走他吗？”林兮也没见过这么直接的姑娘，一时有些口不择言。

方茉莉：“我说是，你打算如何？”

“抢别人男朋友不好吧。”林兮弱弱地说道。

季谨言已经对她们一来一回的对话产生乏腻，对林兮的表现，很是失望。

今晚如果苏栗马在，她可能早已三言两语打发了这个令人厌烦的女人，不必让他在此浪费时间听她们说废话。

心中忽然生出的这个想法，让他自己也免不了好奇。

两个女人还在持续着毫无营养的对话。

心底有股烦躁的情绪莫名涌了上来，餐盘上的光影射进眼里，也晃得他心烦。他蓦然站起，眉宇不耐地看着方茉莉说：“方小姐，请你注意自己的身份。”

“还有，我想我今天的举动，已经表达得很清楚了。”他的目光在方莫莉身上冷冷打量一圈，“我不喜欢每天只知道购物打扮自己的花瓶，你有时间不如好好提升一下自己。在我看来，你连我的特助都比不上，我劝你还是不要浪费时间了。”说罢，他就长腿一迈，丢下林兮，转身离开，留下一个冷漠的背影。

他居然说她是花瓶，还说她连个打工的都不如？方莫莉怀疑自己幻听了，认清现实后，她看向林兮：“说我花瓶我认，他居然说我比不上一个区区小特助，他是不是瞎？”

林兮：“……”

从“杯莫停”包厢走出来。

季谨言的脚步也有些烦躁。

尤其是在他回味过来，方才他脱口而出的那番话之后，他也有些暗自吃惊。

无论从长相、家世、身材，茉华的方茉莉其实都要比苏栗马更加优秀，而且不是一星半点，他却鬼使神差说出那番话。

那当下，他只对那个女人的死缠烂打心生厌烦，巴不得她赶快消失。

或许是极端的厌烦情绪，才让他一时口不择言。

他分析后，做出了如上结论。

他脚步也渐渐从浮躁转为沉稳，然而未走几步路，一道白色的身影从包间门里闪出来，赫然跃入眼帘，像是黑夜里倏然绽放的一朵昙花，拨开浓重夜色下的一抹白，深深吸引住他的目光。

苏栗马总觉得背后有一道奇异的视线，盯得她后背发烫。

她莫名其妙地回头，正好与季谨言的视线撞个正着。

“季总？”

苏栗马蹙着眉，唤他。季谨言怎么在这里？

季谨言没有回应，遥遥望着她，有一瞬间怔忪。

他回忆着方才苏栗马穿着白裙蓦然出现在他眼里的场景，说不清那一瞬间给他一种什么样的感觉，只是像一颗石子扔进了湖水里，泛起了虽小却也清丽的涟漪。

然而，这圈涟漪很快就平静了下去。

苏栗马走近季谨言，确认只有他一人后，才奇怪地问：“林小姐呢？”

季谨言并不回答她，反问道：“你呢？我不记得我给你涨工资了。”能跑到这种地方来消费，除非宋振宁给她涨“小费”了。

“我，是凌辰说要请我吃饭……”私下跟明星接触，被人抓包，她有些心虚的感觉，“他说有关于林兮小姐的事情，要跟我说。”

季谨言自动忽略了后面一句，只听前面一句，眉头便重重打结。

他疾步而行，掠过苏栗马身侧，带出一阵凉风，又蓦然顿住，头也不回：“你看上那个小明星了？”

突如其来的问题，让苏栗马有些发蒙：“没有啊，而且人家有喜欢的人。”虽然，她十分不敢苟同凌辰的眼光。

“嗯，最好是，否则哪天我在八卦杂志看到你的头条，影响了季氏形象，我就把你丢去喂鱼。”

他虽这么说，声音却不冷，甚至含着一丝放松。

苏栗马却捕捉到了他话里的关键词，惊愕道：“季总，你也看八卦杂志？”她仿佛看到太阳真打西边出来一般惊奇。

“……”

季谨言皱眉回头，沉声对她说：“回去了。”

苏栗马霎时噤声，小跑几步，乖乖跟上他的步伐。

掠过服务总台时，季谨言只稍顿片刻，对里头的服务生说道：“杯莫停和幽兰谷的账单都送到季氏。”

服务生微笑着应“是”。

幽兰谷是苏栗马方才走出来的包厢，季谨言一瞥带过便记住了。

苏栗马有些疑惑：“季总？”

季谨言冷嗤了一声：“季氏的员工，走出来也是有场面的，怎么能让个小明星请吃饭。”

“……”

待他们从御和楼流光的门庭走出来，商务车已经恭候多时。

严田猜测这场饭局很快就会结束，所以并未联系季总的司机过来，在附近溜达了一会儿，打算还是亲自送季总回去。

然而车门打开，弯腰入内的除了季总，居然还有苏特助！

简直就是大变活人！

下车的时候明明是林兮，怎么上车就变成苏栗马了？

严田觉得很玄幻，于是询问：“苏特助，这么巧？”

“是挺巧的。”苏栗马讪讪地笑了笑。全市这么多家高级饭店，她吃个饭偏偏还能撞上季谨言。说起来，她似乎并不知道季谨言为什么会出现在这里。

于是，她顺口问了一句：“季总，今天有应酬？”

严田便顺口就答了：“茉华酒店的方小姐一直缠着季总，所以季总刚才带林兮小姐来会会对方，好让她死心。”

然而，季谨言脸色却倏然一沉。

严田背后一寒，自己是多嘴说错了什么吗？

“那解决了吗？”苏栗马不以为意，眸子亮晶晶地望着季谨言。她好像好久没有仗势欺人了，巴不得现在就能大展拳脚一番。

季谨言侧目看了她一眼，应了一声：“嗯。”

也对，林兮对外名义始终是季谨言的未婚妻，只要搬出这个名头，也由不得对方不死心。唉，她有些失落，感觉自己突然无用武之地一般，吃了白食。

季谨言的余光捕捉到了苏栗马脸上一瞬间的沮丧，悠悠补充道："我解决的。"

"？"

苏栗马不解地看向季谨言。此时，车子已经在行驶当中，瞬息变换的街灯透过车玻璃映在他的侧脸上，投出深邃的阴影。她微微敛眸，不去看这幅极致的画面。半晌，她又蓦然想起什么似的，抬眸问他："林兮呢？"

既然是一起进饭店的，林兮怎么没一起出来？

季谨言皱了皱眉，他好像的确把林兮忘在了饭店里……

"我忘了。"

苏栗马："……"

而这头，林兮好不容易摆脱一直在抱怨的方茉莉的束缚，一溜烟就从包厢里逃了出来。

她站在御和楼大门口，叹了口气。

谁怼你的找谁去啊！

非拉着她骂骂咧咧了半天，她也很无奈。

巡视一圈四周，猜测季谨言已经离开，林兮也无所谓，本来就是一份合约婚契。

她正思考怎么回去，门前疾驰过一辆车伴随着一声长鸣"嘀——"，吓得她一个趔趄，差点向后摔倒，然后落进一个怀抱，被人稳稳扶住。

林兮视线往上，就瞧见了凌辰那张脸。

她立马从他怀里跳出来，对方若无其事地笑了笑，问她："林小姐，没事吧？"

她捋了捋头发："没事，谢谢你了。"

"需要我送你回去吗？这里车子不好叫。"凌辰客套道。

在得知凌辰与林倩倩的关系之后，林兮对这个人的看法就有所保留。此刻她辨不清对方是好意还是另有所图，但是以防万一，她还是决定婉拒："凌先生，谢谢你的好意，但还是不耽误你了。”

“那好吧。”

凌辰耸耸肩，也不再多言，自行开车离去了。

终于剩下林兮一人。

凉风吹来，她瑟缩了一下身子，望着浓重的夜色，生出一股不安的情绪。揉了揉太阳穴，她觉得或许是今天太累，所以有些焦虑了。

压下思绪，她才向夜色中走去。

林兮这种不安的情绪，在三日后果然被现实证明。

苏栗马凝着神色，翻阅着手里的手机。

微博头条上赫然出现一条吸引人眼球的微博——凌辰、林兮。只有二人名字的标题，却字简意赅，分分钟透露出八卦的信息。

苏栗马顺手点进去。

数个微博大 V 纷纷转载，她来不及去看文字内容，打开配图一看，堪堪跳出一张照片。御和楼大门口，凌辰环扶着林兮，姿势极其贴近，要多暧昧有多暧昧。

本该是男靓女貌的一对璧人，而这张照片被拍摄得幽幽暗暗，恍如偷情一般。

苏栗马额头神经突突地跳。

她继续浏览下去，所谓的地下恋情曝光以后，有水军指责林兮倒贴凌辰，为求上位强行捆绑 CP 炒作。这件事发酵以后，就有记者立刻询问凌辰。凌辰对此事讳莫如深，加剧了网友对该事件的可信度。

凌辰的“女友粉”很多，这事一出，林兮的微博下快被恶评刷爆了，不得不暂时关闭了评论功能。

让苏栗马没想到的是，事件还在持续发酵。

凌辰以处理私事为由向剧组请了三天假期，这件事被媒体知道以后，大肆宣扬成男方不堪其扰，欲辞演男主一角。

接着有人披着剧组工作人员的马甲，在各种大V下留言蹦跶。

声讨林兮不敬业，连吻戏都要用替身，对凌辰根本不是真心的，无非就是想踩着人家炒作上位。

一时间，网络上对林兮的风评急转直下，几乎到了人人喊打的地步。凌辰的粉丝团，甚至联名请愿，让林兮滚出《妖女》剧组。

最后惊动了季氏娱乐公关部。

苏栗马握着手机，不安地看着酒店房间的门。

半晌，有人轻叩，她起身开门，就见林兮头顶大大的鸭舌帽，帽檐下还戴着一副厚厚的墨镜，整个人捂了个严实。

苏栗马给了她一个安慰的眼神，请她进门。

林兮摘掉帽子墨镜，就瞧见季谨言冷着脸色端坐在沙发里，神色倒没有多盛怒，只是唇线薄薄抿成一条不悦的弧度。

这让林兮变得十分忐忑不安。

"别站着了。"苏栗马将门结实关上，示意林兮坐下。

林兮应声点头，刚拣了正对着季谨言，却也离他最远的沙发坐下，就听到他冷淡的声音幽幽响了起来："林小姐，你好像违反协议规定了。"

他语气淡漠如雪，让林兮背后一寒。

"我……我是被冤枉的。"林兮局促不安地交扣十指，有些恍惚地解释，"那张照片，是借位的。那天我差点摔倒，凌辰只不过扶了我一下。"

季谨言淡淡地瞥了林兮一眼，目光没有情绪。他对她和别人的关系不感兴趣，也不在乎真假，只是这件事直接影响到季氏的投资，他就不能坐视不管了。

"你自己辞演这部电影吧。"

他悠悠地拿起茶几上的青瓷茶杯，慢条斯理地说了这句话，仿佛只是在提起毫不重要的一件事。

林兮却怔然抬头："我们有言在先的，签合约，让我演这部电影……"

她话还没说完，就被季谨言冷漠的眼神压了下去："林小姐，是你先违反合约条例的，我没有依照违约条款，让你赔偿一个亿，你已经很幸运了。”

林兮哑口无言。

无论她是不是被害的都无所谓，的确是她先行违反合同了没错。她还以为，季谨言当初选中她签署这份契约，多少也会对她有所不同，虽然他们并无感情可言。可是现在看来，是她自作多情了，触及了对方的利益，她跟旁人并不会有所不同，只会被弃如敝屣。

苏栗马站在一旁，拧着眉头，思索得飞快——不能眼睁睁看着林兮的演艺事业还未开始就被葬送。

“季总，现在林兮辞演，不是正好中了有心人的圈套？电影也已经拍了一段时间，前期准备也投资了不少，对季氏而言也是一笔不小的损失。”

苏栗马知道季谨言本人最讨厌别人算计，故意这般说，果然就见对方挑了挑眉，悠闲地抿了口茶，示意她继续。

“你要让林兮辞演，多少也得再给次机会，让她心甘情愿才行吧。”

季谨言的视线从清透的茶盏缓缓移向苏栗马。她低眉敛目不卑不亢地站在那里，脸上涂着厚厚的粉底，那双微微敛起的眸不知在思考些什么。

片刻后，他移开视线：“三天。”然后看向林兮，目光不含情绪，“我只给你三天时间，解决不了就辞演。”

林兮惊喜地回头，感激地望着苏栗马。

苏栗马也有些吃惊，她本意是想拖延些时间没错，只是没想到，总裁大人居然答应得如此之快……

让她不胜惶恐。

虽然顺利地拖延了时间，但根本问题还是没有解决。

苏栗马从四洲国际酒店走出，看着街灯下，来来往往的车辆，尾灯的光晕瞬息而过。春日的天气，昼暖夜凉，一阵风拂过来，让她不由得缩了缩脖子。

林兮在谈妥后，先行离开了。

苏栗马看见林兮临走时，那副张惶无措的神情。在林兮看来，就算拖延了时间，也不过是晚些赴死罢了，所以整个人蔫得像棵楚楚可怜的小白菜。

可苏栗马不是，就算机会渺茫，她也要抓住机会绝处逢生，哪怕只有一条这样缝隙可以钻。

林兮的事情，她不能见死不救。

终归那天是她答应凌辰到御和楼吃饭，又是她和季谨言先走一步。否则最后也不会让林兮和凌辰碰个正着，还让人拍下那张照片，大做文章。

只是该怎么办……

苏栗马定定地站在街边，看着车流涌动，半晌，眼神微闪。

或许，解铃还须系铃人。

她立刻从包里摸出手机，直接拨通了严田的电话。

“严秘书，我要凌辰的电话，很急。”

此刻严田还在季氏挑灯加班，看着面前的平板电脑，顺口问道：“有多急？”

“关乎终身大事，你说急不急？”说的是林兮。

电话那头的严田，闻言惊得平板电脑差点都掉了下去，他拿稳以后，才又说：“行吧，稍后我把他电话发你微信。”

他只当是苏特助追星上瘾，想要跟偶像近距离接触一下，这种顺手就能帮到的忙，身为同僚，他也不会吝啬。

在电话挂断后的十分钟后，苏栗马收到了严田发来的微信。

她盯着那串数字，指尖一按，就拨了出去，只稍片刻，电话就拨通了。

“凌先生吗？我是苏栗马，还记得我吗？”

一个小时以后。

滨江路上一间咖啡 BAR 内。

内里灯火幽暗，正中间那个稍稍凸起的舞台上，打下一束聚光灯，照在拨弄吉他醉心唱歌的驻唱身上。其余地方都是偏昏暗的，只有每张台子上闪烁着微弱的烛火，带出一室情调。

歌声婉转，大厅里最角落的位置上，苏栗马和凌辰面对面坐在台几两侧，烛影闪烁，侧边杯子里的咖啡都染上了烛光。

凌辰端起杯子，呷了一口咖啡，才慢慢开口问：“苏小姐，今天找我出来，是为了林小姐的事吧？”

见对方也不绕弯子，苏栗马直直望着对面压着帽檐，看不清神色的凌辰，正色道：“对。说实话，之前我认为凌先生虽然眼光不怎么样，但是为人应该还算不错。”

毕竟对方还善意提醒了一句。

“现在呢，觉得我为人险恶了？”凌辰也不急，接话道。

“不，我依然认为，这件事跟凌先生没关系。”

听苏栗马这么说，凌辰愣了一下，半晌，才继续说道：“那你今天找我，有何贵干呢？不会真是想和我吃顿饭吧？”

苏栗马看着他：“林小姐的事情你也知道，解铃还须系铃人，其实这件事，只要凌先生你同媒体解释一句话，问题自然迎刃而解。”

她始终相信自己没有看错人，但她也不明白，对方为何摆出一副既不承认也不否认的态度。

“对不起，这个请求，我做不到。”凌辰拒接得干脆，“我唯一能保证的，就是不会主动跟媒体说起这件事，但也不会承认任何捕风捉影的故事。”

苏栗马眯了迷眼睛：“凌先生，你觉得你是在保持中立的态度？可你有没有想过，你的沉默，其实是在助纣为虐。”

凌辰的手指顿了一下。

又听她说：“我知道这件事的始作俑者是谁。你不觉得，她这样的行为太过了吗？你一腔真心，直到此时此刻还在护着她，可是她呢？却连你也算计进去了。那天记者跟踪拍照，凌先生应该是不知道的吧？否则你邀请共进晚餐的人，就不该是我了。”

“但你也不是全然无辜，至少你现在保持沉默，应该是她对你说了什么吧？”苏栗马仔细凝视着对方，想在昏暗中瞧出些端倪。

凌辰自嘲般笑了笑，苏栗马说得没错。

那天林倩倩拉着他的手臂，向他撒娇，让他无论舆论导向如何，都求他要保持沉默，只要保持沉默就好。后来林倩倩还跟他说她生病了，他慌忙向剧组请假三天，就是想去照顾她，结果发现她好好的，根本没有生病。他本有些生气，却又在她娇气的言语里败下阵来。

自那时起，凌辰就猜到是林倩倩所为。可是他明白，如果此时此刻他站出来说一句话，她可能就会生他气，再不理他。

他怕失去她，怕失去一丝一毫可以跟她在一起的机会。

“可笑吧，我的粉丝千千万万，可我就偏偏栽在林倩倩这个跟头上。”

“是挺可笑的。”苏栗马淡淡地说，“林倩倩什么家世，就算你为她做得再多，就算她本人也喜欢你，林家也不会允许。”

苏栗马是个现实的人，她很不理解，这种飞蛾扑火般的感情。

“或者我跟你说清楚一点，林倩倩的目标是季氏的总裁。”她盯着凌辰，见对方看向自己，她继续说，“她现在不过是利用你，而你是不是该为自己的事业多打算一下？”

凌辰询问：“你又知道倩倩的想法？”

“她的想法很明显，不是吗？还有一件事，我要先跟你说对不起。”说罢，苏栗马从包里摸出一支录音笔，故意晃了晃，“刚才的对话，我已经录下来了。凌先生，我希望你仔细考虑一下，不要为了一段没有希望的感情，让自己前途尽毁。”

虽然，凌辰今晚没有直言，可他的沉默已经将事情真相揭开。

林倩倩让凌辰沉默，她也以其人之道还治其人之身。

苏栗马将录音笔塞回包里，站了起来。帽檐压着，她看不见凌辰的神色：“哦，对了，凌先生你有三天时间考虑。”说罢，踩着高跟鞋大步离开。

出门前，她似乎听见角落里，落寞又熟悉的声音响起：

“Waiter，来瓶啤酒。”

苏栗马给了凌辰三天时间。

可是三日未到，这件事就出现了意外转折。

就在苏栗马约谈凌辰后的第二天，各大娱乐头条纷纷爆出，小生凌辰酒驾撞上立交桥护栏引发车祸的新闻。

肇事车辆车头损毁，驾驶人员因腿部受挤压受伤被当场送入医院，并配合交警做酒驾测试，血液中的酒精含量大于20毫克小于80毫克，属于酒驾范围，事故中无他人受伤。交警对肇事车主处罚2000元，记12分，并暂扣驾照6个月的处罚。

整篇报道连细枝末节都记载得非常详细。

原本如果是素人，应该不会闹得如此之大，但由于凌辰是公众人物，起着不小的带头作用，这件事瞬间就让网友炸了锅，立刻把前不久林兮的流言盖了过去。

网友总是健忘，又贪图新鲜的。

不过凌辰的公关团队，也是不吃素的，第一时间就出来发表道歉声明，表明凌辰对此事很内疚，并且很是忏悔，也在第一时间配合交警处理事故，谨记教训再不触犯云云，顺便也把他的腿伤描述得严重了些。

有些路人粉表示不想原谅，死忠粉心疼自家哥哥，为洗白跑断腿，也就没有精力再去顾及林兮那茬子。

凌辰在医院躺了两天，缠着绷带，出院了。

出院那天，有媒体守在医院门口采访他。他对着镜头万分忏悔，说对不起支持他的粉丝，并望自己的反面教材能给大众一个警醒，并宣布退出《妖女》电影的拍摄。

一时间众人哗然。

有记者问他："请问您之所以决定辞演，除了这件事，是不是与之前林兮小姐的纠缠有关？"

凌辰这次没有再沉默。

"毫无关系。我与林兮小姐合作很愉快，单纯是因为我脚伤的原因无法继续拍摄，不想拖延剧组进度。如果有机会，下次我还是愿意与林兮小姐合作。"

远方被安保人员拦住的粉丝，拉着横幅，流着泪大喊：“等待哥哥重新起航！”

这一句话，此起彼伏，瞬间成了所有粉丝的统一口号。

视频的进度条已见底，这是凌辰出院时的现场采访视频，苏栗马看完有些感慨。虽然林兮的事情算是有惊无险了，但她总觉得，是自己间接害了凌辰。

如果不是那晚，她找到凌辰，说了那些伤人的话……他也不至于喝酒撞车，发生事故。

毕竟这件事里，凌辰除了因爱盲目以外，其实也没有伤害过谁。

她从来不是一个圣母，可此时此刻也生出些许自责，情绪翻涌，她的目光落在手机漆黑的屏幕上怔怔出神。

苏栗马丝毫没有注意到，季谨言推门走了进来。

于是在季谨言迈入套房时，就看见这样一幅画面——

苏栗马坐在办公桌后的旋转椅上，此时正逢傍晚，落日的余晖透过一整面玻璃窗洒进来，笼在她身上脸上发梢上，泛出温暖又恬静的光晕。

她就那样安静地坐在椅子里，影子在地面拖得斜长，宛如一幕油画。

季谨言不由自主地放轻步伐，不想立刻打破这份静谧。然而，她不知在想什么这般出神，他已经靠近她身侧，她都没有反应。

数秒钟静止，他脑中骤起一个念头。

他长臂一伸，拽住椅子两旁的扶手，使劲往右面一推。

苏栗马顿时感觉天旋地转，整个人随着椅子打着旋儿，她惊吓之余慌乱地抓住扶手，双脚在空中乱蹬，企图让转椅停止旋转。

然而事发突然，她又慌忙，挣扎了许久都未成功停住。

她只能急迫地喊着：“停下！”

季谨言双臂一撑，椅子刹那停住转动。他弯着上身，两只手臂扶着转椅两旁的扶手，与苏栗马对视，一双沁在霞光的眸子里，有情绪在沉淀蔓延。

这个动作，像是苏栗马被他禁锢在椅子中，动弹不得。

苏栗马震惊地望着季谨言。

两人目光交错，呼吸都似缠绕在了一起。

此情此景让苏栗马大脑一片空白，只机械般轻声吐出两个字：

“季总？”

季谨言保持着暧昧的姿势，岿然不动。片刻，他才幽幽开口，嗓音染了些许喑哑：“终身大事？”

苏栗马满脸疑惑。

“所以很着急？”他再次提醒。

苏栗马这才有些恍然大悟，她好像又被严田出卖了，她可不可以掐死他？

“我说的终身大事，指的是林兮。”她解释道。

季谨言：“你是林兮妈吗，这么爱管她的闲事？”

“目前而言，林兮的事，就是你的事，你的事我自然不能袖手旁观。”苏栗马笑盈盈地看着他，企图讨好。

余晖照在她的笑靥上，无端描出一抹艳色。

这样的她落进他眼里，辗转轻缠，突起的喉结上下微微滚动，他好看的眸中瞬间情绪涌动。

气氛越来越诡异，苏栗马感觉，事态正朝着不可控的方向发展。

任何的暧昧，发酵下去都会变质……

苏栗马见自己被季谨言困在椅子里，无处可逃，唯一能想到的脱身办法，就是置之死地而后生。于是她把心一横，瞬间从椅子中站起，纤细的双臂一下环住了他健硕的窄腰。

两人胸膛贴着胸膛。

苏栗马的心脏都快要破膛而出，耳根羞红。

季谨言也有一瞬间怔忪。

就在他恍神的一刻，苏栗马又倏然退后两步，松开了这个拥抱。

苏栗马讪讪的，不敢去看季谨言的眼睛，目光飘在其他地方说：“谢谢季总的鼓励。”她把方才那个脱身抱，描述成了来自他的鼓励。

季谨言又怎么会品不出她的意图，挑了一下眉：“不用客气。”

“季总，你估计也乏了，先去沐浴吧，洗澡水已经放好了。”末了，她又觉得这话太过露骨，平日里不觉得，现在提起来总感觉怪怪的，于是又转了话锋，“我先去帮您收拾书房。”

在她埋着头即将走进小书房时，季谨言蓦然想起方才那个拥抱，胸贴着胸，触感软绵，感觉好像还不错……

“忘了说，你的身材还可以。”

苏栗马愕然回头，将季谨言这句话细品过后，耳根子一下红了个透。

季谨言这个流氓！

“砰”一声关门，她躲进了书房。

逃进书房的苏栗马，胸口仍旧起伏不停。

直到她听见季谨言走进浴室的声音，一颗悬着的心，才缓缓放下。

她脸上的绯红未退。

她头脑凌乱，为了转移自己的注意力，她三两步走到书桌前，假意很忙，整理着桌面散乱的文件，以期从方才那阵羞耻中逃脱出来。

一个牛皮纸袋从桌面被她扫到地上，她弯腰捡起。

纸袋正面的右下角刻着烫金的小字，季仁医院。

苏栗马有印象，这个医院似乎是季氏名下的私人医院。她并不是一个好奇心很重，又或者多么八卦的人，也不喜欢窥探别人的隐私。

她将牛皮纸袋重新放置在桌面上，刚转身没走两步，又转了回来。桌面一盏台灯，不偏不倚照在那一处，熨平的纸袋微微透着泛黄。

她脚步转回了桌边，被光照得透明的指尖，拾起那份文件。

她慢条斯理地一圈一圈地解开最上头绕着的绳子，然后从里头取出一张薄薄的纸。

心里默念着可不能怪她，她本不想多看，谁让季谨言刚才的所作所为，她不做些小小的报复，总觉得意难平。

薄纸上的标题便赫然映入眼帘——

亲子鉴定书!

苏栗马蓦然睁大了眼睛，书房外传来浴室门开合的声音，她像是做坏事被抓包的小偷，瞬间心虚地放好文件，归置原处。

书房门赫然被人推开。

苏栗马做贼心虚地回头，就见季谨言已换上一身浴袍，手里拿着毛巾慵懒地擦拭着头发。

“躲在里面挖洞？”

苏栗马：“……”

幸好书房只亮着一盏台灯，她的神情在幽暗中晦涩难辨，否则她觉得此刻她一定露馅。她使劲管理着自己的面部表情，感觉面上慌张退去，她才走近季谨言，装作一声叹息：“我也想，可是这钢筋混凝结构，实在太难凿穿了。”

“……”

季谨言哼了一声，自顾自往客厅沙发走去。

苏栗马也跟了出去，带上书房门时，有意无意地瞥了一眼桌上的牛皮纸袋。

天知道她吃到了多大一个瓜!

刚才时间紧迫，她虽然没有看全，可也明明白白看清楚鉴定书上有一栏写着季谨言的名字，另外一栏她没看清，只看见一个两岁……

起初她还以为季谨言年纪轻轻就有私生子了。

直到最后面，她一眼瞟到结果：经鉴定，无亲子关系!

现在她怀疑，季总可能被人戴绿帽子了……

虽然她不知道对方是谁，但是敢给季谨言戴绿帽子的女人，她敬对方是条好汉!

可季总也是实惨，于是她看向季谨言的目光略带了三分同情，莫名就想安慰一下这个被绿的男人：“季总，你渴不渴，饿不饿，累不累，需不需要按摩？”

“……”

季谨言见苏栗马格外殷勤，不由得皱起了眉头。

因为凌辰辞演，《妖女》剧组只能暂停拍摄。

最近这段时间，季氏娱乐部也一直在寻找替代的新男主。

季氏，总裁办公室，日光微晒。

严田敲开办公室大门，入内时季谨言正在忙，修长的手指利落地敲在键盘上，眸光落在面前的显示屏，目不斜视：“有事？”

严田恭敬地点头：“是，关于《妖女》电影新男主的人选，基本已经敲定。”

“这些事直接找专项部门负责即可。”意思就是，不要因为这些事来烦他。

严田有些迟疑：“可是，这个人选……”

季谨言缓缓抬头，拧着眉去看严田的方向，见对方吞吞吐吐的模样，不免烦躁：“说。”

“季总，你还是先看一下这个资料吧。”

严田不知如何开口，最后还是选择把手中的平板电脑递到季谨言面前。

首先跃入眼帘的是一张照片，只是这张单人照一下就让季谨言脸色一沉，再缓缓向下，就是演员的基本资料，最后他的目光堪堪停在了演员的名字上——禾子理。

他扶额，竟隐约感觉到一丝头疼。

严田小心翼翼地问：“需不需要联系娱乐部那边换人？”

食指在桌面轻叩，规律而富有节奏，半晌，季谨言从办公椅中长身而立，目光也从平板电脑上移开，神情淡漠如初：“不必了，但是看着他。如果他不安分守己，你知道该怎么做。”

“是。”严田应道。

季谨言刚交代完，正要重新落座，桌面上静置着的手机屏幕蓦然亮起。

他漫不经心地瞥了一眼，是来自苏栗马的微信。

苏栗马：“季总，你午饭吃了吗？记得休息一下，不要太累哦。”

顺带发了一个“爱心”。

季谨言的目光久久地落在那个爱心上，渐渐陷入沉默。

从昨晚开始，苏栗马的表现就极端反常，除了他偶尔用余光瞥见她含着同情注视着自己以外，她还变得格外殷勤热络，今天甚至还罕见地收到了她发来的微信。

这条信息显示在界面的最顶层，昭示着从不联络的二人。

事出反常必有妖。

季谨言按了按鼻梁两侧内眼角处，一时拿捏不准对方的意图。

此时，苏栗马那边正在忐忑地等待对方的回复。

她并没有什么图谋不轨，无非就是在昨夜吃到如此大瓜之后，有些同情顶着一片青青草原的总裁大人，想对他好一些而已。

那个爱心，也是她斟酌了半天，才加上去的。

简单一句问候显得太单调，普通的笑脸，怕季谨言误会她发的是“呵呵”，思前想去，还是这个爱心尤为适合，反正她跟朋友发微信也经常会用到这个表情。

等了许久，都未等到回复，想着季谨言可能在忙，她也放下手机，自顾自起身倒了一杯水。她刚喝了一小口，手机“叮”一声收到提醒。

她慢悠悠地拿起，对着脸部解锁，息屏前是与季谨言的聊天界面，此刻弹跳出来的依然是这个界面，只是多了一条回复。

季谨言：“吃了。【爱心】”

“噗——”苏栗马没有准备，一口水就直接喷了出来。

万万没有想到，季谨言回复她的同时，还会追加一个爱心。她完全想象不出，冷面神从选择然后到发送这个表情时的场景，令她没由来地激起鸡皮疙瘩。

再三确认自己没有看错以后，轮到她陷入了沉默。

上下呼应的两个爱心，瞬间点亮了整个聊天界面，苏栗马怎么看怎么觉得不对劲，手指僵在手机屏上，不知如何回复。

她犹在思忖，“叮”一声，又是一条信息，惊得她手一颤，手机差点掉落，握稳后，再低头去看。

季谨言："有点累，帮我按。【爱心】"

苏栗马："按什么？"

她颤颤巍巍地回了这条信息。

季谨言："你想按什么？【爱心】"

苏栗马："那按肩膀吧……"

季谨言："好，等我回来。【爱心】"

"……"

看着那一连串的爱心，苏栗马有些头晕，她总算明白了，季谨言分明就是故意的！她就不该同情心泛滥去同情一个连表情符号都要斤斤计较的变态，搬起石头砸了自己的脚。

季氏大楼内，季谨言发送完信息，悠闲地放下手机，嘴角不经意间扬起一抹浅笑。

严田见季谨言心情似乎很好，也十分好奇，季总到底在跟谁聊天？但他也不敢明目张胆偷窥季总聊天。

他正盘算着要不默默退下的时候，季谨言悠悠开了口："我记得，这个软件的研发公司，与我们有个项目在合作。"

严田瞟了一眼总裁手机屏幕上的聊天界面，点了点头："是的，有什么不妥吗？"

"联系他们负责人。"季谨言的目光始终落在手机上，没抬起来，"让他们在内置表情包里，多加几个爱心图案。"

严田："……"

爱心不就一个形状吗，怎么多加？

"季总，爱心差不多都一个形状吧。"

他小心翼翼地说完，就接到了季谨言一记眼神杀，瞬间改口应道："好的，我这就去办。"红橙黄绿青蓝紫，大不了他再弄个七彩的爱心上去！

Chapter 6.

季总到了岁数，开始如狼似虎

最近一段时间，只要季谨言得空，回来总是要逮着苏栗马帮他按肩。

果然，今天也不例外。

他一进酒店房门，解开外套扣子，松开领带，不知是佯装还是真累了地往沙发中一靠，顺带有意无意地瞥了一眼旁边接过他西装的苏栗马。

她也立即心领神会，将西装轻搭在沙发扶手上，稍稍卷起衬衣袖子，跪坐在季谨言身后的沙发上，十指颇为得力有序地捏着他的双肩。

她的按摩手法挺有技巧。

虽然她的手指纤细，力道却挺足，每次她帮他按完，他都觉得浑身舒爽，常年低头办公导致的颈部酸痛也似缓解了许多。

她正面对着他的后背，身体保持着一拳距离，却依然让他嗅到从身后飘来淡淡的洗发水的香味，柔荑富有节奏地在他肩膀上轻揉慢推，一下一下凿出了撩拨的感觉，让他凭空生出一股燥热。

明明还是春季，天气还不热，酒店房间也是一年四季保持着23℃的温度，更是比外头更像春天。

然而他那股燥热，却持续不退，反而有升高之势。

苏栗马不知道季谨言这些不太安分的想法，目光反而被他刚才进门随手扔在茶几上的一封邀请函，吸引了注意力。

视线和思绪都被攫住，她手上的动作渐渐没了分寸。

她捏着捏着就摸到了季谨言的后颈，像是被碰触到了什么敏感神经，季谨言忽而往前一躲。苏栗马的双手僵在了空中，有些疑惑地看他。

“可以了，不必按了。”他也未转过身，用手抚了抚后颈的敏感地带，声音是努力稳住气息所造成的低哑。

然后他站起身，径直走向了落地玻璃窗边的桌椅边。

苏栗马从一头雾水到慢慢开始有些茅塞顿开，眼神里闪过一丝惊讶，所以，后颈是季谨言的敏感区?

她早就听说，有些人身体的某个部分会因为别人的触碰格外敏感。只是她没想到，季谨言居然也会，总有一种看到了一个纯情霸道总裁男主的错觉。

别说，这人设还挺让人脸红心跳。

苏栗马被自己的遐想逗乐了，偷偷一笑。

季谨言却好似有心电感应一般，蓦然回头，目光直接落在她身上，一副“我知道你在想什么，你再敢乱想试试看”的神色。

苏栗马立刻停止了脑洞，有些心虚地撇开目光，正巧又落到了茶几上的邀请函上。像是为了缓解尴尬情绪，她顺手捞起，打开一看。

这是一张拍卖会邀请函。

主办方是海上拍卖行，本市数一数二的拍卖机构，拍卖的货品都是价格不菲且极具收藏价值的，所以出入这所拍卖行的人都是有头有脸的人物，不是政界权贵就是商业名流。

简而言之，就是苏栗马这种小人物，一辈子也不会踏进的地方。

所以她就是闲得发慌随便看看，敷衍地瞟了一眼那日拍卖物的介绍，目光却在一个玉镯上顿住了。

从图片上都能看出这只玉镯成色极好，晶莹剔透，更别致的是玉镯一端还用金丝缠了几圈。她总觉得，玉镯有些熟悉，拼命在记忆里搜寻，才蓦然回忆起，林兮之前说过，她母亲留下来的遗物，就是一只绕着金线的玉镯……

不会这么巧吧?

苏栗马犹在出神，没注意到季谨言早已走到她身后，俯身贴近她耳畔，用低沉且带着三分气音的声音问：“有喜欢的？”

他呵出的气息，就恰好全喷到了她的耳郭上。

苏栗马惊跳而起，耳朵骤红，惊魂未定地摸着耳垂，看着季谨言："季总，你干吗？"

季谨言轻轻一嗤，眼神里带了些许嘲弄："原来，你的耳朵很敏感。"

"……"

苏栗马有些无语，这个锱铢必较的男人真是够了！

"我并没有！"她据理力争，"是季总你突然在我耳边说话，换作其他人，也会被吓到的。"

"是吗？那我再试试你另一只耳朵。"他淡淡瞟了她一眼，就要往她身边走。

苏栗马吓得后退几步，防御性地捂住耳朵，直摇头，急中生智地硬扯开话题："季总，你刚问我有没有喜欢的，是有员工福利吗？"顺便挤出一个微笑，很是僵硬。

"这里面每一件藏品，起拍价都是百万起。"他幽深的瞳孔，隔空上下打量了一下苏栗马，"谁给你的勇气，敢开这个口？"

苏栗马："……"大概是梁静茹。

季谨言漫不经心地解开袖口的银色袖扣，缓缓向另一边的酒品台走去，取下一只透亮干净的红酒杯。他又悠悠转头，补了一句："如果你要卖身求荣，我可以勉为其难一下。"

"……"

她错了，季谨言哪里是个纯情总裁了。虽然以前有一段时间她甚至还认为他是禁欲系，现在一看，不是不骚是时候未到。

连窝边草都不放过了，不知道是不是到了岁数，开始如狼似虎了。

"季总，你真是高看我了，我应该不值那些古董的价值。"

听苏栗马这么说，季谨言又仔仔细细地瞧了她一番，对她的说法，表示真切的肯定。

"也对。"

苏栗马："……"

见季谨言又转回酒品台，开始倒酒，她便趁他不注意，掏出手机，拍摄下那张玉镯照片。猜测无用，明天她亲自去找一下林兮，验证一下真伪便知。

翌日清晨，趁着季谨言一大早就去了季氏，苏栗马干脆连四洲国际酒店都没去，直接来到了影视城。

因为找到了替补男主，《妖女》剧组又重新开机了。

依旧是之前那个跟组助理为苏栗马领路，走进片场，林兮正好还在拍摄，秋水的眸光，婀娜的身段，大概是一场虐心戏，她眼里酝酿的泪打了一圈才唯美地落下。显示器里的林兮美得楚楚动人，苏栗马觉得她天生就是吃这碗饭的人。

“咔——OK，很棒，休息一下，准备下一场。”

林兮下了场，见到苏栗马，便热络地迎了上去，让人在她椅子旁又添了一个座位，拉着苏栗马过去坐下。

“拍戏还顺利吗？”苏栗马问。

林兮欣喜地点头：“还是多亏有你，这次还是全亏你帮忙，总觉得你就像是我的福星一样，每次都在护着我。”

虽然对方是女生，但面对突如其来的“彩虹屁”，苏栗马还是有些不好意思，假意观察了一圈四周，询问道：“那个新男主呢？”

林兮也四处瞧了一眼，没见到对方身影：“大概是在化妆间吧。”

“他叫什么来着？”

“禾子珵。”林兮答道。

“跟他合作起来如何？”

林兮有些犹豫：“唔，他是个新人，前阵子在微博挺火的，好像是拍了个杂志，因为颜值上了热搜。不过可能没有演戏这方面的经验，很多都要导演手把手教，所以现在整部戏的进度不是很快。”

苏栗马在记忆中搜寻了一遍，可能因为她最近除了林兮的热搜，其他都不太关注，对禾子珵这个名字实在没有任何印象。

于是她顺口问道："因为颜值上热搜？比凌辰好看？"

"嗯。"林兮肯定道。

这倒勾起了苏栗马的兴趣，又问了一句："那比季总还要好看？"

季谨言这个颜界扛把子，确实没有几个人，生得比他还好看了，当然家世也是。想至此，苏栗马有些愤愤不平，他是上辈子拯救了银河系吗？

没想到林兮却迟疑了片刻："不一样的风格吧。"

这倒令苏栗马更加好奇了，蓦然又想起今天来的重点，差点被美色耽误了，就如这部电影一样，美色误国。

"我差点忘了，我今天找你有重要的事。"说罢，她从包里翻出手机，将玉镯的照片递给林兮看，"你看看，这个是不是你母亲的遗物？"

林兮只看了一眼，便激动地抓过手机："是的，就是这只镯子。"

"你确定？"

林兮抬头，目光肯定："我绝不会认错。"

"那就是了。"苏栗马解释道，"这是季总收到的拍卖会的邀请函上的照片，我想，应该是你那个继母和妹妹把玉镯拿去拍卖了。"

林兮气得发抖："她们怎么可以这么做！"

"当务之急，是要想办法买回这只玉镯。"

"可是，这个拍卖行是要邀请函才能进的吧？你觉得，季总会带我们进去吗？"林兮小心翼翼地问。

苏栗马却摇摇头："据我估计，季总本人都不一定会去拍卖会。他很少有闲情逸致出席这种场合，还有一段时间，我们再想想办法吧。"

林兮丧丧地点点头。

苏栗马刚想安慰林兮几句，就听见她放在折叠椅侧边袋子里的手机，突兀响起。林兮摸出手机，看了一眼屏幕，对苏栗马说："我先接个电话。"然后起身，远离了人群才接起。

苏栗马有些疑惑，什么电话要避开人听？

只见随着这通电话接通，林兮的脸色慢慢爬上焦急，末了结束通话，又见她急匆匆跑向导演的方向，点头哈腰地不知说了些什么。

再小跑到苏栗马身边时，林兮声音里都是一副急腔：“我临时有点事，向剧组请了假。这件事之后空了再聊，我先去换衣服。”

“等我，跟你一起去。”

苏栗马觉得待在一个人生地不熟的片场有些尴尬，也跟了上去。

影视城的格局有限，男女换衣间虽然是分开的，但化妆间都是共用一间。

此刻，禾子珵舒服地窝在椅子里，仰面盖着剧本小憩。

演戏太累了，所以他摸到了化妆间里偷懒摸鱼来了，刚有些睡意，门就被人拧开了，还伴随着叽叽喳喳的对话声。

“你说，那件事是不是真的呀？”

“哪件事啊？”

“就是林兮有金主那件事啊。上次她妹妹都跑来闹了，道具师小张那天正好路过化妆间门口，可是听得清清楚楚的。”

“嘘，小声点，有人呢。”

声音顿时一停。

禾子珵本也不是个八卦的人，剧组这种人多嘴杂的地方，一点点风吹草动小道消息都能传播个遍。至于那个林兮，长得漂亮身材也好，娱乐圈这样鱼龙混杂的地方，这样的小明星想要上位找个金主无可厚非，在这个圈子里也并不稀奇。

所以他只当没听见，自顾自睡觉。

那两人见他一动不动的，便也渐渐胆子大了起来。

“怕什么，睡着了吧。”

“你看啊，林兮从一个十八线小明星，一下子就跑来演电影女主角。之前那件事闹得这么大，结果男主换了，女主都没换。”

“可是她本人确实长得漂亮，演技也还不错，人也挺好没架子。”

“女明星里最不缺漂亮的了。我也没说她人不好啊，但是想要往上爬嘛，都得付出一些代价的。”

“上次她妹说她金主是谁来着？”

“我听说呀，是季珵。”这句话故意压低了声音。

然后，另一个女生惊呼：“季氏的大少爷？怪不得，一下子就来演季氏出品的电影了，了不得，了不得。”

虽然那句话被刻意压低了，但在静谧的化妆间内，还是被禾子珵听得清清楚楚，指尖蓦然一动。

“哎，要我也愿意被潜啊，季氏的大少爷哎。”

“你就羡慕嫉妒吧，人家公子哥可看不上你。”

“嘘，别说了，有人来了……”

后头这些话，禾子珵并没有听进去，再次反应过来，化妆间的门又被人打开。不速之客太多了，禾子珵实在装睡不下去了，抬起头，剧本便从他脸上落下。

那两个剧组的小姑娘见他原来是醒着的，脸一红，拉拉扯扯地逃了出去。

而禾子珵对着眼前一面巨大的镜子，就瞧见女主角林兮和一个学生打扮的姑娘急急忙忙走了进来。

嗯，刚才他还听了人家一段八卦来着……

于是他透过镜子看向林兮那边，他的目光慢慢从怀疑到好奇最后再到深究，进行了一系列演化过程。

苏栗马感受到一道奇异的视线，本想去瞧，林兮却着急忙慌地顾不上其他，三下五除二扯掉头饰发型，妆都来不及卸，戴上墨镜对苏栗马说：“我先走了，回头找你。”

“究竟什么事这么急？”

“我……”刚走到门口的林兮有些迟疑，感觉到房间还有第三人的存在，“下次有机会我再跟你解释。”说罢，就火急火燎地走了。

在这之后，化妆间一阵死寂。

苏栗马这才得空往侧边看去，便瞧见了一个头顶高冠、身着大裘的男人，也怔怔地望着林兮离开的方向。

禾子理似乎感受到了苏栗马的视线，讪讪地转过来，两人目光交错。

看禾子理的衣着服饰，苏栗马已经猜到对方就是这部戏的男主角。这会儿也才看清他的长相，确实是一副上好的皮囊，齿编贝，唇激朱，桃花眼。只是那双眉眼间，她莫名觉得有些眼熟。

也许是好看之人都有相似之处。

可是这种熟悉感令她平白无故想起昨晚，某人的厚颜无耻和斤斤计较，瞬间觉得面前的美男都不香了。

苏栗马朝着对方露出一个微笑，转头帮林兮收拾起桌面她来不及收拾的物什。

禾子理看着苏栗马的背影，颇为受伤，他对自己的外貌还是十分有信心的，就算是不喜欢他这类型，也不至于嫌弃他吧……

刚才他分明捕捉到了她眼里闪过一丝说不清道不明的嫌弃。

简单的衬衣配上牛仔裤加个双肩包，他由此大胆猜测对方是林兮的助理，从椅子中站起来，走近她一些："你好，我是这部戏的男主角，禾子理。"

对于这突如其来的搭讪，苏栗马很是莫名其妙，侧目见对方含着笑意望着自己，一双桃花眼弯弯的，眉目含情，天生就属于那种盯着棵树也情意绵绵的眉眼。

那种熟悉感又突然消失了，苏栗马瞬间心情好了些："你好，久仰大名。"

刚才分明还嫌弃他来着，怎么现在又对着他笑吟吟的？

禾子理有些疑惑，更多的则是好奇："请问你是林兮小姐的助理吗？怎么称呼？"

又来了。苏栗马懒得解释，直报家门："我姓苏，苏栗马。"

玛丽苏？苏丽玛？

禾子埕微微一笑："哪儿个字？"

苏栗马思考了片刻："我爸姓苏，我妈姓马，我们家开糖炒栗子店的，所以我叫'苏栗马'。"这还是她上次面试季谨言的特助被问及名字出处时随口杜撰的，她生在孤儿院长在孤儿院，鬼知道这名字怎么来的。

禾子珵：“……”他十分怀疑对方在敷衍自己，但是没有证据。

他面上还是不动声色：“林小姐走得那么急，是有什么急事吗？”

苏栗马：“嗯。”

“你跟了林小姐多久了？”

“不久吧。”

“林小姐有没有男朋友？”禾子珵瞟了苏栗马一眼。

苏栗马狐疑地盯着禾子珵，又听他说：“爱美之心人皆有之，林小姐很漂亮。”言语里透露着他想追求林兮的意思。

苏栗马敛眸，淡淡答道：“林小姐有未婚夫了。”

未婚夫？不是金主？禾子珵挑了挑眉，状若无意地说：“听说是季家的少爷，季理？”

苏栗马有些惊讶，不过瞬间又反应了过来，肯定是上回林倩倩跑来乱七八糟说了一堆，正巧被人听到走漏了风声。她嗤了一声：“不是，林小姐的未婚夫才不是那只花蝴蝶。”“花蝴蝶”这个形容词，她还是听季老爷子叨叨出来的。

禾子珵：“……”

化妆间又是一阵死寂。

恰逢此时，上回那个女编导寻了过来，气喘吁吁：“终于找到你了，子珵，导演让你准备一下，下一场戏就拍你的。女主请假了，不过主要拍你的台词，等等找个替身替一下女主角的背影就行。”

禾子珵笑得如沐春风：“好的，知道了，燕姐姐。”

编导少女含春地走了。

苏栗马没由来地打了个寒噤，她觉得有点恶心是怎么回事？

等走廊听不到脚步声，禾子珵又看向苏栗马，微笑道：“苏小姐，有没有兴趣当一下背景板？”

“没有。”苏栗马拒绝得干脆，提步往外走。

“等一下。”禾子珵唤住她，“借一下手机。”

见对方一脸狐疑，他补充道：“我看一下时间。”然后甩了甩宽敞的衣袖，表示自己身上不便带手机。

苏栗马有些怀疑，但还是把手机递给他了。没想到他顺势就照了一下她的脸，解了锁。在她还没反应过来时，他迅速摆弄了一阵，重新丢还给她，又从自己衣领里掏出手机，一系列动作行云流水。

苏栗马有些无语，接过手机一瞧，对方居然擅自加了微信。

禾子理掏出手机同意添加好友的时候，还顺口问了一句：“那个‘宇宙无敌厚颜无耻君’是你朋友吗？”他在她微信界面瞟到了一眼，奇怪的名字。

“……”是季谨言来着，昨天她恨得牙痒痒，就把他备注名给改了。

这不是重点！重点是对方擅自加了她好友！她眯了眯眼：“禾先生，你这么做会让我好奇，你究竟是想追林小姐还是想追我？”

“如果我说，我都要追呢？”禾子理笑得人畜无害。

苏栗马轻嗤了一声：“渣男。”

禾子理满意地笑了笑，甜言蜜语道：“开玩笑的，我当然更对苏小姐有兴趣呀！你又清纯又可爱，要不你跳槽过来当我助理吧，这样我就可以天天瞧见你了。”

苏栗马懒得理他，直接往外走。

等她走了一会儿，禾子理掏出手机，给她发去一条微信：“可爱的苏小姐，路上注意安全哦！”

然而下一秒，他就嘴角抽了抽。

聊天界面上赫然出现一个红色感叹号，您与对方还不是好友……

他居然被人删了好友？

他堂堂禾子理？

不久后，她又收到一条微信好友添加申请。

苏栗马解锁后瞟了一眼，新朋友里躺着一个熟悉的头像，验证信息里还备注了一句话：“我是宇宙第一帅的禾子理，苏小姐，苏美女，把我加回来呗。

【笑脸】”

第十二次的无视，她继续装作没看见，随手又放下手机，仔仔细细地为季谨言沏好眼前的雨前龙井。

因为季谨言喜欢喝茶，她任职以后，还很敬业地专门学习了泡茶的技艺以及方法。比如说这龙井，先要用80℃左右的开水冲泡三分之一，轻微摇晃等茶叶充分吸水铺开，再第二次注入热水。龙井的茶叶多以嫩芽为主，所以不能用太热的水，否则会破坏茶水的口感。

嫩绿的茶芽漂在玻璃水壶中，婀娜地起起伏伏，茶香四溢。

将茶汤沏进古董白瓷茶盏的时候，房门正巧被人叩响。

苏栗马送完茶，再去开门。门外严田揣着一个长方形的黑色包装盒，上面还系了一条缎带，简单又精致。

苏栗马不免好奇：“这是什么？”

“是H牌送给林兮小姐的品牌礼物，寄到季氏了，等会儿我抽空给她送去。”严田低头瞧了眼怀中的礼物盒。

“哦。”苏栗马应道，末了，又像想到了什么一般，眼神一动，“严秘书，要不等会儿我给林兮送去吧。你看你这么忙，这种小事还得劳你跑来跑去多麻烦。”

不远处正在喝茶看报的季谨言，闻言将手中的报纸放下，目光也有意无意地向苏栗马那个方向飘了过去。

严田看了看苏栗马一脸殷勤，再越过她看季谨言，小心翼翼地询问：“可以吗？”

“当然可以啊。”苏栗马顺口接得很快。

严田：“……”他问的是季总好吧。

见季谨言不置可否，也没有嗔怒的意思，他乐得清闲，立马把品牌盒塞给苏栗马，还顺带客套了一番：“那麻烦苏特助了。”

“等会儿我顺路，送你去。”

苏栗马惊讶地回头，就见季谨言正在折叠收起财经报，慢条斯理地扣上衬衣袖扣，说了这么一句。

严田：“季总，等等您不是要回季氏……”季氏和影视城，一个在东一个在西，完全不顺路好吗?

可严田这话还没说，季谨言冷冷瞥了他一眼，他便立即收声。

“你先回公司，我自己开车。”这话是对严田说的。

总裁发话，严田也不好辩驳什么，立马应道：“是。”

苏栗马当然也知道季氏和影视城南辕北辙，根本不顺路，不过有人愿意当车夫，她也不会拒绝，立马笑吟吟地讨好：“谢谢季总！”

严田走后，季谨言就开着他那辆拉风的柯尼塞格幽灵，实行了“顺路”相送计划。

超跑在路上奔驰。

车内苏栗马偷瞧了一眼驾驶中的季谨言，靛色西装裹住修长的手臂，手腕处微微露出一截熨帖的衬衣袖口，半遮半掩住一块名牌古董腕表，骨节分明的手指利落地扶住方向盘。

有点小帅。

苏栗马脑中清晰冒出这个念头，或许是车内空间有些逼仄，念头骤起后她竟觉得有些燥意涌入头顶。

她只能迫使自己移开目光，透过车窗玻璃，看外头瞬间掠过的树影建筑物，影影绰绰。离目的地越来越近，她突然想起什么，转头问季谨言道：“季总，之后那个拍卖会您会出席吗？”

“没兴趣。”

季谨言的目光盯着面前的马路，都没有转回来，可也用余光瞟见了苏栗马脸上一瞬间的失落之色，然后又幽幽转为了沉思。

他没说什么，继续旁若无人地驾驶着，直到车子停在了街口的绿植带旁。

“季总，我先去把东西拿给林兮。”说罢，苏栗马就打开了车门，顺势就要下车，“等会儿我自己坐车回去好了，谢谢季总。”

“我等你。”季谨言口吻淡淡，苏栗马却有些诧异地回头，听他补充了一句，“顺路。”

苏栗马：“……”这回倒是真顺路了。

“那要麻烦季总等我一下。”

她也懒得再推拒，直接抱着品牌礼物，踩着高跟鞋向拍摄主街走去。

青天白日狭路相逢，她刚走了一小段路，遥遥就瞧见了禾子珵迎面走来，她故意拿高了一点黑色礼盒，半掩住自己的身形，以期神不知鬼不觉地就此路过。

两人相交而过。

苏栗马以为逃过了一劫，暗暗松了一口气，身后的脚步声却突然由远及近，然后一张惊诧的脸就蓦然挡住她视线，有人拦住她去路。

“果然是你。”禾子珵双手还提着衮服的下摆，上上下下将她打量了一遍，“你怎么穿成这样？”

与那日简直判若两人。

那天明明是朴朴素素的学生打扮，虽没有上等的姿色，却是极为干净清秀的一个小姑娘，他还以为对方是刚大学毕业的清纯女学生，所以那天忍不住逗了逗她。

怎么今天就浓妆艳抹，包臀铅笔裙加双恨天高，还有那蓬松微卷的长发，他脑海里只蹦出了一个形容词——庸脂俗粉。

他还真没见过，一个人可以因为打扮反差如此之大。

不过这也充分说明了苏栗马的伪装成功，她没什么情绪地对禾子珵说：“禾先生，请问你有事吗？没事的话，麻烦让一让，我要去找林小姐了。”

“哦，没事。”禾子珵还有些没缓过来，刚侧身，又蓦然想起了什么似的，抬眸问她，“不对，有事。我加你那么多次好友了，你怎么不通过？”

她并不想跟这只“花蝴蝶二号”有任何交集：“禾先生，以你的身份和长相，身边的美女明星模特要多少有多少，就不要逮着我们这些小虾米玩了。”

“什么玩？我是很认真地想跟你交个朋友。”顺便套套林兮的八卦，但是这句话他没有说，一双桃花眼依然眉目含笑，“或者，你告诉我你今天为什么打扮成这样？”

现在不光是对林兮，他觉得这个小助理也很有趣。

“要么你把我加回好友，要么你给我说说林兮那个未婚夫？我好奇。”

“……”

苏栗马感觉太阳穴突突地跳，日头有些浓，他却不厌其烦地缠着她问东问西，见她不答也不气馁，她却有些不堪其扰了。

“禾先生，你到底想干吗？”苏栗马沉声问。

对方笑得像朵桃花，凑近了些：“想追你。”

苏栗马：“……”

她觉得她以前对神经病的定义太狭隘了，禾子琞简直刷新了她对这一病症患者的新概念。

季总还在等着，她不想再浪费时间与禾子琞纠缠，睥睨着他说：“好呀，请你把手机拿出来删光其他的女生，我不喜欢我的男朋友与别的女生有任何接触，以后也不许拍裸露戏和吻戏，别说搂搂抱抱，就连说话也不行！”

“可怕，现实版《不要跟陌生人说话》吗？”禾子琞惊叹道。

苏栗马冷傲地瞥了他一眼：“做不到就别挡路。”

她绕开他，踩着高跟鞋大步向前走，还故意想走出一副“老娘最美，你高攀不起”的姿态，然而功底不深，从背后看扭得过分夸张，导致带了一丝滑稽。

禾子琞低低笑了出来，然后对着那个背影喊：“记得通过好友验证啊。”才蓦然想起自己是溜出来上厕所的，又转身向男厕小跑而去。

苏栗马就故作姿态一路走进片场，找到林兮，将手中品牌方的礼物交给她，一脸艳羡：“哎，当艺人真好，还有品牌方的礼物收。”

林兮笑了笑：“我回去打开，给你发照片，你挑挑看有没有喜欢的。”

苏栗马立刻两眼放光，恨不得当场就抱一下林兮的大腿。

“你特地给我送礼物来？”林兮问。

这时她才蓦然想起重点，有些难为情地说：“我刚才打探了一下，那个拍卖会，估计季总不会去，我们只能另想办法了。”

“海上拍卖会毕竟不是一般人能进去的，我试试看从林家下手。不过自从上次郭韬那件事之后，我跟他们已经闹翻了……”林兮有些丧气，“但是如果真的没有其他办法，也没关系，你已经帮了我很多了，我真的很感激你。”

一直以来，苏栗马总是借着帮季总照顾未婚妻的名义百般帮助林兮，其中还有另外一层原因，她见到被赶出家门的林兮，总会想到当年在孤儿院的自己，举目无亲无人照顾。如果不是恰好碰到一个富豪资助她，很难想象她的人生会走得多艰难。

想至此，她眼神微闪，或许那个人有办法也说不定……

“你怎么来的？是等我放工一起回去吗？”

林兮的声音把苏栗马的思绪拉了回来，让她蓦然想起季谨言还在长街外头等着。

“我今天就先回去了，季总还在等着，拍卖会那边有消息我再通知你。”然后苏栗马着急忙慌地回到了长街口。上车后，果然见季谨言神色稍有些不耐，他看了眼腕表，这个动作似在无声地斥责她慢慢吞吞。

她在心里把禾子琞的祖宗十八代骂了个遍，讪讪地瞧着季谨言："对不起，季总，遇上个神经病耽误了点时间。”

幸好季谨言似乎并不想揪着她的迟缓大做文章，只是轻轻“嗯”了一声。

“下不为例。”

苏栗马立马奉上“彩虹屁”：“多谢季总宽宏大量。”

长街里头，禾子琞舒舒服服从男厕走出来，就听见有两名群演从他面前路过，探讨得火热。

“门口那辆是柯尼塞格的幽灵吧？”

“哇，这种级别的超跑，不知道怎么会开到这里来。”

“别想了，这里那么多拍戏的，肯定是来接哪个女明星的。”

“唉，有钱真好。这种豪车，我这辈子都买不起，女明星还随便玩，同人不同命啊。”

那两人渐行渐远。

禾子理目光微动，根据刚才那两人谈话间的提示，找到了长街出口。绿植旁果然停了一辆幽灵跑车，只不过他还来不及上前，那辆车就发动引擎扬长而去。

果然没错……

只是季谨言怎么在这里?

禾子理从衣袖里掏出手机，拨通了一个电话：“雪至吗？我只是想说我回来了，找个时间聚一下，你记得喊上谨言啊。

“这不是，我怕我打电话约他，指不定他直接给我挂了。

“谢啦，今晚不见不散。”

挂了电话，他优哉游哉地回到片场，巡视了一圈，没见到苏栗马，正好林兮从他身边经过，他就顺口问了一句：“你那小助理回去了？”

“助理？”林兮有些疑惑。

“好像叫‘玛丽苏’？”还是什么来着的他，脑中只剩下颇有印象的一句话，“她家开糖炒栗子店的那个。”

林兮猜测对方说的应该是苏栗马：“小苏不是我的助理。”

禾子理追问道：“那她究竟是谁？”

“她……”林兮本想脱口而出苏栗马是季总的特助，蓦然又想起她与季总的关系这么亲密好像不好解释，于是转了话锋，“她是我的朋友，目前是一名文员。”

禾子理：“……”

这妞是当他傻吗？今天“玛丽苏”那副打扮是个做文员的？不被公司轰出去才怪。看来不仅是这个林兮，那个“玛丽苏”也很有故事，让他越发好奇了起来。

外滩 LA&P 今日清场，专门接待贵宾。

这是严雪至选的地方，因为这家餐厅酒吧有一个超大的露台，可以俯瞰到霓虹璀璨的夜景，所以他偶尔就喜欢来这里坐坐，小酌一杯顺便赏赏街市灯火。

禾子琨的跑车在喧闹的滨江路堵了一阵，才姗姗来迟。他将钥匙扔给泊车门童，直接坐观光电梯上楼。有侍应生为他引路，替他打开通往露台的玻璃门。

露台摆着一张超大的环形沙发，围着圆面茶几，上面放置着围成圈的蜡烛。烛火影绰，两杯威士忌就在圆桌边角，被烛光照到一半，杯壁发出温润的光晕。

沙发边一盏落地方灯，泛出不明不暗的光线，正好将沙发上那二人的影子拖映上圆桌，与暖黄的烛光融在了一起。

脚下霓虹生辉，江面的风吹过来，带着春日不冷不燥的湿度，也是颇为舒适。

确实是个好地方。

这两个“注孤生”的情感绝缘机还挺有情调。

禾子琨如是想着，走了过去。严雪至率先抬眸看他，挂着那八百年都不变一下的微笑，起身招呼他：“怎么这么晚才到？”

侍应生非常机灵地在一旁默默添置了一个酒杯，放进一块冰，斟上了一点威士忌，递给了禾子琨。

他接过酒杯：“堵车，我先自罚一杯。”说完，就一口闷了，威士忌性烈，这一口下肚喉口也有些烧得慌。

他也不在意，继续倒了点酒，往环形沙发上一坐，对着季谨言的方向，隔空敬了一杯：“谨言，好久不见了，我敬你一杯。”

季谨言这才看向禾子琨，夜幕里，他的神色淡淡的，辨不出情绪。他修长的手指捏着酒杯对着禾子琨微微一回敬，送到唇边抿了一口，就当是回应过了。

这对兄弟的感情，一贯很“塑料”。

严雪至也不奇怪，转头就找了个话题：“我听说你一回来，就弄了个艺名，跑去演戏了，真是不及你潇洒啊。”

“哪里哪里。”

“对了，你艺名叫什么来着？”

“禾子珵。”

“季姓拆开就是禾子，亏你想得出来。”严雪至笑道。

禾子珵，不，应该说是季家大少爷季珵，此刻瞧了一眼不远处看上去比自己要成熟稳重得多的弟弟。

“我这不是怕，顶着季姓出道，轻则直接封杀重则发配边疆，那我还怎么追逐梦想呢？”

严雪至怀疑自己听错了，花蝴蝶追逐梦想？流连花丛还差不多！

“你的梦想不是游戏人间？”季谨言幽幽地开口。

这话吓了严雪至一跳，以为自己不小心把心声说了出来。

季珵倒是习以为常被怼惯了的样子，摆出一副“大人冤枉，六月飘雪”的委屈表情，看向自家弟弟：“我游戏人间也不影响我追逐梦想啊。谨言你什么都好，就是太一板一眼，人生在世就来这么一遭，当然要玩个够本。”

“这就是你不学无术、花天酒地的理由？”季谨言眸都不抬，轻嗤了一声。

这种面子工程的小聚还是尽量不要弄得太难看为妙，于是严雪至打了个哈哈：“我看你们兄弟，倒是谨言像哥哥，你更像弟弟。”

“其实也没差几天，要不是他赖了几天，说不准他也就真成哥哥了。”季珵喝酒的同时，侧头越过透明杯壁看向季谨言，忽地念头一动，又补了一句，“谁让我们那个多情风流的老爹，这么巧差不多时间让两个女人同时怀孕了呢？”

他这话一出，一片死寂，江风吹过的声音都格外清晰。

其实这也算是季家一段秘辛，季谨言与季珵是同父异母的兄弟，季谨言的母亲实则是当年季氏少东家在外头养的美眷，后来季谨言出生就直接被送到季家抚养。

季珵的母亲，当时名正言顺的季太太本来跟他们父亲就是商业联姻，没感情基础，虽然也看不惯丈夫在外头弄出个野种，但豪门大户的圈子里这种事屡见不鲜了。既然对方没有把人弄进家门驳了她面子，还直接对外宣称季谨言也是她所出，季太太也懒得闹腾，正好她也要照顾季珵，就顺带把季谨言这个便宜儿子也不咸不淡地一起照顾了。

所以季老爷子原本属意的继承人，也是正儿八经嫡出的季珵，奈何这只蝴蝶天生放荡不羁，非要飞出高墙寻找自由。

加上季谨言在他们平辈里，也确实是出挑地优秀。

最后，才会轮到他做季氏的话事人。

严雪至一向是站在季谨言这边的，他本就怀疑这只花蝴蝶这会儿突然飞回来的目的，听对方这么说，不禁怀疑对方是把嫡庶摆上台面想压他兄弟一筹，那他哪肯啊？他瞬间跷起二郎腿，面上挂上了面对三教九流那股痞气，笑眯眯地问："这次回来，就单单想当个小明星？季老爷子，可一直在盼你回季氏呢。"

完了，惹到刺头了。

季珵偷瞄了一眼季谨言，见他还是神色寡淡，稍微宽了宽心。他对这个便宜弟弟可没什么厌恶之情，反正这种事在他们圈子里太常见，再说季谨言如此能干会赚钱，他才不会傻到起什么夺权之心。

"得了吧，我对做生意不感兴趣，谨言负责赚钱养家，我负责美貌如花，我们季家两兄弟，分工合作，完美。"

严雪至斜斜打量着季珵，似乎在辨析他话的真假。

季珵有些无语，他们仨也算得上是从小一起长大，偏生严雪至就跟季谨言关系最好，刚才他也不过是看季谨言一成不变的冷脸，想逗逗对方，没想到这只笑面老虎先跳出来了。

"哎……知道谨言跟你有过一段婚约，你也没必要这么护着他吧。"

这话一说，季谨言当场皱了皱眉，严雪至却放肆大笑了起来："你回来真是为了拍戏？别是为了某个女明星吧？"

气氛一瞬间又轻松了下来。

"真是为了当演员。"季珵转念一想，又忽然想起了某个人，"不过，倒确实遇到了一个女孩子，挺有意思。"

"谁？"严雪至好奇道。

“就我那剧组的女主角，好像叫林兮。”

严雪至刚喝了一口酒，差点喷了出来，转头去看季谨言，见他面色依旧不咸不淡，也是奇了。这位大佬的未婚妻都被哥哥惦记去了，竟然丝毫没有反应。

“你看上她了？”严雪至也问得直接。

“没有，不是她，是她身边的小助理。”

严雪至“哦”了一声，微弱的烛火映衬下季谨言却蹙了下眉。

又听季珵说道：“我在剧组听到一个超级大八卦，有人传那个林兮有金主，这也就算了，居然传到我头上了。”

季谨言难得出声问了一句：“什么意思？”

“说小爷我是林兮的金主。”季珵一脸生无可恋，感觉一顶大高帽扣了上来。虽然对方确实也是个美女，但子虚乌有的事被人扣脑袋上，还是十分不爽。

“噗，哈哈哈哈……”这回严雪至没忍住，见季珵一脸茫然地望着自己，他又瞟了眼季谨言，他并不打算出卖正主，笑言道，“你可想清楚了，真没对人家做过什么？”

季珵很是无辜：“真没，这样的美女我要吃过，我肯定记得。”

“那你只能委屈一下，充当一下绯闻男主角了。”顺便帮季谨言挡挡枪，严雪至忍住笑意拍拍季谨言肩膀，半晌，又想起什么似的，问他，“你都说人家大美女了，你怎么又看上她小助理了？”

季珵这才蓦然想起，掏出手机，在他第十八次孜孜不倦添加对方为好友后，对方终于回了他一个字：滚。

待他看清了屏幕上的字以后，放声失笑。

见严雪至疑惑地看季谨言，他举了举手机：“一个拒绝了我十八次好友添加的小助理，你说有意思没意思？”

严雪至问：“还有不被你这只花蝴蝶迷倒的姑娘？确实有意思。”

“叫什么名字？”安静地窝在沙发里喝酒的季谨言突然询问道，惹来二人齐齐看过来的目光，他又抿了口酒，混着江风一起入喉，今晚不知不觉似乎也喝了挺多。

季琨努力回忆了一下：“什么马，什么苏，什么开糖炒栗子店的‘玛丽苏’？”他对苏栗马名字的解释印象深刻，却偏偏无法按照顺序组合排列起来。

“噗——”这回严雪至庆幸他嘴里没含酒，否则真得喷出来，回头去瞧季谨言，果真见对方脸色倏然一沉，夜幕中一股无形的压迫感悄然而至。

偏偏季琨那个后知后觉的人还在作死：“这妹子挺有意思，头一天打扮得像个大学生，转头穿得跟大款养的秘书似的。她微信的朋友也挺有意思，叫什么‘宇宙无敌厚颜无耻君’。”

严雪至笑眯眯地看季琨作死。

季谨言的脸色已经漆黑如墨，完全可以和夜色融为一体。

“确实挺厚颜无耻的，什么我等你，后面还加个爱心，不知道是男的女的。简直了，如果是男的，这样追女生弱到爆了，一看就是个不会追女孩子的愣头青。”季琨也是在微信界面上看到那个名字下，最后一行聊天记录，也只看到了这一句，偏生记到了现在。

怎么突然安静了?

他一张嘴叭叭地吐槽完，转头就见严雪至笑得不怀好意，季谨言却沉着脸色冷冷打量着他。

江风都带了一阵寒意，大有一种山雨欲来风满楼的架势。

季琨飞速思考自己说错了些什么，半天一无所获。

而这边，季谨言笔直修长的双腿悠悠站起，将桌边一瓶威士忌拾起。

季琨心里瑟瑟发抖，他不会要拿酒瓶砸爆自己的头吧？却只见对方“当”的一声，将酒瓶不偏不倚摆在他面前，凉薄的声音响了起来：“喝光它，或者我停掉你的卡。”说罢，重新落座，交叠着双腿好整以暇地看着他。

季琨浑身一僵，君子能屈能伸，他不能让卡被停掉，于是果断拿起酒瓶，选择干掉整瓶威士忌。他的豪迈放恣引来了严雪至几下真心诚意的鼓掌。

酒气上头之时，季琨又听见季谨言轻蔑和饱含嘲弄的语气混在江风里灌进他耳朵：“你会追女孩？那至于加了十八次好友别人都不通过？”

季琨：“……”

撩完就睡，毫不负责

得知季谨言今晚有个应酬，苏栗马一直等在四洲国际酒店套房里，未经允许也不敢私自下班，躺在沙发上无聊地刷着微博和小视频，时间倒也过得飞快。

转眼便是夜间十一点。

她懒懒地从沙发中坐起身子，透过玻璃去看外头的夜景。今夜天色很好，月亮清亮，星子稀疏却带着细碎的亮光，均匀地洒在夜布上。

伴随着“嘀”一道刷卡声响起，房门被人打开。

苏栗马回头，就瞧见严雪至虚扶住季谨言入内。

“严总。”苏栗马迎上去，立即闻到二人身上都沾染了不少酒意。

“先把谨言扶回房间。”严雪至说。

苏栗马作势就想去扶季谨言，却发现对方依然能自行走动。平日里他就算喝多了也会自持镇静，从不把醉酒浮在面上。

所以将季谨言送回床上休息，也不太困难，二人只是搭把手，几乎就是他自己稳住步伐走回的房间。

一落进软床，季谨言浑身就似乎松懈了下来，他抬臂压住眼帘，微微轻喘，试图缓解体内因酒精翻江倒海的气息。

苏栗马：“严总，不如你先去客厅坐一会儿，这里让我来吧。”

严雪至看了一眼苏栗马，点点头，应声出了房门。

苏栗马俯身帮季谨言脱掉鞋子，拉过被子的一角轻轻掩住他的身子，又怕他口渴，转身去客厅帮他倒水。

她以为严雪至已经走了，没承想对方还坐在客厅的沙发里，正在慢条斯理地整理衣袖。

“严总，我给你泡茶。”

苏栗马也不敢怠慢，对方却是挥挥手示意不必：“我坐会儿就走。”

这之后空气有些安静。

苏栗马就有一搭没一搭地问：“今天的应酬很重要吗？季总，难得喝这么多酒。”在她印象里，季谨言一向是自控力一流，也不会让自己喝得很醉。

严雪至放下袖子，瞟了她的背影一眼：“季理回来了。”

苏栗马倒水的动作一顿，悠悠回头，略微有些疑惑不解。

只听严雪至继续说：“他们兄弟关系一直很一般，你应该也听说过。季老爷子原本最看重的孙子是季理，谨言……他从前在季家过得并不如意。”他不知道苏栗马对这件事了解多少，所以也不敢全盘托出，只挑了几句不轻不重的交代了一下，便站起身，拾起被弃之一旁的西装外套。

“你好好照顾他，我先走了。”

苏栗马端水进屋的时候，季谨言仍保持着刚才那个姿势。

整间房只亮着一盏暖黄幽暗的床头灯，落地窗外交汇蜿蜒的霓虹灯光也能映进些许。可只这一点光就像刺痛了季谨言的眼睛，让他始终用手臂堪堪挡住。

苏栗马轻手轻脚地走近床边，将水杯置在床头柜上。她戳了戳他西装褶皱处，低声唤他：“季总，要喝点水吗？”

没有回应，只剩染着酒气的喘息声，连绵不断。

就在她快要放弃等待的时候，床上的季谨言终于微微启唇，声音带着醉意侵蚀后的沙哑：“你知道我的名字是怎么来的吗？”

苏栗马顿住，就保持着半跪着的姿势，看着他。

“季谨言，是我爷爷给我取的名字，意思是让我踏进季家大门的那刻起就要谨言慎行。”他幽幽地说，“理，如美玉，季理谐音又如继承，他是包含了所有期望出生，而我才是一出生就不受待见的那一个……”

季谨言的声音除了浓浓的喑哑，依旧不咸不淡，没什么情绪。

让苏栗马心里泛起一丝涟漪，却很快沉静了下去。她轻声说道："可是季总，你比很多人都幸运得多，你有家庭，还是个不一般的家庭，你有事业头脑又聪明，现在的你，很成功，是别人活几辈子都追不上的成就。

"每个人生来都有些不如意的事情，在我看来，您已经是上天开了无数大门的幸运儿了。"她凑近了他些，"怎么，现在因为这点不如意，在可怜自己？"

季谨言的手臂挡着上半张脸，看不清神色，却能瞧见他嘴角扬起轻蔑的笑意："当然不是。我所要的我都已经得到，并且谁也拿不走。"

或许他本就是个情感淡漠的人，季家对他算不上好也不算不好，该给他的也从不亏待。然而他天生就亲情淡薄，对待这个家族也一直持可有可无的态度。如今他提起，不过是喝了点酒，顺带想起了苏栗马第一次来面试时，对自己名字由来的解释。

那会儿他就知道，她是完完全全在敷衍，可是她脸上挂着恰到好处的假笑，就让他不由得多看了一眼。

招聘苏栗马成为特助的时候，他也命人调查过她的基本资料，知道她是个孤儿，从小在孤儿院长大，这样的人没有软肋，挺好，不容易被人要挟。

可是，她依然似乎跟宋振宁有纠缠，没有软肋的人，那么大概就是为了钱。

苏栗马不知道季谨言想的这些，只是微微一笑。果然是她熟悉的季谨言，伤春悲秋、怜悯同情这些词都不会在他身上出现，可偏偏是这股沉静自持的风格，颇具魅力。

"季总，运筹帷幄好厉害。

"掌控一切的样子特别英明神武，英俊不凡。

"哦，对了，你长得也特别好看，简直就是神仙下凡，不属于凡间的相貌！"

一系列"彩虹屁"从苏栗马口中源源冒出，连草稿都不用打。

季谨言移开手臂，醉意蒙眬的眼睛幽幽瞧了一眼暖光下她笑意盈盈的脸，片刻，他沉声道："水。"

苏栗马即刻扶季谨言坐起，将凉白开递给他。见他喝了几口，微微抬头，喉结滚动，是吞咽凉水的动作，却因蕴含醉意和昏暗光线，平添一丝性感。

她装作不经意地移开目光，内心不想承认她被刚才那一幕给撩到了。

接过季谨言喝了一半的水杯，转身刚安置在床头柜上，手腕蓦然被人拽住，硬生生将她拉下跌坐在床沿，满怀酒气的环抱不期而至。

季谨言的双手从她身后环住她的腰肢，下巴抵在她的肩胛处，浓重的呼吸全喷在她的脖颈上，细碎的头发擦着她的耳郭，挠得她微微发痒。

“季总？”

他的胸膛贴着她的后背，滚烫异常。

季谨言仍未说话，将脸埋在她颈项里，似是在吸闻她身上淡淡的沐浴露的味道。冰凉的唇若有似无地擦过她的皮肤，细细密密，让她蓦然感到战栗。

这该死的男人，不会是要借酒行凶？

苏栗马脑子一片空白，身子僵直端坐，任凭对方在她脖间肆意撩拨，他手上的动作也没有停下，越箍越紧，加重了这个怀抱。

她好不容易稳住被他撩拨之后，有些急促的声音，略带嘲讽地说：“季总，我以为，你对不喜欢的人是下不去手的。”

该死的男人，平时装得高傲洁癖，原来和其他男人一样，都是不吃白不吃的主儿。

“你猜得没错。”

暗哑的声音在她耳畔低低响起。

她还未品出这句话的意思，天翻地覆，她蓦然被压倒在床上，面朝上，正对着季谨言。

床头那盏暖光不知何时熄灭了，只余月色漫进来。晦暗中，她看清季谨言浸在醉意里的神色，那双眼睛深得恍如旋涡，此刻写满了欲望。

苏栗马一动不动地望着他，面色平静，心脏却狂跳不止，大脑宕机，完全无法思考，只余一个奇异的念头——她好像并不讨厌他的触碰，反正也不是第一次发生这样的事了。可是她很不满对方屡次借醉碰她。

“季总，你清楚你现在，在做什么吗？”

没有回应，只有旖旎的呼吸声，清晰可闻。

“你是又要借着喝醉，耍流氓吗？”

如果换做平日，季谨言早就捕捉到了苏栗马言语之间的关键词，此刻被酒精蒙住的大脑已经不会思考，他目光落在她娇艳欲滴的红唇上，下意识就想去吻。

然而他是真醉，不是装醉。

还未亲到她，酒气又搅得他天旋地转，终于是支撑不住，倒在她身侧。他仍没力气再做其他，双眼蒙眬地望着苏栗马的侧脸，最终缓缓入眠。

“季总？”

苏栗马低低地唤季谨言，没有回应，半晌，身边传来均匀的呼吸声。

她侧过头，看见季谨言合着双目，似乎已经沉沉睡去，长长的睫毛垂下，泛着属于深夜里柔和的光泽。

这死男人撩完就睡，毫不负责！

苏栗马没有劫后余生的庆幸，反而有种失落的情绪，反应过来以后，她脸腾地一红，不满地捶了一拳睡死的季谨言。

她蓦然想起，当年与他初次相遇的情形，好像他也是神志不清的状态。虽然醒来后先跑的是她，虽然这是一场失误，她也三缄其口，坚决不提此事，可是季谨言对此似乎没有任何印象的渣男态度，让她的火气又蹿了上来。

她巴不得季谨言这个变态现在就原地爆炸。

想着，她朝着他胸口又是一拳。

苏栗马整理好贴身凌乱的衣物朝外走，已经走到门口时，她越想越气，回过头，朝着他胸口再来了一拳，才颇为满意地离开房间。

这一晚，季谨言睡得并不踏实，他做了一个噩梦。

整个梦杂乱无章，首先是他感觉怀里好像有一团绵软的身躯，蹭啊蹭的，让他难以自持，于是该做的都做了，却始终看不清对方是谁。

原以为是个春梦，没想到突然，他又被人绑在了柱子上，有人说他犯了色戒，不知从哪里飞来的锤子就一下一下地往他胸口上锤。

他倒是也硬气，在梦里，也不吭一声。

再然后他终于悠悠转醒，窗外天光大亮，有些晃眼，又瞬间闭上眼睛，适应了一会儿才撑起身子。

季谨言感觉太阳穴突突地跳，还有些头疼，是昨夜未散完的醉意。

他伸手揉了揉胸口，不知是不是受到那个梦的影响，他莫名觉得胸口真的传来一丝闷疼。

他侧头看到了床边那杯喝了一半的水，按了按太阳穴。昨夜的记忆有些模糊，他记得最清楚的是在外滩与严雪至他们喝酒时的情形，再然后，回到酒店房间以后，就不太清晰了。只是隐约记得，他好像抱了某人……

他掀开薄被，下床穿鞋。确实是有些喝多了，否则估计那人现在应该是在他怀里醒来的，有点遗憾。

他恬不知耻地想着，把之前那个犯了色戒被捶胸的梦瞬间忘到了九霄云外。

从房间出来，准备进盥洗室的路上，他蓦然瞟见，某人上半身盖着外套蜷缩在沙发上，像只小猫一样。

还以为苏栗马回去了……

他缓缓靠近，俯身去瞧她柔和的睡颜。清晨日光落在她脸上，衬得她肤色白皙透明。她睡相还挺不错，闭着眼，抿着唇，一脸恬静。

似乎是因为不在自家，她睡得也不太安稳。感觉到有人靠近，她也慢慢转醒，适应阳光后睁眼去瞧，就见季谨言此刻已经站直身躯，立在沙发一侧。

苏栗马懒懒地伸伸腰，似醒非醒的声音轻轻唤道：“季总，你醒啦？”

“嗯。”季谨言装作无事发生，转身向盥洗室走，没走两步，蓦然驻足，回头脸色不太好看，“宇宙无敌厚颜无耻？”

昨天他听季珵的描述，就猜到苏栗马一定把他微信备注给改了。

苏栗马还没睡醒，一脸迷糊，问：“什么？”

季谨言也不忙着解释，掏出手机，对着苏栗马的微信头像，发出一串“1”。见她迷迷糊糊拿出手机，他两三步上前冷冷一瞥。

果然，解锁后的微信屏幕上，他那一片纯白的微信头像旁，名字备注的就是“宇宙厚颜无耻君”。得到验证，他脸色一沉。

苏栗马感觉到周身寒气聚集，才恍然悔悟，瞬间清醒，她睁大眼睛看看季谨言，又看看手机屏，瞬间欲哭无泪：“季总，我错了，季总。”

季谨言眸光氤氲着寒气，就这样一动不动地看着她。

苏栗马被盯得发毛，只能硬着头皮强行解释：“季总，我这是夸你，你看宇宙无敌，就说明你是无人能及的高度；厚颜无耻其实指你颜值高到一定程度，大家都不敢正眼瞧你，只能仰望你……”

语文老师如果此刻在场，听到她这样的诠释，一定会背过气去。

季谨言递给她一个“编，你就接着编”的眼神。

“不是这个意思吗？”她缩了缩脖子，一计不成又心生一计，直接装文盲，“我以为厚颜无耻就是这个意思来着。”

季谨言揉了揉太阳穴，未散的酒意和眼前的她，闹得他有些头疼。

“真的不是这个意思吗？”苏栗马小心翼翼地问，“那我马上改成其他的。”说罢，飞快地在手机上一阵操作，直接把季谨言的备注名改成了“季总好帅”，后面还跟了一个爱心，讨好似的端给他看。

看到那个爱心，季谨言头更疼了。

“九年义务教育没学完，就回去再学，季氏出资。”他轻飘飘地看了一眼苏栗马，“毕竟，像你这样的人，放归社会，会拖慢社会主义道路前进的步伐。”

苏栗马忍住内心想掐死对方的冲动，咬牙切齿地假笑道：“季总真是充满了社会正义感，年度评选的感动中国十佳人物应该有你一席。”

直到季谨言进入盥洗室后，苏栗马都没弄清，自己改了他备注名这件事，他究竟从何得知。

而刚进入浴室的季谨言，想起季理昨晚不留情面的吐槽，始终对那个“爱心”耿耿于怀，于是立刻拨通一个电话，沉声道：“严田，之前让你加的爱心表情包，取消。”

电话那头的人沉默了三秒：“好的。”

挂了电话，严田看了一眼手边特地找了设计师操刀的各种爱心图案，他都亲自上阵提供了一些构图，默默叹了口气，还是计划赶不上变化……

谁能料到，季总又不喜欢爱心了。

周四的午后，天空阴沉沉的。

日头被厚重的云层遮住，风吹得路边的香樟叶簌簌作响，整座城笼在暗云之下，阴霾暗淡，天空像是要下雨一般泫然欲泣。

季氏集团。

季谨言忙了一上午，他揉揉鼻梁，慵懒地往椅背上一靠，目光不经意瞥见桌面一张镶金边的邀请函。

今天海上拍卖行好像有一场拍卖会举行。

他脑海中蓦然迸出，前些时候，苏栗马卧在沙发里全神贯注地盯着这张邀请函，像是看上了某件拍卖品。

没有那个实力，她胃口倒是挺大。他轻嗤一声，半晌，又突然打开无线接讯，对外头的严田说：“严田，下午还有没有事？”

严田翻了翻平板电脑：“季总，您下午没有其他行程需要处理。”

“备车，去海上拍卖行。”

季谨言想起苏栗马那副没见过世面的样子，还是顺道去拍个小物什扔给她玩玩，他似乎都预料到她捧着拍卖品欣喜若狂的样子。

他心情莫名变得舒畅，套上西装，提步出了办公室。

而苏栗马却比季谨言早一步抵达拍卖行门口。

车子停稳，便有拍卖行的安保人员前来开门，恭敬地迎接人下车。

宋振宁率先从车后座跨出来，接着是一袭红裙的苏栗马。她先迈出一条骨肉匀称的小腿，脚上穿着一双黑色水钻细高跟，左手掩住胸口，稍稍低头弯腰，不慌不忙地从车内出来，站直。

这身红裙，是上回在商场里，季谨言花了八十多万买下的，也是她衣橱里最名贵正式的一件，她原以为没机会穿，没承想今天就用上了。

为了出席这次拍卖会，她特地捯饬了两个小时，化上精致淡雅的妆容，换上战袍，头发还特地做成妩媚的微卷，斜斜放在一边，露出半边白皙的锁骨，倒是比平日里浓妆艳抹的更有品位且好看了些。

在得知季谨言不会参加拍卖会以后，苏栗马就把心思动到了宋振宁头上，按照他的门庭地位，应当也收到了邀请函才是。

果不其然，宋振宁也收到了，而且十分爽快地答应，让她一同前往。

原本林兮也要一起来，可惜剧组因为之前男主替换风波，进度本就已经落后，加上女主角戏份尤其多，为了不再拖长时间增加成本，现在进入了疯狂补拍模式。所以林兮实在请不到假，只能由苏栗马代为竞拍。

宋振宁在车边站定，见苏栗马下车，向她的方向，微微弯曲手臂。

阴沉沉的天色，渲染得街景都暗淡无光，她这抹妖冶的红站在门口显得格外出挑，引来不少目光。饶是她不情愿，也没办法，硬着头皮挽上宋振宁的胳膊，向内走去。

走进拍卖行，有身着礼服的迎宾小姐，将他们领至内厅。宽阔的大厅里有着一排排座位，鳞次栉比，舞台右侧放置着一张演讲台，巨大的幕布悬挂在演讲台后边的墙面上。

苏栗马一路跟着迎宾小姐走到最前排，中间有一条过道，过道右手边就是宋振宁的座位。苏栗马眼尖地瞟见过道左手边，第一个位置印着的名牌，赫然写着：季谨言。

她看着那个空落落的座位，没有说话，安静地坐在了宋振宁身边。

场内陆陆续续有人落座，渐渐坐满。

拍卖会主持人上了演讲台，洪亮清澈的声音说了一番开场白之后，拍卖品根据行会流程，一件一件被推上台。舞台上有两束聚光灯适时地照在拍卖品上，是打光也是聚焦，让参与拍卖的贵宾集中目光在货品上。

冗长的拍卖过程，让苏栗马都有些犯困，她要等的拍卖品还没轮到，期间宋振宁倒是以不菲的价格拍下了一幅字画。

大概是今日的宾客都到得差不多了，苏栗马好久没听到身后厅门开合的声音，不经意越过宋振宁瞥见那端依旧空空如也的座位，稍顿，便移开了目光。

昏昏欲睡的倦意再次袭来，身后却陡然传来门开启的响动，瞬间击退她的困倦。

大约是好奇究竟是谁会如此姗姗来迟，苏栗马懒懒地回头，却猛然瞧见红毯那端，那道熟悉的身影踱步而来，走姿挺拔，身材颀长。

苏栗马却僵滞了一瞬。

季谨言怎么会来？

他不是说不来吗？

她怔怔瞧着他，由远及近，然后目光交错。

一锤定音，又拍出一件藏品。苏栗马就在这声锤声中，找回了思绪，恨不得立马找条缝隙躲起来。

他看到了？

绝对看到了，两人的视线有瞬间交会，这下，她跳进黄河都洗不清了。

苏栗马恨不得就此隐形，往后缩了缩，以期宋振宁能将她完全遮住。

那边季谨言在严田的陪同下，堪堪落座。过道边的宋振宁见他也来了，不由得愣了一下，片刻，笑着点头致意。

季谨言漫不经心地瞥了一眼过道右边，看到宋振宁侧边那抹缩头缩脑的红色，他没由来地火冒三丈，面色冷得像是深冬房檐上的冰凌，落下来便能扎死一片。

严田感觉到气氛不对劲，他从未见过季总这样冷漠的表情，约莫是真的生气了。

苏特助啊苏特助，你这回，可真是作死了！

季总给了她多少次机会，今天却大摇大摆地跟着宋振宁出席这种场合，不是明摆着说自己是宋振宁的奸细，明晃晃打了季总的脸。

哎……总觉得暴风雨，要来了……

就算隔了条过道还隔了个人，苏栗马也能明确感受到那阵压迫，令人窒息，握紧的手心也沁出一层薄汗。

“接下来，要拍卖的藏品，是一只冰种翡翠玉镯。”

随着主持人的声音，礼仪小姐戴着白手套，笑容可掬地捧着一个红盒子走上台。打开盒子，里头躺着一只晶莹剔透的玉镯，她向四面展示了一下。

这是苏栗马此行的目的。

玉镯的拍卖底价是一百二十万，顾不得那股无形的压迫，她第一个出手，加了十万。

身后传来陌生的声音：“一百四十万。”

苏栗马：“一百四十五万。”

又传来几次加价，在苏栗马喊道“一百六十五万”的时候，身后似乎再无响动。她暗暗松了一口气，林兮能拿出的价钱不多，最多三百万，这还是林兮这段时间的好资源攒下来的银两。

“两百万。”

一道冷峻低沉的男声蓦然响起。

苏栗马愕然，越过宋振宁去看季谨言，果然是他开的口，隔开一段距离看不清，只是那侧脸阴恻恻的，声音也冷冰冰。

苏栗马有些迟疑，季谨言居然出手了。她本来今天估计就得罪他不轻，如果再跟他争抢，后果……难以想象。

“不拍了？你不是为了这只玉镯来的？”宋振宁侧头，问她。

她把心一横，大不了回头再跟季谨言解释，稳住声音，脱口道：“两百零五万。”

闻言，季谨言骤然蹙眉，压抑住即将要爆发的勃然大怒：“两百六十万。”

严田吓得后背都出了汗，苏特助是怎么回事？脑子是“瓦特”了吗？一

定是疯了，不然怎么敢跟季总叫板争抢拍卖品……

季谨言的加价又快又狠，论资本，她跟林兮根本玩不起。

她每次都只往上加一万或者最多五万，可对方直接整数地往上加，随着一次又一次的加价，季谨言的声音也一次比一次更凉薄。

眼下已经加到了三百万，再往上加，林兮负担不起。

苏栗马攥紧手心，一头乱麻。

就在她沉思时，身边的宋振宁倏然开了口："三百二十万。"

苏栗马吃惊地抬眸，这人是觉得现在的情况不够乱，还想再添油加醋更乱一些是吧？她隐约觉得额角有些痛，无奈地揉了揉。

果然季谨言的声音更沉了些，像闷在水里。

"四百万。"

宋振宁："四百五十万。"

"五百万。"

随着季谨言这一声，会场瞬间哗然，嘁嘁喳喳的议论声从四面八方飘来。

饶是主持人见过大场面，也对这个玉镯能喊价到五百万，觉得不可思议，但是依旧保持自己专业的态度："五百万第一次，五百万第二次……"

苏栗马见宋振宁还想喊价，立马扯了扯他衣袖，摇头示意。

"不加了？"宋振宁问。

她早就不想加了好吗？还不是他非得插上一脚，也不知是好意还是添乱。

"五百万第三次，成交！恭喜这位先生。"

在锤子落下发出一声闷响时，季谨言正好倏然站起，神情冷落冰霜，迈着长腿沉默离场，视线有一瞬间划过苏栗马，那一眼却让她胆战心惊。

——从未见过的冷漠。

"那人是谁啊？这么'壕'？这只玉镯可要不了五百万。"

"那位置上写着呢，季氏的总裁，现任的少东家。"

"怪不得，真是一山还比一山高，你说他豪掷千金买只玉镯回去干吗？"

"还能干吗？难道回去揣着睡觉吗？"

后边的交头接耳落进苏栗马耳朵里，她却依然沉浸在季谨言方才的眼神里，好半晌缓不过神来，直到身边的宋振宁提醒道：“季二已经走了，你不追吗？”她才蓦然回神，点点头，便也跟着那个背影，匆匆离去。

拍卖会场外，人头攒动。

苏栗马好不容易在会场大门口找到那个身影，也不顾脚上套着细高跟，急匆匆跑上去，阻止季谨言上车，还喘着气：“季总。”

季谨言回头，神色冰冷，眼底一点情绪都没有。

这种反应，让她莫名有些心慌，要解释的太多，却不知从何说起。

“季总，我以为你今天不会来，才会麻烦宋公子带我过来。”苏栗马有些徒劳地解释着，“我跟宋公子并不是你看到的那样……”

“不用说了。”季谨言冷冷地打断她，“你跟宋振宁相识，而且不只是相识，这一点，应该没有错吧。”

层层乌云压得越来越低，压得人喘不过气。

苏栗马抿着唇，沉默不语。

确实，这一点，她无法否认。季谨言根本不在乎她有没有泄密，单单只认识宋振宁这点，他就给她宣判了死刑。

但她不能轻易认输……

她扬起下巴，对上那双毫无温度的眼眸：“季总，你要判我死刑，总要给我自辩的机会吧。”

此刻她的声音传到他的耳畔，都叫他心生厌烦，眼角余光上下扫过她，阴沉沉的街景里，她身上的红裙鲜活亮丽，入目却格外刺眼。

季谨言不会费脑子去记女生的穿着打扮，却对这件裙子记忆犹新。她今日偏偏穿着他送的裙子，跟另一个男人招摇过市。

很好！

非常好！

“我一个字都不想听。”

隐忍着怒气的声音，从唇齿间逐字吐出，宣示着主人即将告罄的耐心，他一贯自持冷静，不想大庭广众对人发火，只要她立刻从自己眼前消失。

“严田，把玉镯拿来。”季谨言冷冷地开口，接过严田小心翼翼递上来的红盒子，只停留片刻，就像烫手山芋一般扔给苏栗马，眼底一片疏离，“你的赔偿金，自明天起，你不用来上班了。”

苏栗马原地愣住，见季谨言转身，那种一刹那就要失去什么的决堤感，让她不由自主地伸手拉住他的手掌。

掌心温热，却捂不暖一块冰，驱不散乌压压的阴云。

季谨言的身形顿了几秒，然后一点一点从她手心抽出手掌。当着她的面，他从西装口袋中拿出一块方巾，慢条斯理地擦了擦手，末了，手巾也像赃物一般，随手一扔弃如敝屣。

最后他只淡淡扫了一眼苏栗马，留给她一个凉薄至极的眼神。

季珵到海上拍卖行门口时，里头的拍卖会已经接近尾声。

但是他也不在意，反正今天的目的就是陪新结识的艺术表演系妹子来扫扫货，只愿博美人一笑，至于要买什么并不重要，错过了什么拍卖品也不打紧。

他刚下车，娇滴滴的妹子就黏了上来，亲昵地挽住他的手臂，巴不得整个人都挂在他身上，柔声柔气地唤他：“季公子，等等人家嘛。”

今日天气不好，乌云压顶，有些沉闷，让他整个人情绪恹恹的，妹子的娇声细语，都无法提起他的兴致。

不过，他一向怜香惜玉，还是笑得满面春风：“等会儿你看中了什么，哥哥给你买。”

毕竟是请假从剧组跑出来偷懒摸鱼，用的当然也是借口，家里人生病了需要照顾云云。假都请了，虽没什么兴致，却也不好叫人家小姑娘失望。

他沿着红毯作势就要往内走，目光稍稍流转，正巧瞥见路边一抹有些吸睛的倩影，由下往上，水钻细高跟泛出细碎的光，纤细的脚踝，匀称笔直的小腿，再往上是令人无法忽视的红裙勾勒出的独属女性的柔美身段。

季珵什么样的美人没见过，眼前这个，虽算不上出挑拔尖，但或许是那身明亮的红裙加持，在阴郁天色的映衬下，别有一番风情。

他继续向上看，白皙明显的锁骨，眼睑垂下，静默地站着，失魂落魄的样子楚楚动人。不知道为什么，他脑子里倏然蹦出四个字——女鬼勾魂。

只是把他魂儿都勾了的女鬼，他却越看越眼熟，踏上台阶的一只脚，蓦然顿住，有些惊诧地回头。

“宝贝，你等我一下。”

他安抚完身边一头雾水的小美女，像是为了验证一般，疾步走到“女鬼”身边，反复瞧了好几眼，声音带着惊讶过后的余震：“果然是你！”

苏栗马有些萎靡不振，目光低垂，所以先入眼的便是一双锃亮的皮鞋，缓缓往上看，就是季珵那双桃花眼，不苟言笑时，与记忆中那副好看的眉眼有几分相似。

然而，她现在回忆起来，只能想起方才季谨言疏离冷漠的目光。

有人凉薄，有人热络，认出她来的季珵顿时眉眼弯弯，眼角眉梢都流转着笑意，仔仔细细地打量了一番苏栗马：“苏小姐，你还要给我多少惊喜？”

这小丫头片子还有好几副面孔，三次意外相见，三次都是不一样的打扮。

新鲜感对于男人可是致命的。

可这眼神落进苏栗马眼里，就觉得有些轻佻了。

“可是，禾先生你每次出现，带给我的都是惊吓。”

她本就心情烦躁，碰到有人上来触霉头，她也不吝赐教。

季珵碰了一鼻子灰，倒也不生气。见她这副打扮，又站在这当口，手里还拿着个与她裙子十分相称的红盒子，便也猜到她刚从拍卖行里出来。

只是，却不知为何她表现出这副死气沉沉的模样。

买完东西的女人不是该很开心的吗？

然后他开始了一系列遐想，片刻，得出结论，笑着凑近她：“被甩啦？手里那玩意儿，是分手费？”

苏栗马递给他一个冷冷的眼神。

嘿，还真猜中了，他真聪明。

“天下何处无芳草。你今天多好看啊，把你甩了的男人真是眼瞎，告诉哥是哪个浑蛋，我帮你揍他出出气。”

苏栗马好整以暇地打量季珵一眼，眼神写满了“就算告诉你，谅你也不敢”，半晌，又觉得自己在这边跟他置气，也是无用功。

“你想多了，没失恋，是失业。我老板大气得很，炒个员工，还拿几百万的拍品做赔偿，我真是……与有荣焉。”说罢，她还显摆了一下手里的盒子。

可这话里话外怎么尽是酸意，季珵有些好奇她口中的老板是谁，却只见对方扬了扬下巴，指了指他身后拍卖行门口的位置，说道：“倒是禾先生，还是尽快去陪你的小女友吧。人家眼睛都快瞪出来，拍点贵的，好生哄哄，我就不打扰了，再见。”说着一个转身，沿着路边排列有序的香樟路，抬步离去。

高跟鞋发出嗒嗒的声音，渐行渐远。

笼在昏天暗地之中的街景，有些虚无。风动，树叶随风作响，那抹明晃晃的红裙，就在这声响中越飘越远。

季珵被小美女挽着走进拍卖行时，思绪有些游离，想起方才苏栗马失神的模样，还死鸭子嘴硬偏说是失业，言语里的酸意，就差没把“男人没个好东西”直接表达出来了。

他有些失笑，身旁的小美女不解地看着他。他抽出自己被环住的手臂：“乖，你进去看中什么拍下来，算我头上。我有些急事，就不陪你进去了。”

然后他在小美女一脸错愕的注视下，走出了大门。

谁让他继承了他家老爹的多情，偏生看不得可怜兮兮的女生，顺着苏栗马离去的方向寻去，想要安慰一下她。

笔直的长街，香樟树一棵一棵，有序陈列。路上行人三三两两，他却没找到那抹跳跃的红，白跑一趟，他又开始怏怏不乐起来。

此时，苏栗马已经坐上了回程的出租车。

她靠在后排，脱掉高跟鞋，看着脚面被打出一条红痕。

刚才她走着走着，就觉得脚背一疼，于是就顺手拦了一辆过路的出租车。看着那道红痕，她有些出神。

蓦然想起，不久之前，她被季谨言扔在半路上，让她自行回家。那会儿她走得满脚水泡，心里恨不得掐死这个变态。可是转眼第二日，他抱她进沙发，还让严田给她买了伤药。她知道他有洁癖，他却好像从来没嫌弃过她，那时她心里还是有些小雀跃的。

可是刚才在拍卖行门口，季谨言眼里的厌弃，她也看得清清楚楚。

她有时候真的弄不懂季谨言到底在想什么，但她也明白，今日她踩到季谨言的底线了，背叛和宋振宁，一向是季谨言所不能容忍的两大要素。

她偏偏全踩了个遍。

她自嘲似的笑了笑，靠在椅背上，微微合目，心中似是涌过一阵洪水，冲垮堤坝，泛滥成灾，身体里好像有一种情愫在慢慢剥离，她想要去抓，却什么都抓不住。

闭着眼睛，眼前的漆黑，让她无所适从，她恍惚明白了什么，那种失却之情来自何处。一直以来，她不是没有感觉到自己面对季谨言时的心动。

然而，对方是什么身份，她又算哪根葱。

云泥之别。

人与人之间的差距，天生就像一条鸿沟，横亘在面前，阻碍着一切发展。

她一直都在装傻，一直都在压抑，却不承想，不知从何时开始，这份感情她越压制就越挣扎，就像沙漠里生长出一朵花，顽强又炽烈。

曾几何时，她还无法理解，凌辰对林倩倩那种仰望的爱，并嗤之以鼻。

原来越得不到，就越渴望。

“司机，去四洲国际酒店。”

她睁开眼，烦乱的脑海，只剩一个念头。

坐电梯来到 8888 号房门前。

苏栗马来时匆匆，没有带门禁卡，干脆脱掉高跟鞋，安静地等候在门口。她想要再见一面季谨言，可从下午等到夜深，始终没有等来想见的人。

身姿也渐渐从靠墙站着，变为蜷缩蹲着。其间楼层保洁倒是路过好几次，认得她经常出入这间房，是里头大人物身边的人，也不好驱赶。

深夜十二点半。

手机屏解锁后，显示了五个小时前，她发送给季谨言的微信："季总，我想跟你谈谈，我在酒店等你。"

然而没有任何回复。

她迟疑地给严田发去微信："严秘书，季总他在忙吗？今天还回酒店吗？"

半晌，她收到严田的回复："季总他还在办公室里，估计今天不会回去了，而且他刚才回来还是很生气。苏特助，你应该知道，季总说的话从来不会收回……"

她落寞地缩着身子，将脸埋在环抱的双臂中。

她究竟在做什么啊……

无人的酒店走廊，安静得仿佛只有时间在流淌。

这不是她啊！

一直以来她都是现实主义，深刻地分析完利弊再去行动，或许，是遇到季谨言以后，带给她太多意外和错觉，让她不自觉变得轻飘飘了。况且，就算让她见到季谨言，她要跟对方说什么？死皮赖脸地求他留下自己，还是直接厚颜无耻地向他表白？

一阵凉风穿堂而过，似乎让她的脑子也清醒了许多。

她抬起头，再次面对空荡荡的现实，心里那股酸涩的钝痛捋平了许多，有些人不该想的就不要肖想，否则吃亏的还是自己。

她终究不是凌辰，哪怕在喜欢一个人这件事上面，她也要比他多出几分理智。

本就走到了这一步，这份工作大概也是凉了。或许，对她而言，反而是件好事，可以借此机会放下不必要的情感。

苏栗马扶着墙慢慢站起，双腿有些发麻，揉了揉，重新套上高跟鞋，正准备回去。

再次路过的保洁，见她终于要走，便又喊住了她："外头在下雨，这把伞你拿去吧。"

面对突如其来的好意，苏栗马接过伞，有些犹豫："可是，以后我估计都不会来了，不知道该怎么还给你。"

那保洁也是一愣："没关系，一把伞而已。"

"那下次，我来还伞的时候，寄放在总台吧。"苏栗马微微一笑，感谢完对方的好意，毫不迟疑地向电梯走去。

从酒店大门出来，外头果然暴雨如注。

压抑了一整个白日的天气，此刻像释放一般，雨水倾泻，随着东风飘摇，夜幕没有一丝光亮，街灯摇曳在雨中都带了一丝朦胧。

春末夏初的夜雨还是凉飕飕的，她穿得有些单薄，不禁拢了拢手臂，下楼的时候就叫了顺风车，此刻已到，停在不远处花坛边。

她撑着伞，走进雨中，坐车回家。

回到家中，她舒舒服服洗了个热水澡。目光盯着红盒子看了一会儿，她转身坐在了电脑前，打开一个文档，半晌，却没有动静。

脑中粗略打了一个草稿，手指才在键盘上利落地敲击起来。

该走的程序还是得走的。

写完辞职信，已经是深夜两点，一天的奔波，令她实在支撑不住，困倦异常，可头脑里却莫名清醒，只能躺在床上干瞪眼，听着窗外潺潺的雨声。

再次醒来已是第二日晌午，她不知道昨晚自己是如何入睡的，却好像睡得并不踏实，全身疲累。

还要去趟季氏。

所以她也顾不得疲惫的身躯，换上衣服，将东西都收进包里，开启今日的行程。

昨夜的雨下得有些大，导致今日的天色还是暗暗的。日光稀薄，雨后的云飘在雾霾蓝的天空，一朵朵形状各异。

高耸的季氏大楼。

再次来到这里，苏栗马的心境有些不同。

比起昨夜的慌乱，她现在的心情十分平和，是摈除杂念后的轻松。

她事先跟严田打了招呼，乘坐专用电梯，直奔总裁办公室。严田站在门口，有些迟疑和为难地看着她。

苏栗马面带微笑，从包里取出一封辞呈和酒店的房卡，放置在严田的桌上："我觉得常规流程还是要走一下，所以写了一封辞呈。还有这张门卡，麻烦你转还给季总。"

严田面上还有些不舍，半晌才挤出一句："好……那个，这个月的工资，下个月十五号会准时汇到你之前的账户。"

苏栗马点点头，又看他回头瞧了一眼严丝合缝的总裁办大门。他叹了口气说："季总，他现在比较忙，你要不等一下他？"

"不必了，我想季总，大概也不想看到我。严秘书，后会有期。"说罢，她便转身向电梯处走去。

待她走进电梯，严田便转身推开了那扇紧闭的办公大门。

里头影影绰绰站了不少人，苏栗马一眼便瞧见了身形颀长的季谨言，一夜之间，便恍如隔世，这一段距离，变得异常遥远。

或许，这是她最后一次，再见他一面。

电梯门徐徐关上，她视线里的身影骤然缩小，最后完全消失在了眼前……

办公室里垂头看平板电脑的季谨言，像是感应到了什么似的，侧头去看，却只看见了关上的办公大门和闯进来的严田。

他揉了揉眉骨，问："什么事？"

严田没说话，将一封辞呈和一张房卡，恭敬地放置在他办公桌上。

片刻，季谨言就明白了，苏栗马来过了。

他目光扫过桌面上的两件物什，又重新落到手中的平板电脑上，开口依旧沉稳：“下一季度开始，各部门的实行方案需要做些调整……”

踏出季氏大门，不远处的主干道上车辆川流不息。

苏栗马站在大楼下面，转身抬头，玻璃墙面透着淡淡的蓝光，直耸云霄。正值午时，许多着装得体端正的白领在外头吃完午餐，行色匆匆地赶回公司。她站在其中，也恰如其分。

今日是她最后一次颇为正式的衣着打扮，卸掉了浓妆的她，此刻混在来来往往的白领中，仿佛也融入进去了一样，丝毫不显突兀。

卸下伪装，这之后也无须再每日早起个把小时，故意把自己折腾成一副俗不可耐的样子，她有更多的时间补觉，挺好。

却不知为何，她莫名觉得失落，以及对未来的茫然无措。

平心而论，她的学历长相都算不得多么出类拔萃，不过是万千人群中最普通的一员，之前是撞了大运，成了季谨言的特助。虽然最开始接近他的目的不单纯，最后却还是如愿以偿了。他给的薪资报酬，对于她这个初入社会不久的“萌新”来说，算得上十分优厚了。

如今失业了，又需要寻找新的工作。

苏栗马扯了扯嘴角，有些自嘲，这算不算是感情事业双双失败，这样一想，未免也太惨了些。

虽然她始终不太愿意承认，现在算是失恋……

嗯，绝对不算。

顶多算是爱情的火苗还未燃烧就被她掐灭，扼杀在了摇篮里。

喜欢一个人是控制不住的，可是，喜欢是可以被藏起来的，藏得久了，或许自己也就忘了，然后也就不喜欢了。

成年人的感情，从来不是简单的喜欢就可以修成正果的，还有太多太多的附加因素，学历、社会地位、家庭资产，条条框框的，挂在那里，看着就让人觉得麻烦费劲，顺带着那种喜欢也会瞬间就变得淡薄许多。

成人的情感世界就是这样易碎的东西……

不如一口温饱来得实际。

苏栗马暗自臆想了一路，等回过神来，公交车已经在她的目的地停下。从季氏出来她直奔公交站台，乘坐公交车，来到了影视城。

几次三番地造访，拍摄片场外的保安都已经认识她了，今天都用不着人来接她，直接放她进去，还打了个招呼："苏小姐，又来探班林小姐拍戏呢？"

她回以微笑："是，您辛苦了。"

进入拍摄地时，正好在拍摄男主角的戏份。不远处的摄像机正慢慢靠近放大禾子琝精美的五官轮廓，苏栗马只瞥了一眼，便收回目光，径直朝林兮走去。

这只花蝴蝶二号在拍摄中，也好，省得他没脸没皮跑来搭讪。

林兮正在喝水，直到苏栗马走到她跟前停下，她才仰着头惊疑道："你怎么来了，怎么也不提前说一声？"

跟组小助理早就反应过来苏栗马不是个实习小助理，却也吃不准对方的身份，只道是林兮的朋友，于是也很有眼力见儿地收拾出林兮身旁的一个空位，示意她坐。

苏栗马也不推辞，对着那小姑娘笑笑，就弯腰落座，顺带从包里掏出一只精致的红盒子，递到到林兮面前："我专程给你送这个来。"

林兮接过，打开盒子，一只绕着金线的玉镯安静地躺在盒子里，流光婉转晶莹剔透，看成色就是上好的冰种。

她手指拂过那只玉镯，有些发抖，一时竟有些失语。

苏栗马也不打扰林兮，静静地看她脸上情绪转换，片刻后又见她悄悄抹了抹眼角的潮湿。

"你知道吗，两年前，我离开家里，最后悔的事情就是没有把我妈的遗物带出来。我还以为这次我肯定拿不回这只玉镯了，这种失而复得的感觉，我不知道怎么形容……还是多亏了你，谢谢你。"

她的声音里都含了一丝轻颤，苏栗马不由得安慰道："没事，拿回来就好了。”

“对了，这次拍卖花了多少钱？我得把钱给你。”林兮收起盒子，蓦然想起来问。

苏栗马却有些难以启齿——如实照说，这善良大小姐可能说不定又觉得是她害得自己失业失恋，啊呸，没有失恋，搞不好又得自责好久。

“是……季总拍下来的。”这点苏栗马没撒谎。

林兮惊讶地抬头，问：“季总？”她一时间也不确定，季谨言为什么会帮她拍下这只玉镯？

“不管怎么样，无功不受禄，我找个机会还是得把钱还他，或者我再请他吃个饭？毕竟他这次这么帮忙，小苏，到时候你也要一起来。”

苏栗马有些讪讪的，半晌，才不得已说：“可是，我……已经辞职了，大概不方便跟你们一起吃饭了。”

林兮有些震惊：“为什么？”

“嗯……”苏栗马脑中飞速运转，靠着瞎编乱造的功夫瞬间编了一套说辞，“你也知道季谨言这个人，既小心眼又难相处，斤斤计较还睚眦必报，天天待在他身边我气都喘不过来了，吃不好睡不好，都快成秃头少女了，所以为了脱离苦海，我解放了自己！”

她这话说得义愤填膺，吐槽季谨言那段，完全出自内心深处的愤慨，格外真实，倒也叫人瞧不出端倪。

林兮被她一段话说得发怔，半晌，有些狐疑地盯着苏栗马，说：“小苏，你……是不是喜欢季总？”

“咳咳咳……”苏栗马被她一句话吓得瞬间呛住。

林兮连忙边拍她的背，边说：“就你刚才的口气，特别像是小情侣吵完架，在埋怨。”

平复了剧烈的咳嗽，她才幽幽道：“我喜欢或者不喜欢他，又不重要。”

“重要。”林兮接话，有些迟疑着说，“季总为什么会帮我拍下这只玉镯，还有，她跟我签订的合约，希望是我多想，我总觉得……”

“嗯？”

林兮一脸凄苦地问：“他是不是喜欢我？”

“咳咳——”苏栗马又光荣被呛住。她确定，季谨言买下这只玉镯的时候，大概是真不知道是林兮母亲的遗物。

“虽然他平常对我冷冷淡淡的，但是我就忍不住怀疑啊。”林兮越想脸色越难看，“所以如果你真喜欢他，而他万一对我有好感，我……我不想看到你受伤。”

“……”

苏栗马开始发现这位大小姐脑洞清奇，并且有点可爱。

她忍不住问：“那你喜欢季谨言吗？”

林兮狂摇头：“当然不，季总那么冷冰冰的，还那么凶，我有时候看见他，说实话，还有点害怕。”

冷冷淡淡是真，凶……这个字，苏栗马倒好像从来没在季谨言身上感受过，只知道他生气喜欢冷暴力，但偶尔也会有些柔和的时候。

她脑中不自觉闪现一些片段——

是那个醉酒后抱她上楼的人……

是那个她胃疼陪她在医院排队看病的人……

更是那个她做噩梦会守在她身边的人……

这么一想，他其实有时候也很温柔。

于是她不由自主地说：“他有时候，好像没有那么冷淡。”

林兮：“？”

在林兮疑惑地眨了眨双眼后，苏栗马回神，对着她笑言：“我说大小姐，你是不是演戏演得走火入魔了？放心吧，你想的那些事大概都不会发生。”

“希望是吧。”林兮转念又想到另一件事，“那你最近在找工作吗？如果你不嫌弃的话，我可以跟公司去提，请你来当我的助理，你什么都不用做，坐着就行。”

苏栗马想了想：“好，让我考虑一下。”

打板声传来，禾子珵的这场戏完成了。苏栗马实在不想与他正面相逢，于是就跟林兮告辞离开：“我先走了，不耽误你拍戏了，有事微信联系。”说完，也不等林兮开口，就急匆匆地走了。

禾子珵下场的时候，正好瞧见苏栗马行色匆匆的背影，晃到林兮身旁，问：“苏小姐，怎么这么快就走了？”

“她有事。”林兮敷衍道。

禾子珵又问：“我听说苏小姐失业了？”

林兮一副“你怎么知道”的模样打量他，又听他说：“麻烦你转告一下苏小姐，我这里有个职位空缺，她愿意的话可以来试试。”

“不用了，我已经跟小苏说过，希望她来当我的助理了。”林兮以为禾子珵说的空缺，无非也是个助理。都是助理，当然做她的更轻松。

禾子珵眼光一转：“不是助理，是经纪人，我刚从国外回来，还没有签任何经纪人。”

林兮有些吃惊地看他。

禾子珵又说：“麻烦林小姐转告苏小姐一声，我很有诚意。”

“为什么你不亲自跟她说？”林兮疑惑。

“……”还不是因为“玛丽苏”一直没通过他的好友验证！

林兮思考着怎么跟苏栗马说禾子珵“求才若渴”这件事，并且怀着季谨言可能暗恋自己的惴惴之情，当晚放工就联络了严田，想要见季谨言一面。

步入夏季的天色暗得很晚，天边隐约还亮着一道不深不浅的分界线，迟迟不肯退去，整面落地窗恰好可以俯瞰到这一风景，季谨言就坐在窗前的沙发里。

依旧西装革履，冷冷清清。

林兮本来想先问对方买下玉镯的事情，到了嘴边却变成了一句：“苏特助，她为什么要辞职呢？”虽然早上听苏栗马这么说，但她隐隐约约觉得对方有所隐瞒。

一阵死寂。

正在上茶的严田，也不由得稍稍一顿，小心翼翼地观察季谨言的神色。

房间里欧式挂灯通透敞亮，从上方打下来，让季谨言的上半张脸笼在一层阴影当中。那双漆黑的瞳孔深邃幽暗，让人辨不清情绪，可周遭裹挟的那种“生人勿近”的气场，还是昭示了主人的不悦。

严田上完茶，静静地躲远了些，以防殃及池鱼。

林兮也似有所感应，气势顿时弱了许多：“季总，我觉得，苏特助真的很能干，而且做事也细心认真，能找到这样的员工也是不易，您为何不出言挽留一下……”

她话还没说完，就接到季谨言递来的凉凉眼神，霎时噤声。

半晌，为了缓解沉寂的气氛，林兮只得被迫转移了话题，却犹犹豫豫不知怎么开口：“那个，季总，这只玉镯……”

季谨言的目光落在她双手捧着的红盒子上，蓦然，眉头一紧。昨日场景历历在目，他微微敛眸，声音冷得与外头的天气全然相反，恍如坠入冰天雪地间：“林小姐，专程跑一趟就为了说这些？我很忙，严田送客。”

林兮被下了逐客令，虽然想知道的一件没问到，却也只能讪讪地跟着严田出门。

走出房间，她才长长吁了一口气。

严田走在林兮身旁，不由得提醒道：“苏特助是被季总炒了鱿鱼，所以，林小姐以后还是莫要踩雷比较好。”

林兮顿住脚步：“为什么？”

严田目光留在她手中的盒子上：“昨天拍卖会之后，苏特助……反正就得罪了季总？这只玉镯，我不知道为什么会在林小姐你这里，或者是苏特助让你交还给季总的。不过季总拍了给她，就是她的了。只是季总这几天还是很生气，你以后还是多注意言辞比较妥当。”

严田说一半留一半，弄得林兮一头雾水，最后被蒙蒙地护送进电梯，下了楼。

回去前，严田还是“多事”地翻出苏栗马的微信，给她发去一条信息：

“林兮小姐来找过季总了。”

发完这条微信，他才回酒店房间，就瞧见季总靠在沙发里，合着目，却始终愁眉不展。

一阵手机铃声适时响起，季谨言从西装内里口袋掏出手机，淡淡瞧了一眼，便瞬间掐了电话。

又是一阵铃声，这回是严田的手机。他尴尬地拿出一看，居然是季老爷子，无法不接，只能硬着头皮接通：“老爷子。”

他招呼还没打完，那头就传来季老爷子矍铄的声音：“那小子怎么不接我电话，让他听。”

“季总不在……”严田瞟了一眼季谨言，扯谎道。

“我信你个鬼，给我放外放。”严田为难地凑近季谨言，艰难地按下了外放，季老爷子中气十足的声音在安静的套房内倏然炸开，“谨言，你小子瞒得我好苦啊。要不是我今天跟老严去打高尔夫，碰到茉华那个方丫头，我还不知道你居然有未婚妻了。怎么一直不肯带回来瞧瞧，要把我这把老骨头蒙在鼓里多久？”

一连串质问，问得季谨言有些头疼。

电话里的人还在继续：“我不管，下个周末或者下下个周末，总之这个月内，你把她带回来吃个饭，否则我就天天去公司找你，顺便让季珵也去公司实习……”

话还没说完，季谨言一伸手，就按掉了通话。

严田：“季总……”

季谨言又靠进了沙发中，揉了揉眉骨：“去联系林兮吧。”吩咐完，他觉得很是疲惫地撑着额头，蓦然想起，林兮带来的那只玉镯。

他送给苏栗马的东西，她就这样轻而易举地转送给了别人……

有时候，他宁愿她只是贪财爱钱，这样或许，他还能用金钱把她留在身边。可现在看来，她愿意当宋振宁的小信鸽不单单是为了钱，又或者干脆是因为宋振宁这个人……这个想法，像脱缰的野马，在他脑海中有失控的危险。

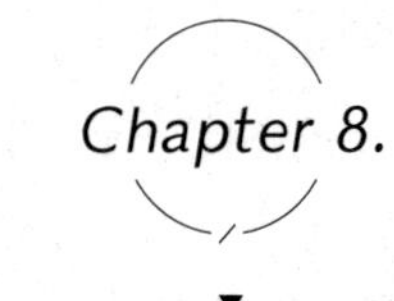

Chapter 8.

想把她藏一辈子

苏栗马收到严田那条微信以后，猜到林兮大概已经得知了一些真相，于是主动致电林兮，并约了等她忙完这一阵子，在外滩的LA&P见面。

夏夜的风有些潮湿，白天日头太猛，导致太阳落了山，热气还未蒸发。光影绰绰的滨江路上依旧热闹非凡，苏栗马走进建筑物里，才感觉空调的凉风扑面而来。

侍应生领着她找到林兮就坐等候的桌台。

对方一见到她，还未等苏栗马坐稳，就摆出一副“你得给我好好解释，否则我不会原谅你”的表情，凝视着她。

苏栗马失笑，率先装作缴械投降，道：“我发誓，我确实没骗你。虽然是季总要炒了我，但最后也是我递的辞呈，我不算撒谎。”

“为什么季总会突然生你的气？”林兮狐疑地打量着苏栗马，片刻，似理出些头绪问她，“是不是因为拍卖会的关系，因为你帮我去拍这只玉镯？但是严秘书又说季总拍下这只玉镯是给你的？为什么给了你镯子又要辞退你？”

三连问，问得苏栗马当下都无法即刻回答。

好在她一向思维敏捷，片刻就想到答案：“是因为拍卖会，至于为什么辞退我和生我气，我只能说跟这只玉镯关系不大，是我……做了一件他无法原谅的事情。而且我也算是引咎辞职的，不能算被炒鱿鱼。”

林兮沉默着，似乎在辨别苏栗马话语的真假，最后，似乎找不到她的破绽，才小心翼翼地问：“那是什么事情，弄到无法原谅你，这么严重……”

“我……”

苏栗马正要开口解释，身后突然响起一个熟悉的声音。

“苏特助，这么巧吗？”

苏栗马顺着声音回头去瞧，便看见宋振宁站在不远处，他与身旁的人低语了几句，就踱步向她们这桌走来。

苏栗马虽然不是很想见到他，却还是站起来，向对方打了个招呼：“宋先生。”

“这么巧，和朋友来喝东西？”宋振宁的目光从苏栗马身上移到了垂头默默不语的林兮身上，见对方将头压得很低，不由得起了几分探究，“这位是？”

苏栗马刚想回身介绍，林兮却腾地从座位里站起来，别着脸，声音有些不稳：“我有些不舒服，去一下洗手间。”

“要我陪你吗？”苏栗马问。

“不用。”尾音还未落，林兮就着急忙慌，没头没脑地朝着不知名处狂奔而去。

宋振宁凝视着那道远去的影子，有些出神。

这一幕落在苏栗马眼里，她有些好奇，问他：“宋先生，你认识林小姐？”

宋振宁找回思绪，笑道：“不认识，只是看着有些眼熟，她叫什么？”

“林兮。”苏栗马自顾自重新落座，“林小姐最近代言了不少知名品牌，还有电影在拍摄中，这段时间也算小有名气了。”

“那我可能是在电视或者海报上见过她吧？”宋振宁也毫不客气，直接坐在了林兮坐过的那个位置上，“我听说，你辞职了？”

“对。”苏栗马不紧不慢地呷了一口饮料，“所以，宋先生你嘱咐我查的事情，我可能也帮不到你了。”

“没关系。”宋振宁倒也无所谓的样子。

“不过，我觉得，你要找的那个人，应该不是季谨言刻意安排的。毕竟你使用过的招数，他应该不屑复制。”苏栗马思绪流转，还是决定直言不讳。

“你这个员工倒是不错，不干了，还帮着季二说话。”宋振宁笑了几下，

“而且性子跟季二越发像了，记仇得很，你应该还记着当年的事吧？”

“哪敢啊。”苏栗马瞥了他一眼，语气倒是分外真实，夹枪带棒，“你可是我的资助人，没有你，我也念不成书，走不到今天，哪敢记恨你哪？”

宋振宁干笑了两声：“少来挤对我，季二那边回不去，可以来我这里工作。怎么说，你也是我资助的学生，给你安排个工作也是应当的。”

“不必了。”苏栗马回绝得快，“之前说好，我帮你去季谨言身边查一下两年前的事，无论查清与否，我们都互不拖欠、再无瓜葛。宋先生，要是你觉得你当年的助学金打了水漂，那我只能告诉你‘节哀’了。我就这一白眼狼，你也只能认栽了。”

宋振宁还是不生气，从椅子上站起来，望了苏栗马一眼“你可以考虑一下，有需要再联系我。”

苏栗马也不看他，埋头搅动着手中的饮料，等对方走远，才缓缓抬起头来。看着那空落落的座位她才想起，说去洗手间的林兮，好半天都没回来，于是她寻了过去。

在洗手间门口，发现了来回踱步的林兮。

苏栗马有些疑惑：“你怎么在这里，我以为你掉厕所了。”

林兮有些不安地看了看她身后，确保只有她一人的时候，才松了口气，目光下垂：“那个……刚才那个人走了？”

“嗯，走了。”

林兮迟疑了一下，问道：“他叫什么名字？”

苏栗马有些狐疑，却也还是依言答了：“宋振宁，季谨言的远房表哥，关系差得很。”

“哦，宋振宁。”林兮呢喃似的念叨。

苏栗马瞧出她神色不对，试探地问：“你认识他？”

“不，不认识。”

林兮慌张地抬头，心思简直就是昭然若揭了。

她不想说，苏栗马也很尊重她，并不多问，点点头，这件事就算揭过去了。

走出餐厅，坐电梯下楼时，透明的观光电梯徐徐从上往下，带来一种失重感，林兮扶着把手正对电梯门，不敢去看身后的夜景。

苏栗马倒是格外喜欢这种失重感，她眺望着沉沉江水和闪烁街灯，听见身旁的林兮问她："你不怕吗？"

一句话忽然将她的思绪拉回到了许久以前，那会儿她刚应聘上季谨言的特助。有一次，不太记得是什么原因什么事了，她跟季谨言也是从很高的楼层坐观光电梯下楼。

玻璃那面能俯瞰到灯火通明的夜景。

那会儿她被这美景迷了眼，站在离玻璃面最近的地方，一手贴在玻璃上，一手扶住把手，身后传来季谨言低沉清冷的嗓音："你不怕吗？"

苏栗马有些惊讶地回头，那是这位总裁大人，第一次对她提起工作以外的话题。她有些发怔，片刻，又看到季谨言淡淡撇开目光，说了一句："算了，没事。"

她才再次反应过来："哦，季总，您是说恐高吗？我不恐高，我很喜欢这种失重的感觉，是不是有点奇怪？"

见对方不置可否，她脑海中蓦然迸出一个奇异的念头，并且不知怎的居然脱口而出了："季总，您不会恐高吧？"

季谨言的脸色瞬间就黑了个透彻。

似乎从那以后，季谨言偶尔心情好的时候也会恩赐她几句，只是一般也聊不到几句，不是被她自己聊死，就是被季谨言聊死。

此刻再恍惚忆起来，她蓦然觉得有趣，竟也真低低笑了出来。

林兮："……"

思绪回笼时，还未等苏栗马开口，林兮忽然想到了什么，抢先开口："差点忘了，禾子琞前段时间跟我说，让我转告你，他希望你当他经纪人，我这一拍戏，就给忘到九霄云外去了。"

"叮"的一声，电梯停在了一楼。

苏栗马抬步出电梯时，稍稍侧身问后一步跟出来的林兮："禾子琞……

找我当他经纪人？”言语里满满的不相信。

“嗯。说是刚从国外回来，缺个经纪人，他说他挺有诚意的。”林兮补充道。

苏栗马的脚步微微一缓，还是不太相信，不知道这只花蝴蝶二号又想作什么妖，于是她也只是口头应付道：“你帮我转告他，我考虑一下。”

走到室外，扑面而来一股湿热，混在人声鼎沸的滨江路。

道了别，林兮坐车离去，苏栗马沿着街边走，没走两步，就感觉到体内热气涌动，果然正式步入夏季，夜晚都有些燥意。

苏栗马有一搭没一搭地想着。她居然还挺抢手，失业以后，三条橄榄枝都直接抛给她，还一条比一条好。前段时间赋闲在家的那种抑郁感顿时消散，之前她一直把自己的人设套在女二身上，觉得林兮才是那妥妥的女一号，于是从被炒鱿鱼到发现内心情感到最后不得不向现实低头，这一系列事件，宣判了她这个女二需要退场了。

说实话，这种感觉很不好……

谁都不希望自己的人生屈居他人之下，可现实往往是，我们都会成为某个人生命中的配角，燃烧殆尽后悄然退场，连一缕轻烟都留不下。

她在季谨言生命中好像就是扮演了这样的角色。

离开他以后，她有那么一瞬间觉得世界是晦暗的，然而，现在她发现，离开他以后她其实有无限种可能，或许以后她还会遇到一个人，成为对方生命中不可或缺的女一号。

这么一想，她步子都轻快了许多。

就在苏栗马正为未来打算，仔细地权衡三条橄榄枝优缺点的时候，其中一条橄榄枝直接顺藤摸瓜地爬了过来，摸到了她家里。

正值午后，日头正浓，窗外树间有窸窣蝉鸣，香樟树叶被烤得有些焦黄。苏栗马正窝在极小却舒适的单人沙发里，啃着西瓜，好不惬意，突然传来一阵门铃声。

“谁啊？”她一边揣着西瓜，一边不情不愿地开了门。

门外，站着的是季瑆，他在看到她的一瞬间，倏然眉眼弯弯，还没等她反应过来，就径直往屋内走，手指时不时还拨拨身上的巴宝莉T恤领口，叨叨道：“你怎么半天才开门，热死我了。”

苏栗马望着这个不速之客的背影皱眉。

“哇，你用不着这么省吧，连空调都不开。”季瑆抬手拾起遥控器，打开空调。

苏栗马上前一步，夺过遥控器，顺势关掉，不耐地盯着他问：“禾先生，你知不知道擅闯民宅，尤其是单身女子的民宅，是犯法的，懂？”

季瑆直接无视她的话，转头又倒腾起手边的风扇：“这老古董，怎么开来着？”半晌才摸到窍门，开了电风扇，扇叶发出细响，顺带卷出一阵阵清风。

季瑆：“活过来了，你也太抠了，开个空调都不肯。”

“你到底想干吗？”苏栗马快要耐心告罄，对这个擅闯者没有好脾气，“而且你怎么知道我住在这里？”

季瑆缓了一会儿，才对她说：“要查到你的住址，对我而言是轻而易举的事。我之所以找你，是你一直没给我回复。当我经纪人，福利待遇可都是一流的，过了这村就没这店了。”

“你查我？”苏栗马声音沉了沉。

季瑆无语：“你到底会不会找重点啊？我是在问你愿不愿意当我经纪人，今儿给个准信吧。”

“为什么找我？我既没有这行的经验，也没有资源可以给你。”苏栗马有些好奇，看样子对方不像是闹着玩的，“按照你的条件，业界一流的经纪人你都有挑选的资格。”

季瑆：“我对那些不感兴趣。实话跟你说，我家不差钱，我演戏，纯粹是为了爱好。资源更别说了，我不缺，所以我需要的经纪人，无非就是我看得顺眼一点。”

苏栗马闻言，内心一股仇富嫉妒的心理在作祟，她强忍住想冲上去掐死对方的冲动。

季珵丝毫没察觉到对方的内心想法，自顾自说道：“还有一件事，我听说之前凌辰和林兮那档子绯闻，传得沸沸扬扬的，本来林兮都要凉了，最后还是你给解决的？”

这件事还是季珵在片场，跟林兮有一搭没一搭地聊出来的。

那段时间正巧他的热搜节节攀升，挂上榜单没多久，直接被两个陌生的名字给刷了下去，于是他愤愤不平地点开了那个热搜，便记了一下那两个抢走他热搜的名字。

凌辰和林兮。

之后没想到，凌辰辞演，作为自家集团旗下娱乐公司投资的项目，他也顺理成章成了男主。只是，他一直很好奇，之前看那舆论倾向，还以为辞演的必定是女主，没想到，结局令他意外。

直到后来，他进了片场，才机缘巧合得知了来龙去脉。

这个“玛丽苏”，果然挺有意思……

“我现在就觉得，你挺有眼缘的，就想让你当我经纪人。你看我都亲自过来了，不会还怀疑我的诚意吧？”季珵补充道。

苏栗马不想纠结对方如何得知此事，但她不认为自己在凌辰那件事上处理得很妥当。

“那件事，我使用的不过是小儿科的伎俩，上不得台面，而且，确实处理得不够好。”

季珵若有似无地瞟了她一眼：“最终结果是好的就行了。”

“我的意思是，禾先生，我觉得我还是不适合当你的经纪人。而且我从未接触过这个行业，也没有做好的信心。”最重要的是，留在一只花蝴蝶的身边不太安全。毕竟他一看就跟季谨言不同，是生冷不忌的主儿。

她蓦然又想起那个人，思绪一顿。

季珵急道：“不是，你再考虑一下，给你十秒，五分钟，十分钟，半个小时……你再考虑一下嘛。”

苏栗马被他吵得脑子嗡嗡的，正想起身送客，手机铃声适时地响起。

接通后，电话里传来林兮的声音，吞吐了半天："小苏，你忙吗？可不可以麻烦你来市民医院一趟，我……有点事想找你帮忙。"

"好，我马上来。"

苏栗马应得干脆，正愁没借口甩开这只花蝴蝶。

"禾先生，要说的我都说了，我现在有事要出门，你……"

苏栗马正在组织措辞，怎么让季理滚蛋，就见对方直接站了起来，提步走到门口，回头对她说："去哪儿，我送你？"

"不用。"

苏栗马关好门，直接往楼道里走。

季理三两步跟上来："我说你这人，怎么就一直拒绝我的好意？我是有瘟疫，会传染吗，至于让你看见我就跑？"

苏栗马顿住脚步，仔仔细细地由上到下打量他一番，顺便递给他一个"谁知道你有没有传染病"的眼神。

季理："……"

最后还是没拗过季理，苏栗马坐上了他的超跑。

坐上车的那一瞬，苏栗马仇富的火焰再次冉冉升起。当年她不能肆无忌惮地怼季谨言，这回自己撞上来的，她绝不能放过："家里这么有钱，还出来演戏，是你不努力，就要被抓回去继承上亿家产吗？"

季理开着车，目光平视前方，还认真地回答了她的问题："倒也不是，就算我不努力，也不用回去继承，家里有人赚钱了，我负责花钱就好。哦，对了，我家家产不止区区上亿。"

苏栗马："……"

梗在喉头的酸话，一句也说不出来了。

他说什么来着，区区上亿，她想呕血是怎么回事？

等车子开入市民医院停车场内，苏栗马便下了车，转念一想，还是向对方道了谢："禾先生，耽误你不少时间，多谢了。"

这回季珵倒也没再做牛皮糖，朝她微笑示意，就任凭她关上车门，离去。

苏栗马走进医院的时候，询问了一位路过的护士："请问，儿科在哪里？"

小护士给她指了个方向，她道了谢，就顺路找了过去。其实她刚开始也不解，林兮微信上跟她说的地点，居然是市民医院儿科输液室，不过当下她也懒得多想，反正见到本人一切就能知道了。

儿科输液室里挤满了孩子和家长，前段时间，昼夜温差巨大，可能就是这样导致抵抗力孱弱的儿童更加容易生病。

苏栗马扫视了一圈，没找到目标。忽然，一个戴着渔夫帽和口罩的女人倏然出现在她视线范围内，她试探地问："林兮？"

对方点点头，就把她带进了里头，一间隔开的输液室。

隔间里铺着白色整齐的床单的病床上，躺着一个小孩，年纪不大，两三岁的样子，皮肤白白的，像个小团子。床边还坐着一位五十来岁的中年妇女，面上刻着岁月划过的沧桑痕迹，却看着很和蔼。

走入里头，林兮就摘掉了渔夫帽和口罩。

苏栗马瞧见此景此景，心里也顿时有了些猜想。她转身看着一脸局促的林兮，叹了口气无奈道："我知道我现在这样说不好，但是，既然你把我当朋友，那么，眼前这个情况，希望你能给我一个合理的解释。"

林兮瞧着床上的小孩，满眼疼惜。

那个中年妇女从位置上站了起来，打破了沉寂："林小姐，你们聊着，我先回去了。"

林兮点头默许。

隔间里，只剩下两个面面相觑的大人和一个吊着点滴睡着的孩子。

林兮拉苏栗马坐下，又沉默了片刻，才说道："他是我的孩子，叫小外。"

苏栗马虽然心中已有了猜测，并打过了草稿，但还是有些震惊，蓦然想起先前有一次，林兮在片场也是接到电话后就慌忙无措地请了假。

"那你上次，在片场请假，也是为了小外？"

林兮点点头："对，那次也是他不舒服了，换季的时候孩子特别容易感冒。”

苏栗马隐约有些头疼，脑中旋转过无数个问题：“看孩子年纪不大，什么时候的事？孩子的父亲是谁？你……等等……我有点乱。”

林兮让她少安毋躁，缓缓道起原委：“孩子是因为两年多前的一个意外，我也不知道孩子的父亲是谁，我不认识那个人，之前不认识……”

“等会儿，孩子的父亲你不认识，一夜情？”这剧情怎么有点熟悉，她仿佛看到了什么霸总狗血小说。

林兮脸上浮起一片潮红：“嗯，我当时很慌张，从来没做过这种事，也不知道怎么办才好，醒来以后，也不敢面对那个男人，就跑了。”

苏栗马：“……”

为什么她越听这剧情越耳熟，跟当年她的遭遇简直如出一辙，可她比林兮聪明一点，那夜之后，她立马跑去药店买了紧急避孕药，否则……她目光游移到病床的孩子身上，咽了口空气下肚，现在有一定概率也是喜当妈了。

想想还是后怕。

苏栗马问：“所以，你没做任何措施，就意外怀了这个孩子？”

林兮的脸色越来越红，她点点头：“嗯，也就是因为这个，我父亲才会被那对母女教唆，觉得我有辱家门，把我赶出来。”

“可你当时，可以选择不生。”苏栗马觉得这个才是最正确的做法，一个生父不详的私生子，这个身份对孩子而言并不好。

林兮睁大眼睛看她：“这是一个生命，我怎么可以残忍放弃！”

“……”

果然是善良大小姐人设，苏栗马突然有些明白，难怪林兮会被继母、妹妹欺负得这么惨了。

苏栗马也不想在这个问题上绕圈圈：“那你找我来就是为了跟我摊牌？”

林兮有些不好意思：“刚才那位是平时照顾小外的阿姨，今天她家里临时有事，晚上我又要去季家吃饭，我找不到可以相信的人，只能想到来麻烦你，帮我照看一会儿小外。”

苏栗马捕捉到了她话里的关键词：“去季家吃晚饭？”

林兮：“对，说是季老爷子，一定要季总把未婚妻带回去看看。”

难怪林兮今天衣着略显隆重，还戴上了她母亲那只玉镯。苏栗马却莫名觉得心口有些刺痛，像有什么东西扎着，很轻却连绵不绝。

“可以麻烦你吗？”林兮局促地问苏栗马。

她的思绪这才收了回来，勉强挂上一个笑：“可以。只是这孩子……”

林兮：“小外他不认生，很好带的。”

苏栗马点点头，末了，又想到了什么似的，凑近她问：“季总知道吗？”

林兮思考一阵：“我不知道他知不知道，但是不重要吧，反正我跟他签了两年合约，也不是真的，只要这两年我不找男朋友就行了。说真的，有小外在，我也没心思考虑男朋友啊结婚的事。”

“不是，我觉得这事很严重啊。”苏栗马扶额，隐隐有一些头绪，却又乱作一团，找不到突破口，“算了，你在季总面前千万不要露馅就好。”

林兮虽然疑惑，却还是很知趣地点头应下了。

苏栗马想的是，季谨言这个人连假未婚妻给他戴绿帽子都接受不了，更不要说得知假未婚妻有个私生子的事实了……

不然，不知道他会对这对可怜兮兮的母子做什么丧尽天良的事情！

傍晚时刻，点滴终于挂完，林兮接到严田的电话，对方说要来接她，她就如实报告了坐标。

从医院大门走出来，天边火烧的红云绵延成一道风景，世间万物皆浸染在晚霞里。

苏栗马眼尖地瞧见，远处医院岗亭外的路边，安静地停着一辆加长商务车。

她一眼认出，那是季谨言的车子。

“孩子给我吧，季总在门口了。”说罢，苏栗马接过孩子。她不太会抱，姿势有些古怪，但幸好小外跟林兮说的一样，不认生又好带。

或许是刚才在医院里已经彼此熟悉过了，面对这个陌生的怀抱，小外也不哭不闹，只是睁着圆圆的眼睛，好奇地看着苏栗马。

林兮：“那麻烦你了。”

苏栗马抱着孩子，望着林兮走向那辆商务车。车门被打开的那刻，她隐约瞧见了季谨言的半个身子，熨帖的西装裤腿上置着一双修长白净十指交握的手。

可也只看到了这一点点……

那辆车在林兮上车后只停留了片刻，就向着马路尽头驶去，没入霞光中。

商务车平稳地行驶在宽阔的公路上，迎着落日，余晖正巧从挡风玻璃漫进来，给车内空间也镀上一层昏黄的柔光。

季谨言与林兮隔开一人半的位置，分别坐在车后排靠窗两侧。车内开着空调，所以车窗关得密不透风。窗玻璃上倒映着季谨言沉静的身影，他目光浅浅地落在玻璃外的浮光掠影上，有些出神。

他并不关心林兮为什么会在医院，也并不想知道原因。

只是，他刚才在医院门口，透过车玻璃，好像瞥到了一个熟悉的身影……

像是……苏栗马抱着一个孩子？

季谨言从窗外收回视线，微微合目，一定是他近日应酬过多公事繁忙，疲累所造成的幻觉。他再睁开眼，一双眸子依然沉静如水，余光不经意间一瞥，就见林兮坐得端正，一只手抚摸着腕上一只流光玉镯。

这只镯子，烧成炭他都认得，眉头瞬间紧锁。

林兮怎么会感觉不到车内气压骤降，顶着身旁季谨言冰冷的视线，她硬着头皮不断地抚摸着玉镯。她的确是故意的，今日也是特地戴这只玉镯出门。

她不清楚，季谨言与苏栗马之间发生了什么，但事情是从拍卖会之后开始的，她觉得多少跟这只玉镯有关系，所以今日她必须要强行解释一下，也顾不上会不会触到这条“海龙王”的逆鳞了。

“季总，这只玉镯是我母亲的遗物，所以那天我麻烦小苏帮我去拍卖行，买这只玉镯。”林兮的目光落在手腕上，不敢抬起，“我听说，是您帮我拍回来的，很感谢您。不知道您花了多少钱，我觉得，我应该把钱还给您。”

后半段，季谨言已无心入耳。

他神思有些松动，这些日子，他只觉脑子里情绪涌动，是从未有过的疲累。哪怕他克制自己，思绪也会不自觉转到苏栗马身上，甚至还几次生出过为她开脱解释的念头。

原来苏栗马之前数次打探他会不会参加拍卖会，不过是想帮林兮混入其中，那她大可以向他坦言，却偏偏选择了找宋振宁寻求帮助……

内心潮水翻涌，搅得他胸口窒闷，他太清楚自己那股烦躁不安的情绪来自何处，就是因为清楚，所以才更动怒。

为什么偏偏是宋振宁?

这个两年前，设计他，害他人生挂上耻辱的人。

他瞳孔幽深漆黑，内里却恍如有一团火苗在滋长，心里有无数种情绪织成一张网，有怒，有气，有无法理解，甚至还隐含了一丝藏匿在深处的嫉妒……

嫉妒?

在这个词从他脑海中迸出时，他指尖一顿，全身也跟着一僵。这种想法如雨后春笋般疯长起来，眼底那片野火倏然平静了下来，然后沉淀为一种不知名的情绪。

林兮不知道季谨言心里的想法，只觉车内空气太过静谧，出声唤他："季总？"

"不用了。"

季谨言心思很沉，只敷衍地答了一句。

林兮："可是，无功不受禄，我还是应该把钱给你。"

她的坚持，似乎丝毫没有触动他，反而莫名让他有些不耐，避免对方再做无谓的言语纠缠，他不温不火地说："五百万。"

比她想象的还要多出不少，于是她因为羞愧而将声音压得很低："那我能不能，分期付款？"

"随便。"

他没什么情绪地应了一声。

他思绪还陷在惊诧里，抽不出身，像掉进一潭泥沼，有越陷越深的趋势。

直到商务车完全消失，站在医院门口呆若木鸡的苏栗马依然没有缓过神来，落日余晖将她的影子斜斜投射在地上，有些寂寥。

夏日余温犹在，她又抱了个孩子，额角都沁出细密的薄汗。她却没有反应，直到怀里的孩子咿咿呀呀了一句，才将她唤醒。

小白团子在她怀里蠕动了一下，似乎在无声地抗拒炎热。

苏栗马笑眯眯地看着孩子那张白白净净的脸，声音不自觉软了几度："乖，跟阿姨回家，一会儿妈咪来接你。"

抱着孩子的苏栗马，腾不出手掏手机叫车，想着去路边碰碰运气。

分外小心地走下楼梯，苏栗马漫不经心地瞧了一眼，便瞧见了一辆张扬熟悉的跑车。

她眼神微动，吃力地抱着孩子走向那辆车。等走近副驾驶的位置，她用手肘关节叩了叩车窗。窗玻璃落下，露出季理那张精致的脸，此刻写了一个大大的"吃惊"。

苏栗马："禾先生，既然你还没走，能不能拿出你照顾女性的绅士风度，顺路送我一程？"

季理瞅瞅苏栗马，再瞅瞅她怀里的孩子，吃惊之下神情也有些恍惚："哦……可以……"长臂一伸，帮苏栗马开了车门。

车内凉爽的温度，瞬间让苏栗马舒适了很多。

"你……"季理握着方向盘，侧着身子，还是一脸的难以置信，"你孩子都这么大了？"

"这是我朋友的孩子。"她边说着边把小外放在自己双腿上，系好安全带，又将孩子稳稳地搂在怀里，没有小孩的安全座椅，只能贴身看紧些。

季理仍有些狐疑，目光游走在一大一小的脸庞上，似要找出几寸相似之处。

燥意渐渐退去，孩子似乎也舒爽了许多，可爱的小脸上浮现了一丝稚嫩的笑容，突然不知是对着眼前的苏栗马还是空气，咿呀了一句："妈妈……"

苏栗马：“……”

季理差点被呛到，有些怀疑人生：“还说不是你的孩子？”

或许是他的声音有些大，吸引了小外的注意，粉嫩的小脸侧过来看他，又毫无征兆地来了一句：“爸爸……爸爸……”

还重复念叨了两声。

季理：“……”

季理将一大一小送回苏栗马那间破房子之后，径直开回了季家豪宅。

据说今天季谨言会带未婚妻回家吃饭，所以他推掉一系列行程和约会，甚至为了打发时间，无所事事地在医院停车场度过了小半日，就是为了等吃饭时间回来看看是哪只怪物，会喷火还是有三头六臂，居然能让那座万年冰山融化。

在听到这个消息的时候，他是不信的，他不相信这个世界玄幻至此。可是事实常常打脸，在他八卦地找严雪至打听后，得到对方一个模棱两可的回答，他就认清现实了。

季谨言坠入爱河？

放在往日，他想都不会往这方面想。毕竟，季谨言从小到大都是方圆百里远近闻名的“注孤生”，放在他们圈子里那就是一股清流。

倒也不是季谨言不近女色，只是因为他摆着一张死人脸，吓走了所有女生。

随着年龄增长，接手季氏，季谨言现在已经算收敛了很多。犹记得当年他年轻气盛，还在学生时代，隔壁班班花在情人节亲手做了一盒巧克力送给他，他只是淡淡地瞥了一眼，说了一句：“不要。”

那女孩眼眶顿时就红了，问他：“为什么？”

“我不喜欢吃甜的，而且，我跟你不熟，谁知道你会不会下毒害我？”

瞧瞧，这是人说的话吗？

那女孩当场就哭着跑出去了，据说回去还找了家里长辈哭诉。巧的是，两家长辈都是相识的。

于是，当晚季谨言就被爷爷叫进书房，训斥了足足两个小时。

从那时候起，季珵就暗自下定决心，绝对不要变成季谨言那样“辣手摧花”的锄头。只是，没想到他在这条路上越走越歪，后来直接被封号“花蝴蝶”，从此名声远播。

季珵将跑车停在季宅宽敞的大门口，下车，缓缓向门庭走去。

回忆过去的同时，他不由得感慨时光飞逝，连季谨言这个注孤生都有人要了，他这条漂泊的小船，是否也要安定下来，找个港湾？

他蓦然想起，就在方才，小屁孩喊的那句“爸爸”，仿佛突然多了一个便宜儿子，再往深一点想，貌似还多一个老婆……

他嘴角不自觉扬起一抹轻快的笑，这种感觉好像还不错。

然而这抹笑没持续多久，就在他步入餐厅后，戛然而止。

主位上坐着季老爷子，他右手边的第一个位置坐的是季谨言，季谨言旁边那个是……季珵眨了眨眼睛，确认自己没眼花后，整个人像被雷劈了一样，顿在原地。

林兮瞧见季珵，也有些吃惊。

季谨言却恍如未见，自顾自不知在思考什么。

还是季老爷子洪亮有穿透力的声音响起来，才打破了这份尴尬：“杵那儿干吗，过来坐呀！这是谨言的未婚妻，林兮。这是谨言的哥哥，季珵。”顺带介绍了一番。

林兮也是尴尬无比。

万万没想到，禾子珵居然是季家的大少爷，那个与她传着莫须有绯闻的背锅侠。此刻，她不自觉有些心虚，不敢去看对方。

季珵也是感觉到天雷滚滚，慢悠悠地走到桌边，落座，视线在对面二人身上打转。

现在他哪还能不明白，所有疑惑迎刃而解，豁然开朗。

林兮的未婚夫竟然是季谨言，他好像明白了，他在剧组盛传的绯闻是怎么来的了……

等等，他是不是成了个背锅的？

意识到这一点以后，他嘴角抽抽，看向季谨言的小眼神“委屈”了起来。

季谨言看都不看季瑆，眸光垂下。

“我们见过了……”林兮也不好意思，只能实话实说，“我们现在，在拍同一部戏。”

“哦，是吗？”季老爷子瞟了一眼季瑆，“那真是巧了。连你也不知道，林小姐就是谨言的未婚妻？”

季瑆：“谨言的事，哪能让我知道啊，除非他想让我们知道。”

季谨言悠悠抬眸，瞪了季瑆一眼。季瑆立时收声，乖乖夹了一筷子菜进碗里，佯装吃菜。

“哎，谨言这小子，瞒得我好苦啊，原本早该带林小姐回来坐坐的。”季老爷子感慨。

林兮只得微笑，做足样子。

餐桌上时不时传来季老爷子的声音。

“你们认识多久啦？”

“都成未婚夫妻了，应该挺久了吧，有没有考虑过几时办婚礼？”

“听说你是林氏集团的千金，改天要不让谨言去你家拜访一下？”

“对了，谨言，你别光顾着自己，给小兮夹菜啊。”

称呼也从“林小姐”变成了“小兮”。

季谨言目光都没抬起：“她自己会夹，手又没断。”

“咳咳——”季瑆差点呛住，这是对未婚妻说话的口气吗？这女人也受得了？他望过去，嗯，对方一脸平静。好的，好像反而是他想多了呢。

“你吃枪药啦。”季老爷子教训一声，转头又对林兮安抚道，“谨言这孩子一点都不懂照顾女生，你要多担待一点。”

林兮依旧笑笑，不敢多言。

碗筷碰撞的轻微声响不绝于耳，季老爷子的声音也时时刻刻回荡着，没有停歇。

“对了，谨言你几时上门拜访一下林家？都到这关系了，两家也要商量一下婚事了。”

季谨言正好夹了两根碧绿的青菜放进碗里，神色平静，声音也很淡然：“目前不去，我和她没有结婚的打算。”

餐厅的气氛倏然一滞。

季老爷子压抑了半天的怒火，终于在一道摔筷声中释放了出来：“你什么意思，未婚妻是你自己找的，现在拖着别人不结婚，你想干吗？”

林兮见状，也不好再装沉默：“季老爷子，是我的问题，是我的事业刚刚起步，所以暂时不考虑结婚……”要不是跟苏栗马混多了，她此刻也不会脸不红气不喘地扯谎扯得这么顺。

季珵也适时地夹了一块虾肉到老爷子的碗里，笑道：“爷爷，您也太心急了。这种事，谨言他自有分寸。”

“哼，有分寸才怪。”不过很奏效，季老爷子的怒气瞬间降了下去，嘴上还叨叨着心里的不满，“不知道谁啊，上次把人藏在办公室里，不让我见！要不是这次我意外得知，说不定他想藏一辈子呢。”

季谨言手里的筷子蓦然一顿。

季老爷子换上一副笑脸，继续说：“上次在谨言办公室的就是你吧？穿白衬衫牛仔裤那姑娘，那些个谎报军情的还说你是个大学生，不过小兮你确实看着年轻。”

林兮：“……”

在场的人只有季谨言知晓老爷子口中的人是谁，心中那个轮廓渐渐被勾勒清晰，随后便像扎了根一样，在脑中挥之不去。

之后，他再无心去注意其他，旁边的声音也似离他越来越远。

只有脑海中，苏栗马的身影，被无限放大。

心里瞬间滋长了一个令他自己都百思不解的念头：

是的，有一瞬间，他真的想把她藏起来，然后，藏一辈子。

一顿饭在尴尬中开始，又在莫名其妙中结束。

林兮赶去苏栗马家接小外的时候，整个人像是在十二分的戒备之后，陡然松懈下来，变得万分疲惫。

其实在等待林兮的过程中，苏栗马一边逗着小朋友，一边思考着一些事，却像一团乱麻一样理不出头绪。

首先，宋振宁当时让她接近季谨言，是为了两年前的事。

其次，季谨言找了林兮签了契约婚姻，可为什么偏偏是林兮，不是其他人？

再者，林兮是在两年多前怀的孕，被赶出家门，小外现在两岁……

等等，两岁？

苏栗马忽然福至心灵地想起，一两个月前，她似乎在季谨言的书房看到过一份亲子鉴定证书，父亲栏是季谨言，孩子的名字她没看清，但确实写着两岁没错。

莫非，那个绿了季谨言的狠人就是林兮？

季谨言找林兮假结婚，是怀疑对方的孩子是自己的？不对，从林兮的言辞来看，她之前跟季谨言并无瓜葛，孩子也不可能是他的，那份鉴定书就说明了一切，只是最开始季谨言为什么会这样认为？

有太多的疑问梗在心口，如果她还是季谨言的特助，或许可以直接找他摊牌，但现在，无论发生了什么，她好像都没有资格过问。

所以直到林兮从她这里抱走孩子，她都没有将心中的疑惑问出口。

林兮："跟阿姨说再见。"

"拜拜，小外。"

苏栗马恋恋不舍地捏了捏孩子白白嫩嫩的脸，目送他们离开。

夏夜炎热，他们走后，苏栗马立马进浴室冲了个凉，不经意间瞥见洗漱台旁边的吊钩上，挂着一把陈旧的雨伞。

这才恍然想起，这是四洲国际酒店的保洁阿姨借给她的。

次日，她便揣着这把伞去了一趟四洲国际酒店，说好要还的，也不能食言，却忽而有些抑制不住的小期待。

或许能见到那个人也说不定。

夏季日头太毒，上午至午后的时间段都是热气逼人，苏栗马特地选了太阳即将要落山的傍晚。

苏栗马将雨伞转交给前台工作人员，目光在宽阔的酒店大堂扫视了一圈，半天一无所获。也是，现实中哪有这么多巧合重逢，多的不过是擦肩而过。

她心里突然涌过一丝失落，脚像灌了铅一样沉重，却不得不慢慢往外走，想要把时间拉长一些。

没走几步，她却突然停驻，脑子像是蓦然清醒了一样。她刚才居然又开始了这种不切实际的幻想。

再提步时，她心里的杂念已驱除，步伐恰当又坦然。

快走到大门时，外头的门庭慢慢停下一辆加长商务车，熟悉的身影从车内下来，身材颀长，容颜清俊。

苏栗马有一瞬间恍惚，步子也慢了下来。

自动玻璃门向两边敞开，季谨言步子沉稳地往里走来。

两人视线相交。

苏栗马听见自己的心跳声仿佛就在耳边，一下一下，清晰可闻。

时隔多日再见，她不知道要摆出怎么样的神情，须臾间，脑子里已掠过无数个构想——

笑着装作没事人一样跟他打招呼，万一他直接无视，岂不是很尴尬?

装作没看到他，是不是又很没礼貌?

内心反反复复涌起又毙掉无数个方案，对方已经越走越近，她却如鲠在喉，一个字都说不出来，一个表情都无法显露。

身侧带过一阵风，是季谨言从她身旁走过造成的。

她自嘲似的勾了勾唇，嘲笑自己方才脑补过多，人家压根当作没看到她，径直走过。

也好，免去了不少尴尬。

深呼吸之后，她刚想离去，身后蓦然响起一个清冷却熟悉的声音："你要去哪儿？”

苏栗马有些诧异地回头，就见季谨言不知何时转过身正对着她，站在几步开外。

正值盛夏，季谨言依旧衣着整齐，面色从容，明明刚从外头进来，身上却不带一丝燥意。他目光落在苏栗马身上，半晌，启唇道：“跟我来。”然后转身向电梯方向走去。

不知是不是季谨言的语气带了某种魔力，苏栗马怔忪了片刻，就亦步亦趋地跟上他。

再次回到这间房，苏栗马反而有些局促拘谨，好像回到了当初第一次来这边工作时的心情，兴奋中带着些许忐忑。

落日时分，五彩斑斓的霞光透过一整面落地玻璃，将整间房晕染上余晖的色彩。

季谨言手指解开西装上的银制纽扣，将西装脱下随意搭在了沙发上。不知是不是出于之前遗留下来的习惯，苏栗马鬼使神差地直接走向沏茶台面，摆弄茶具，开始烹茶。

行云流水的一通操作后，她才反应过来，一下愣住。

此时，已经走至窗边，全身被笼在橘色光影里的季谨言，瞧着她手上的动作，也是一顿。

寂静无声，相顾无言。

只有煮茶沏茶的声音缓缓响起。

季谨言坐进窗前的沙发里，拿起茶几上的平板电脑，安静地阅读起公司各部门的简报，眼梢余光时不时往苏栗马那个方向流转过去。

有一瞬间，他好像回到了数月前的光景。

那会儿她总是这样，帮他沏好茶，安静地等在一边，看着他工作。

很静谧，却让他安心。

放下手中的平板电脑，他揉了揉眉骨，感觉一股倦意袭来。

他好像有一段时间没有好眠了。饶是他自持冷静，想要撇开那些无端的想法，也没有成功。

她总是会在寂静无人的深夜，突然出现在他脑海里。

然而当他睁眼，却空落落的，四下都没有她的影子。

不知从什么时候起，他已经习惯有她在身边，习惯房间里盈满她沏好的茶香。

手撑着头，他闭目养神，可能是气氛太过令他心安，便沉沉睡去。

苏栗马泡好茶，抬眸去瞧，就看见季谨言靠在沙发里，眉目清朗，呼吸沉稳，余晖从他身后漫进来，他的发梢上也染上了细碎的光。

她看得有些发呆，干脆将手肘撑在桌台上，以手托腮，目光落在季谨言的身上，从落日瞧到了黑夜。

好久没睡得如此舒服了，季谨言睁开眼睛的时候，天色已黑，静悄悄的房间里，只有吧台那边亮着一盏灯，投下昏黄的光线。

他往沏茶台看去，已经瞧不见苏栗马的身影。

他从沙发中起身，缓步行至台侧，桌上一盏青瓷里盛着清澈的茶汤，却已人走茶凉。

他端起，抿了一口，虽是凉的，却依然入口甘甜，叫他贪恋。

Chapter 9.

给女朋友，做个印记

拍摄时长持续数月的《妖女》也已接近尾声，最后几日正好遇上高温，演员身上还套着古装，捂得严严实实，众人叫苦不迭。不过还好拍摄过程较为顺利，最后如期杀青。

杀青当天，季理收到了一条俱乐部开业的邀请信息，看了一眼微信备注名，不太熟悉。他们这个圈子阔少爷比比皆是，大概又是哪个爱玩的败家子不务正业，却兢兢业业地搞起了夜场。这个圈子里的消息传得又快又广，他回国的事早已传遍，都知道他是个玩咖，受邀十分正常。所以面对这个突如其来的邀请，他也毫不意外。

刚开业，总要找些人来撑撑场面。

说起来，回国后为了拍戏，他推掉了大部分社交活动。既然电影已经杀青，是该找个机会放松放松，于是在微信上回了个“OK”。

立马收到了对方一系列感谢回复。

天已黑得浓稠，夜生活才刚刚开始，滨江路被街灯招牌点缀得五光十色。夏夜炎热，整条路依旧人头攒动，异常喧闹。

季理的车在一间新开的俱乐部门前停下，下车后将车钥匙扔给接待就直接沿着红地毯往里走，两旁整整齐齐摆满了花篮。

俱乐部内光线偏暗，光影摇动，远处舞池里不少男女，放肆舞动。他刚走进来，就有一位看上去二十出头的年轻人，穿着满身名牌迎上来。

“季大少爷，欢迎光临，你今儿真是给足了面子。”

然后对方装作熟稔地要与他拥抱，他心里虽然嫌弃，面上却也不好摆出来，只能顺着对方稍稍勾肩搭背了一下。

“严总今天也来了，二位要一起坐吗？”

“行吧，我自个进去找他吧。你招呼其他人，先忙。”刚走了两步，他虽然依旧对对方毫无印象，不过不管怎么说今天人家的俱乐部开业，捧场的话还是要说上两句，于是回过头补了一句，“祝你生意兴隆啊。”

对方极尽拍马屁的声音从后方传来：“成了，得季大少一句话，我这俱乐部想不火都难。”

“……”

季珵没有再理对方，径直往里走，沿着玻璃栈廊穿巡了半圈，最终在偏上方的卡座内，找到严雪至的身影，又在看到他身边那个人影后，蓦然一怔。

天下奇观了，季谨言这个冰块居然也会来这种地方？

季珵旁若无人地走进卡座当中，前脚刚迈入调侃的声音后脚便响起。

“今夜是天有异象了吗？谨言，你居然也会出现在这种地方。还是你转做警察内线，来钓鱼执法了？”

季谨言听到季珵熟悉的嗓音，连眼眸都没抬，手里还拿着矮脚酒杯。杯里的威士忌偶尔晃出盈润的光，他声音不咸不淡：“来看看你们这些败家子，平常怎么消遣的。”

季珵平日里已经被怼习惯了，落座之后交叠着双腿，还笑着问：“那看出什么了吗？”

季谨言不疾不徐地抿了一口酒：“果然没营养。”在他看来，这种纵情声色的场所会消磨一个人的意志力，如非必要的应酬，他很少会愿意来这种地方。

季珵：“……”

严雪至在杯里加了一块冰，又添了一些酒，递给季珵，说：“这俱乐部老板与我有交情，他开业，我来捧捧场，顺带就叫上了谨言一起。”

“哦。”

严雪至这种三教九流都结交的性子，来这里倒也不稀奇。只是季谨言居然会答应一同前来，在季珵看来还是有些暗暗称奇。

卡座里三个长相英俊气质出众的男人，生生将周遭的沸腾喧闹都隔绝开了。其他位置上的人时不时向他们那桌张望，伴随着窃窃私语：

“看看看，那桌的颜值，绝了。”

“别看了，这种品相的货色，估计要价很贵。”

“嘁，你是不是不长眼，认不出那是季家的大少爷吗？”

经常混迹在圈子里的人，还是认出了季珵。但是对于严雪至和季谨言这种很少出现在娱乐场所的实干型集团接班人，还是觉得面生。

“季大少不是在国外？”

“前些时候，就有传言说回来了。”有人鄙夷道。

“那他身边那两位？”

“应该也是来头不小。那边那个笑眯眯的，我刚才好像听到有人叫他严总。”

“严总？是那个严家？那他旁边那个人……”

“咱们城里还有几个严家？他旁边那个估计也是什么天上飞的人物，所以那桌的人，不是我们能想的，还是不要自找没趣了。”

听见有人这么说，那些跃跃欲试的小飞蛾，瞬间就被浇灭了热情。

这些莺莺燕燕之语都被节奏感快而强的音乐所吞没，并未传到卡座里头。严雪至与季珵有一搭没一搭地聊着天，季谨言就在一旁闷头喝酒。

“谨言这是失恋了？”

季珵察觉出了不对劲，小心翼翼地压低声音问严雪至。终于，林兮那姑娘也受不了他“辣手摧花”的手段，弃他而去了吗？

严雪至转头，看了眼身侧坐姿端正、面色依旧平淡如初的季谨言，可那一杯杯毫不犹疑下肚的酒，好像无声昭示了此时此刻他的心烦意乱。

某人把日思夜想的人带回了酒店套房，啥都没干，连句话都没说，自顾自睡着了，醒来人早跑了——这种毁他兄弟面子的桥段，他该不该说呢？

算了，他还想多活两年……

于是宣扬八卦的话都已到了喉头，却还是硬生生地被吞了下去，出口已然变成了：“没什么，来这种地方当然是要多喝酒的。”

偏偏季理毫无察觉，还在继续作死：“那是跟林兮吵架了？”

季谨言依然不理他。

他也习以为常，开始发表自己的滔滔大论：“女孩子嘛，生气很正常，什么你吃了她最后一包零食啦，今天天气太热啦，指甲裂了，衣服上沾了块油渍，她们都会心情不好。重点是要怎么哄好她们。”

严雪至好整以暇地看着季理：“那这位妇女之友，有何高见？”

“无论对方说什么，说得再无理取闹不可思议，错的都是我们。要哄她们，就要先有我的呼吸都是错误的决心。”

季理说完便瞧见严雪至的笑容收了收，季谨言的眉头皱了皱，显然这两个“注孤生”都不太能理解这么高深莫测的“恋爱经”。

“你们要学会放下身段。雪至，你看着平易近人，实际喜欢拒人于千里之外。你这么外热内冷，女孩子跟你相处久了都受不了。还有，谨言你平常说话不要那么毒，女孩子都很玻璃心的，可能一不小心就被你一句话伤害了，跑了就很难追回来了。”

他原本只是纯粹想显摆显摆，故意说了一番，不经意间一瞥，竟然瞧见季谨言很认真地看着他的方向，那双眸子似乎在思索什么。

这这这……他内心有些小激动，自认为对方是在向自己虚心求教。

他像是受到了鼓舞，更加滔滔不绝了起来，最后还自认完美地来了一句总结：“总之，好女怕缠郎，要懂得放下身段。还有，有误会一定要说开，否则一定凉凉。”

面对季理毫无中心思想的高谈阔论，严雪至轻嗤了一声，季谨言却由始至终沉默如初，一副若有所思的样子。

伴随着重音轰炸，话题很快又从这头转到其他方面，严雪至见季理目光向外扫视了一圈，不由得问：“怎么，有没有看得中的妹子？”

季理摆摆手，摆出一副疲累的样子：“算了吧，今早电影刚杀青，我得好好休息一段时间。等后期制作完成，正式上线之后还有路演和宣传，没时间去找妹子了。”

严雪至调笑道：“还以为你三分钟热度呢，你这劲头，倒看着不像了。”

“那当然，你看看，这几天拍戏这么热，我都焐出痱子了。”他顺带掀开脖颈下的 T 恤领口，展示给对方看。

“得了吧。”严雪至嫌弃地推开他，“既然你打算认真发展演绎事业，那经纪公司找好了吗？”

“之后我应该会成立自己的工作室，就打算找个经纪人，有人选了，可人家还在考虑当中。”季琨目光落到季谨言身上，“就你那个未婚妻，林兮的小助理，哦不，严格来说，不是她助理，是她朋友。”

“‘玛丽苏’？”严雪至一挑眉，目光还若有似无地瞥过季谨言。

季琨：“对，就是她。”

季谨言正要送酒入口，手中的杯子却倏然在空中停顿了数秒，沉默了片刻又突然开口问：“你们是不是还有杀青宴？”

“是啊。”面对他略显突兀的问题，季琨不得其所，只能照实回答。

“那天，我也会参加。”补充完这一句，季谨言放下酒杯，转头盯着季琨，“叫上你那个经纪人候选人，验一下合不合格。”说罢，便从位置上站了起来，整理一下西装，神态如常。

“我先走了，你们继续。”

望着季谨言离开的背影，季琨有些蒙，推了推身边的严雪至：“他为什么要看‘玛丽苏’合不合格，他是在关心我吗？”

严雪至笑而不语。

季琨满头问号，这两个“注孤生”是单身太久，脑子不正常了吗？怎么一个两个都这么奇怪……

季谨言一路从震耳欲聋的内场走至外场，顺便联系了就在附近等候的司机来接他，短短一段路惹来不少炽热的目光。

站在俱乐部门口，他看了一眼腕上的古董表。

俱乐部门口人流进进出出，他笔直地站在那里，矜贵、英俊，似与这浮躁喧闹之地格格不入，却又偏生叫人瞧得挪不开眼。

总有几只不怕死的“小飞蛾”，上赶着以身试毒。

身着红裙，身材火辣妖娆的女人主动走近了季谨言，浓妆艳抹的脸上挂着妩媚动人的笑意：“帅哥，一个人吗？介不介意请我喝杯酒？”

男人这一身穿着，价格不菲，手上那块古董表更是有市无价的东西，稍稍有些眼力见儿的都能猜到对方出身不凡，不是夜场少爷能负担得起的。

季谨言先是闻到一股刺鼻的香水，扑面而来，随后眼角似乎瞥到了一抹红裙，他目光淡淡地顺着红裙往上，看了一眼女人的脸。

记忆里，苏栗马好像也喜欢化浓妆，也许是看习惯了，他有时竟会觉得越看越顺眼。似乎在不久之前，她也穿过一件红裙子。那次去商场买衣服的时候，他其实就想说，那件红裙很衬她，明艳动人却不会过分张扬。

见他沉默不说话，女人又道：“或者，我请你喝？喝完我们还可以聊一些其他的事情。”肢体还顺着娇语往前凑了几分。

季谨言回过神来，见对方越来越不矜持的动作，直接绕开她，向停在路边的黑色商务车走去。走了两步，他又想起什么似的，回头对那女人说了一句：“不好意思，我快有女朋友了。”目光不带一丝情欲地上下打量一眼对方，“还有，你穿红裙，很难看。”

说完，他便不再看女人一眼，自顾自上了商务车，扬长而去。

当苏栗马一前一后收到来自林兮与禾子珵杀青宴的邀请，觉得很是稀奇。

禾子珵的微信，是在那日他非常绅士地当了一回车夫后，觍着脸让苏栗马一报还一报，并且给她科普宣传了受恩莫忘报的人生哲学——苏栗马虽然觉得哪里怪怪的，却也不好意思再无情拒绝，通过了对方的好友验证。

自从添加好友之后，禾子珵的信息如一日三餐定时定点，比闹钟还准时。早安、午安、晚安，三件套风雨无阻，苏栗马偶尔回一句，有时候嫌烦就装死当没看见。

不过面对禾子瑆突然的邀请，她还是有些出乎意料。林兮是因为想要找个相熟的人做个伴，怕有人会故意向女演员劝酒，所以找苏栗马一起也安全些，不知道禾子瑆又是唱的哪一出？

不过，她先前已经答应了林兮，所以那天必定会到场，倒也不想纠结对方的意图了，不假思索地给对方回了个“OK”。

转眼到了周末，杀青宴选的地点是市里的御和楼。

苏栗马对这家饭店，没什么好感，甚至有些排斥。毕竟上回差点断送了林兮前程，以及最后反转成了凌辰“落马”，都是从这家饭店开始，并不是一段好的回忆。

太阳刚落山，纵横交错的街道上车流涌动，地面上还蒸腾着暑气，连吹来的晚风都是温热的。

苏栗马刚从公交车下来，一股湿热之气就从她头顶直直灌进脚底，令她耳膜瞬间进入嗡嗡模式，像闷住了一样。走了好几步，她才渐渐适应过来。

此时，她已经行至了御和楼门口，镏金辉煌的大门依然门庭若市，流光婉转，丝毫没有因为酷暑影响了生意。

苏栗马望着眼前一片金碧，莫名感觉太阳穴突突地跳，脚步也随之一顿，又想到不过是一顿杀青宴，应该不至于出什么幺蛾子。她正准备往里走，目光不经意瞟见了一辆熟悉的车子，缓缓驶进过道上。

她侧着身子站在大门不远处，因此视线角度正好能将御和楼的门庭与过道尽收眼底。

卡宴，8866。

熟悉的车型，印象深刻的车牌，全都令苏栗马不自觉绷紧了背脊。车子停稳，然而下车的，却不是她心里想的那个人，不过足以令她大吃一惊！

她一眨不眨地瞧着禾子瑆从车里下来，直直朝她的方向走来，最后站定在她面前，言语里似有疑惑：“怎么站在这里不进去？”

苏栗马仍处在仿佛遭雷劈当中，震惊得失语。

见她不说话，季珵眼波流转，扬起一丝笑意：“莫非，你在等我？”

苏栗马在燥热空气中，大脑宕机了数十秒，都未发现口袋里的手机蓦然响起的微信提示音，才迟疑地开口询问：“你的车？”

季珵回头，瞧了一眼卡宴，自以为对方是看上他的豪车了，于是装作慷慨大方地说：“怎么，你喜欢？哥家里多的是豪车，下次你来我家挑一辆，随便你开。”

苏栗马看看车，再看看人，联想起种种，哪还不明白这其中的林林总总。

禾子珵就是季家的大少爷，季珵，季姓拆开就是禾子。

苏栗马扶额，不知是天热作祟，还是本身这件事所带来的惊诧，她竟感觉到了一阵头晕目眩，原来这种不好的预感，是来源于此。

季珵以为她是热坏了：“进去吧，站在这热死了。”说罢，便提步往里走。

苏栗马也只好跟着他背影往内，情绪瞬间恹了下来，连带着胃口都没了。

好在进入饭店，中央空调的冷气，瞬间让她整个人都清醒了很多，这才恍惚想起刚才手机短信音及振动的提醒，掏出来一看，是林兮发来的微信。

林兮：“小苏，你到了吗？对了，有件事，我之前好像忘了跟你说了，禾子珵就是季总的哥哥，季家的大少爷，我是那天去季家吃饭才知道的。今天杀青宴，季珵也会来。而且他不是想让你当经纪人吗，所以我就觉得有必要跟你说一下，你不要太惊讶哦！”

苏栗马有些无语，手指飞速地打字回复：“姐妹，你可以再晚一点说，我已经知道了……”

刚按下“发送”，季珵就走进了一间名为“杯莫停”的雅间，于是她也只得跟着，鱼贯而入。

入眼便是墙上挂着的一幅《落日山水图》，硕大的圆桌上已经坐满了一众主创，只剩下中间的三个位置是空的。

见男主角姗姗来迟，不少人立马站起来起哄：

“男主角终于来了，怎么来这么晚？”

“等下要自罚三杯酒。”

“就是，就是。”

一句接着一句，也不知道从谁口中说出。

直到王导向季琞招手，又拍了拍自己身旁的位置：“来这儿坐，特地给你留的，今儿一定要不醉不归。”

季琞脚步一顿，依言走过去，落座之后又看向苏栗马，示意她坐自己身边。

只剩下主位上的两个位置，空空荡荡……

苏栗马却有些犯了难，中间两个位置一侧比邻季琞一侧则靠着林兮，可是她总觉得这两个位置留得有些怪异。

众人的视线暂时都被季琞吸引了去，没人发现站在进门处，弱小无助又透明的她。直到林兮向她招了招手，她才硬着头皮走了过去，坐在了林兮身边。

苏栗马与季琞的位置隔开一个空位，严格算起来她这个位置和旁边的空位都算主座，所以方才她有些迟疑。毕竟她来者是客，但转念一想，或许是大家都推搡主位，所以才恰巧留下了这两个位置，应该也没有其他人会来了，也就不再推诿。

然而就在她坐下的那一刻，她感觉到几道视线睇了过来。她疑惑着扫视一圈，桌上的人都在自顾自谈笑风生，哪来什么目光?

大概是错觉?

她便也不再多想，压低声音与身边的林兮开始交头接耳：“你的微信可以再发晚一点吗？我都被吓到了，才看到你的信息。”

林兮略略有些吃惊：“你怎么知道的？”

“季琞今天开着8866来的，被我正好瞧见了。你说，我就算是个傻子也得知道了吧？”

林兮恍然：“那经纪人的事，你打算怎么办？”

苏栗马思索了片刻：“当然不答应了。本来我没干过这行，就兴致缺缺。知道他是谁了，我还上赶着，那我真的是不知死活了。”

或许是怕耳语被旁人听去了，林兮掏出手机，发了个微信给她：“你是不是因为怕见到季总，所以才不想答应的？”

她还挤眉弄眼了好一番，进行暗示。

苏栗马也拿出手机打开了微信，怔怔地看着这条微信，一时竟不知如何回复。

其实她内心一直想见到季谨言，可是理智又告诉她，见到了又如何？现实是，他是高高在上的集团总裁，她不过是市井中的升斗小民，别说两人的身份之间似有悬河，现在他们连简单的正常交流都做不到了。

就如那日，在四洲国际酒店的重逢，相对无言。

她犹在出神，身着旗袍的侍应浅浅叩门，声音甜甜地响起：“请问，可以上菜了吗？”

王导：“稍等，还有一位贵宾没到。”

苏栗马这才回过神来，悄悄问林兮：“谁还要来呀？”

林兮的表情顿时变得有些为难，抿着唇，默默不语。

苏栗马犹在好奇，伴随着一声甜甜嗓音的“欢迎光临”，包间的门蓦然敞开，季谨言的身影毫无预兆地出现在了门栏画框处。

时间仿佛静止了一瞬。

直到围着圆桌坐着的人陆陆续续地站起来恭迎，王导洪亮的声音响彻包厢：“季总，百忙之中还大驾光临，您快请上座。”

苏栗马像被抛到了九霄云外，被身旁的林兮倏然拉起，又机械似的重新落座，周围的声音好像都离她远去，只剩下自己的心跳声，富有韵律。

等到季谨言阔步行至苏栗马身旁的主位，稍稍拉开餐椅，优雅入座，整套动作行云流水地完成后，苏栗马才有些神归故里的感觉，她垂头不敢去看身侧，小眼神有些幽怨地向林兮那边递去。

林兮有些尴尬，只能装作没看到。

杀青宴正式开始，可能因为大老板在此，大家也不敢太过放肆，就算说话也是客客气气低声细语。倒是王导时不时向季谨言与季珵敬酒：“来，二位，我再敬你们一杯。”

苏栗马是彻底一点胃口都没了，目光规规矩矩地落在眼前泛着光的餐盘上，一言不发。

是她自作多情吗?

为什么总感觉从右手边，偶尔会射来几道视线，令她更加坐立难安，巴不得这顿饭尽快结束，她立马遁地消失，这哪里杀青宴简直就是断头饭!

酒过半巡，季瑆的声音从右边飘了过来："季总，久仰大名。来，我敬你一杯。要感谢你给了我这次饰演男主角的机会。"

苏栗马这才抬起头来，好奇地在两兄弟之间打量了一下。

她不明真相的时候，或许还会被蒙在鼓里，此时此刻面对季瑆和季谨言之间装不熟不认识的演技，带上了吃瓜群众的猎奇心理。

或许是她的目光太过专注，那二人碰杯之后，竟心照不宣地齐齐朝她看来，吓得她立马又垂头挑菜。

还是全程当个小透明混完一顿饭吧。

然而，一只鸡腿毫无征兆地落进了她碗里的同时，另一双筷子又殷勤地夹着另一只鸡腿，稳稳落进她盘子里。

她惊讶地顺着两副筷子去看，分别来自季谨言与季瑆。

季谨言依旧面色平静，而很显然季瑆与苏栗马一样吃惊。由于隔了一个季谨言，方才他帮苏栗马夹菜是站起的，微倾的身子停顿了片刻，才讪讪地收回筷子重新落座。

同样一脸蒙的还有一桌子的吃瓜群众，瞬间连说笑动筷也忘了，纷纷嗅出了八卦的气息。

在场众人神态各异，只有稍微了解始末的王导与林兮，此刻聪明地假装自己不存在，剩下的众人目光赤裸裸地盯着面前的修罗场，生怕错过什么精彩环节。

包间内沉寂了数秒，季谨言不慌不忙地从苏栗马盘子里，夹起另一只鸡腿，快稳准地扔进了林兮的盘子里。

没错，是扔，因为清晰地传来了骨头碰撞瓷盘的清脆细响!

末了，他还淡淡说了一句："不要减肥，吃菜。"

却不知是对谁说的。

众人这才反应过来，原来季总是在照顾女士，挺有绅士风度的，怎么以前会有这位总裁大人不近人情的谣言传出来呢?

于是，满桌气氛又开始轻松了起来。

“……”

只有季珵看到，谨言扔给林兮的那只鸡腿，好像是他夹的来着?

苏栗马依旧垂着头，脸上却因臊意涌上来，慢慢浮现一片红晕。

刚才那句话，如果她没有自作多情的话，好像应该是……对她说的吧?

终于，杀青宴在吃了整整两个小时以后，开始散场。

一结束，苏栗马就拉着林兮躲进了女厕所。等人都走得差不多了，两人才不疾不徐地往外走。没想到，刚走到门口，就看见季谨言与季珵倚在车门边，还未离去。

有完没完，他们怎么还不走?

“你怎么这么慢？”季珵一见到苏栗马，忍不住吐槽。

刚才苏栗马还未走出来自前，他就跟季谨言报备了一下对方是如何如何适合当他的经纪人。而季谨言只是适时地“嗯”了几声，并未给出太多反应。

直到苏栗马从饭店里走出，季谨言微敛的眸光，才顺着她的方向抬眼看了过去。

季珵：“走，我送你回去。”

“不必了。”季谨言清冷的声音蓦然响起，顺势打开了车门，目光不偏不倚地看着苏栗马，“我送，上车。”

“……”

季珵看不懂眼下情形，更让他看不懂的是，这个“玛丽苏”居然乖乖坐上了季谨言的车？不是，等等，他俩不是第一次见吗?

“等等，你要带她去哪儿？”于是，季珵忍不住出声询问。

季谨言淡淡瞥了他一眼，从另一边车门上车，声音依旧平稳：“验货。”

季琞顶着满头问号，看着商务车汇入车流。车尾灯在转角处消失不见时，他才慢悠悠问身边的林兮：“你不是谨言的未婚妻吗？他怎么不送你，你忍得了？哦不对，重点是他怎么反而带走了我的经纪人候选人？他刚说什么来着，验什么货？”

“你不知道？”林兮看着他，“我以为你是季总哥哥，应该知道的。”

季琞困惑不解：“知道什么？”

“小苏原来是季总的特助。”林兮很热心地帮他解答了疑惑。

季琞呈发蒙状，还是有些无法接受现实。怎么他回来以后，总能遇上这种翻天覆地的大瓜？先是谨言居然有了未婚妻，“玛丽苏”竟然还是谨言的特助，完了之后，“玛丽苏”与他未婚妻还是好朋友。

他此时此刻蓦然生出了与严雪至一样的疑问——

“你和‘玛丽苏’，究竟如何做到和平共处的？”

贵圈太乱了，他真的看不懂啊！

司机照着季谨言的吩咐，将车驶入了一条鱼龙混杂的街区。街头巷尾充斥着各种五彩斑斓的灯牌，这是市内最著名的一条不夜街，许多俱乐部和会所都藏匿其中。

商务车最终在一家金碧辉煌的会所前停住。

这家私人会所，数月前，苏栗马来过，她在这里见了宋振宁，也是在这里第一次救了被王导揩油的林兮。

跟着季谨言往里走，会所整体风格依旧是一派富丽堂皇，由专属管家领上六楼，灯光也还是晃得刺人眼。

同一个包厢，推门而入，一百平方米大的房间入目空旷，只余中间那一圈环形沙发，包围着欧式茶几，几面上放置着饱满欲滴的鲜花，还有一瓶昂贵的红酒和两只剔透的高脚杯。

伴随季谨言落座，包厢门被轻轻带上，只余二人。

“季总？”苏栗马小声地唤道。饶是她刻意放低声音，在这宽敞的房间，似乎也带出了一点回声。

“我第一次，知道你认识宋振宁，就是在这里。”季谨言平静地开口，声音听不出喜怒哀乐，只是淡淡叙述。手上动作未停，他稍稍卷起袖子，又开了红酒瓶，向两只莹润的杯里缓缓注入红酒，末了，又将其中一杯推到她面前。

整套动作，安静又雅致。

苏栗马却不淡定了，他居然在这么早之前，就已经起了疑心，那又为什么肯一直放任她在身边？

她心中有些厚颜无耻地升腾起一个猜想……

这个念头，让她胸腔里倏然仿佛有无数小鹿在乱跑乱撞。

季谨言把酒杯推到她面前，便靠进沙发里，视线望着她一眨不眨，那眼中有她从未见过的专注。

“你就没有什么想问的吗？”

见对方半晌未做反应，季谨言只得再次问道。

苏栗马对着那双清冽的眸子，暗暗平复自己内心的惊涛骇浪，尽可能地维持着表面的平静，问了一个藏在心里许久的疑惑：“你当初为什么要找林兮签订契约婚姻？”

季谨言没想到对方酝酿了半天，居然先是问这个问题。但今日，原本他就想要把一切理清楚，也不介意多花些时间。于是他不疾不徐道：“因为一个孩子。”

“你怀疑林兮的孩子是你的？”果然，正如她所预料的一样，随后忽然想起了自己偷看人家文件的事情，瞬间有些做贼心虚，“我上次不小心扫到了一眼，书房里的……鉴定书。只是，我不明白，为什么你会认为孩子是你的？”

季谨言觑着她，似乎在组织语言，沉默了好一会儿，才轻轻咳了一声道：“两年前，在四洲国际酒店，因为宋振宁的算计，我无意伤害到一个姑娘。”

听他用了“伤害”这一词，苏栗马立即反应过来了。

“你认为林兮就是那个姑娘？”

不知怎的，季谨言怕她生气，语气也不由自主地斟酌起来。

“嗯，那天酒店大堂监控拍到林兮衣衫不整地跑了出去。”

苏栗马却似乎并没有因为听到这样的消息而情绪波动，“哦”了一声，继续问：“那你怎么知道林兮有孩子，然后又会怀疑孩子是你的？”

“市民医院有她的生产记录，时间也吻合。”

苏栗马点点头：“也对，如果真的是你的孩子，总不能让他流落在外。所以……先前你让我带给她那份合约，就是为了这个？”

“要弄清楚孩子的身份，总需要点时间和名义。”

随着他的解释，苏栗马略消化了一会儿才暗自震惊起来，之后便是得到真相的大彻大悟，原来季谨言把林兮当成了两年前，与他一夜春宵的女生。

可是，那夜……

如果她的记忆没有出错，和季谨言发生关系的人，其实是她来着。

但……这件事，她实在难以启齿，羞于提及，恍如一根刺扎在喉咙里，说也不是吞也不是，只能默默不语。

不过先前的一团乱麻，经过抽丝剥茧，线索已经能串成一个完整的故事。

比如林兮的事，就是一场乌龙。很明显，林兮的孩子并不是季谨言的，而他以为的两年前的女生，实则也并不是林兮。

这一个在苏栗马心底胡搅蛮缠许久的疑惑，终于算是拨开云雾见青天了。

或许是季谨言的回复没有一丝敷衍，格外认真，迫使她也不自觉喃喃解释起来：“我跟宋振宁……不是你想的那样，其实我俩也算不上有多深的交情，他是我的助学人，我是靠着他的资助念的书，当初我毕业之后，确实是他让我接近你，受人之恩，我无法拒绝，但我跟他有约法三章，不会帮他偷你的商业机密和个人信息。不管你信不信，我一直以来也确实没有向他透露过。”

紧张地吞了口空气下肚，她有些忐忑地看向他：“那天去拍卖会，是我要帮一个朋友拍回一样东西，我以为你绝对不会出席这种场合，又因为是我的私事，不好麻烦你，所以才不得已找到宋振宁……”

“我知道。”

季谨言的目光落在她身上。这些东西，在他辗转反侧莫名焦躁的那些日子，就已经命严田彻查清楚，也大致了解到了其中的原委。但他心中还是略有不安，始终怕他们牵扯过深。然而此刻她那句“算不上多深的交情”，确实叫他通体舒畅，连日来的阴郁之情似乎也顿时烟消云散，语气都带着一丝不易察觉的愉悦。

“你就，没有其他想问的了吗？”

还真有。

似乎是季谨言清冽专注的眼神给了她莫大的勇气，某个念头又开始在心里蠢蠢欲动，变成了眼下她最想知道的，很重要、很重要的一件事。

苏栗马端起眼前几面上的酒杯，将红酒一饮而尽，心脏怦怦直跳，长吁一口气之后，逐字逐句地问：“你，是不是喜欢我？”她脑袋耷拉着，一直不敢去看身侧季谨言的表情。

一秒，两秒，三秒……

时间悄无声息地在流淌，包厢里静得出奇。

尴尬且绵长的沉默，一寸一寸蔓延开来，搅得苏栗马一颗心动荡不已，到最后被这种沉默折磨得想要矢口不认账，说方才她纯粹是在开玩笑。

然而下一秒，她的腰肢被一双温热有力的手钳住，轻轻一提，便被带进了他怀里。

等苏栗马反应过来，自己整个人是以跪坐的姿态坐在他身上，两人面对着面，眼睛里盛满了彼此。她甚至能看到，他眼里如水的微光，像月色洒在夜间一池湖水里，荡得人心驰神往。

就这样对视了足足两三分钟。

季谨言缓缓启唇，回答了她的问题：“是，喜欢。”

这一刻，苏栗马感觉自己窒息了一瞬间，明明没有多激动之情的一句喜欢，却偏生叫人心生欢喜。

季谨言的双手仍箍着她的腰肢，夏季薄薄的布料，抵挡不住这双手带来的热度，然后从那方寸之地蔓延至全身。

对方的呼吸也近在咫尺，搅得人意乱情迷，季谨言的手掌不安分地游移到她背部，稍稍一压，冰凉的唇就紧密地贴在了一起，辗转厮磨，令人沉迷。

季谨言没有加深这个吻，只是稍微浅尝辄止，便松开了她。

方才唇部的接触让她脑中一片空白，这会儿才稍稍寻回了些理智。她轻轻捶了他胸口一拳，低声吐槽道："果然是个老流氓，这算什么？"

季谨言闻言，难得抿出一抹浅淡的笑意："给女朋友做个印记。"

女朋友？

苏栗马脑中的一根弦似乎又崩断了。短短一段时光，她的心情起伏跌宕，有太多的惊吓和惊喜同时降临，弄得她措手不及。

方才一时情动，忘了不少重要的事情，于是内心的小雀跃被她一点点收敛。

她从季谨言身上下来，站直，理了理衣角。

"不行，我暂时不能答应。无论林兮的事情是不是一场乌龙，你和她之间还有一份两年的协议。你的家人都知道她是你的未婚妻，我不能做破坏别人的事情，就算是表面上的也不行。"

而且，很多人并不知道合约之事，如果她现在就和季谨言在一起，绝对会落人口舌。她受不起这样的诋毁，即便在爱情面前也还要爱自己，是她的原则。

季谨言沉默不语，脸色倒没有她预想的由晴转阴，似乎在认真考虑她说的话。

"其实，还有一年半，协议结束，我们就可以在一起了。"怕季谨言不同意，她又特别没底气地补充了一句。

片刻后，季谨言站起身来，声音略带隐忍过后的一丝喑哑："不用这么久。"

苏栗马："什么？"

"回来当我的特助，你在外面，我不放心。"

他微微沙哑的声音让苏栗马的小心脏，不小心又漏跳了一拍！

苏栗马回来了。

她又重操旧业，回到季谨言身边当起了特助。

那天之后，季谨言没有再提及两人在一起或者交往之类的话题，那么苏栗马也默认，他是接受了自己的提议，等协议结束，再考虑两人感情发展的问题。

好像什么都没有变，又好像有什么不一样了。

至少苏栗马觉得自己似乎无法做到，心无旁骛地待在季谨言身边了。

比如，从前她会帮他沏好茶，然后安静地等他把正事做完，期间她偶尔也会开开小差，刷刷微博和小视频。可现在，在两人独处的时候，她的思绪总会不自觉飘到季谨言那边去。

看他专注工作，认真的样子。

看他修长的手指在键盘上利落敲击的样子。

看他用沉着声音操着一口流利英语开海外视频会议的样子。

每一帧每一秒，都让她怦然心动。

苏栗马有时候不由得暗骂自己不争气，脑子里尽是些花痴小心思，给自己浇了好几盆冷水，还做了不少心理建设，才勉强稳住荡漾的心神。

或许是她坐在茶几边，微微敛眸，深陷思维囹圄的模样有些动人，一只耳朵戴着蓝牙耳机的季谨言，偏过头去看她。

见她偶尔轻轻蹙眉，偶尔唇边带笑，偶尔又纠结不已，最后又换上一副宽心的样子，表情十分丰富，他不由自主弯了弯嘴角。

What？

海外各地拓展部负责人，纷纷觉得自己老眼昏花，季总刚才是笑了吗？他的眼神看向南面什么地方，众人巴不得摄像头能来个三百六十度全景无死角拍摄，好让他们看看清楚，季总究竟因何而笑。

不过，总裁心情好，会议也是相当顺利，比平时更有效且迅速地完成一场战略部署。

等开完会，季谨言才取下蓝牙耳机，深深陷进办公椅中。最近需要他处理的事太多了，确实有些耗费精力。

苏栗马坐在位置上，看了他数秒，然后走向他，将青瓷茶盏端到他面前，搁在桌上，泛着自然光泽的手指按上了他的太阳穴。

季谨言闭着眼，感觉到她的靠近，然后就感受到冰凉舒适的指尖温度，一圈一圈，在他太阳穴，温柔地打着旋。

“你最近挺累的样子，公司事很多吗？”

她的声音也随着她的动作，传进他脑海。

他仍闭着眼，颇为享受：“海外最近有两个比较重要的投资案比较费神，不过也不全是这个原因。”

苏栗马有些狐疑，手指的动作也一刻稍顿：“还有，其他什么事吗？”

季谨言缓缓睁开眼，入目便瞧见苏栗马微微垂首看着他，白皙小巧的下颌弯出好看的弧度。他没有多做解释，只对她说：“静观其变。”

苏栗马一头雾水。

等到太阳落山，换上漆黑夜幕，窗外夜色黝黑，月亮又近又亮，星子环绕四周，星罗棋布，夏夜的天色风平浪静。

然而，微博却像炸开了锅一般，并不平静。

苏栗马刚才有些无聊，刷了会儿小视频，又追了会儿剧，带薪偷懒，能看能玩的很快就弹尽粮绝，于是无聊的魔爪只能朝着微博伸去，可是挂在热搜第一的事件，又瞬间让她神经直跳。

只有“林兮”两个字，后面却跟了一个——爆。

苏栗马对林兮上热搜已经心有余悸，最近一次并不是因为什么好事。而且林兮这位大小姐，性格是真的没黑点，经历却很是离奇，偏偏工作性质还需要暴露在公众视野当中，随便一小段故事被传出去，分分钟就是被推上热搜的节奏。

她深吸一口气，强压住心头不好的预感，点进去看了一下。

可能真是好的不灵，坏的灵。

苏栗马在看到热搜后，瞬间有些头疼脑热。果然世上没有不透风的墙，林兮有私生子的事情，还是被添油加醋捅了出去！

因为震惊，她一时难以自控，惊呼出声：“你快看微博热搜！”

这话显然是对季谨言说的。

沉默了半晌，季谨言才低低咳了一声：“你继续。”

“什么我继续，你快看微博，林兮的事情上热搜了。”苏栗马面对对方没由来的话头，有些不解地抬眸望过去。

“不，不是你，李经理，请继续。”他目光安静地落在苏栗马蜷缩在沙发上的身形，适时地解释，“我在开会。”

苏栗马：“……”

她刚被热搜惊得魂不附体，现在又被囧得外焦里嫩，尴尬得恨不得找个地洞钻进去。

仔细一瞧，季谨言另一只耳朵确实戴着蓝牙耳机，但是他半天一个字没说，恍如一尊长在椅子上的雕塑，她还以为，他只是在看股市。

她再次感慨，为什么现在的地板都是钢筋混凝土！

同样尴尬的还有视频连线，负责欧洲市场部的李经理。

是女人的声音没错吧……

他再次回忆了一下，确信自己没有幻听之后，不知怎的，居然生出一种作为长辈对晚辈的关心，全然忘了，如今的季谨言已经不是当年的毛头小儿，早已成为能独当一面的集团总裁。他鬼使神差地问：“刚刚，是您女朋友？”

季谨言似乎并未动气，目光有意无意瞟过在沙发缩成一团的苏栗马，嘴角不自觉抿起一抹笑意，简短地回：“是。”

“好好好，这样季老爷子也能放心许多了。季总若有结婚的打算，届时一定要通知我。”

季谨言点了点头：“会的。”

末了，李经理似乎发现刚才逾矩了，立马摆正姿态，又开始滔滔谈起公事：“季总，不好意思，刚才我多嘴了，欧洲这边，接下来的三个月……”

季谨言的目光，依然落在不远处的那团人影上。大厅只亮着两盏落地灯，昏黄的光影勾勒出她尬到无声无息的身形，他觉得有趣，看了好一会儿，才慢悠悠移开目光，一脸平静地继续会议。

苏栗马听不见耳机里头那人的说话声，自然也不知季谨言他们你来我往双唇，安静地刷起了微博。

“绝了，这位姐的热搜这段时间没断过，是不是买的啊？”

“白富美有钱了不起呗！”

“拿钱买热搜，说自己有私生子？她疯了吧。”

“我看这件事，很可信，本尊到现在都没出来发声。这种大事，后面的团队肯定早知道了，不是真的话早出来辟谣了。”

“豪门果然很混乱，都这么有钱了，为什么还要未婚生子啊？”

“有钱才乱啊。天哪，反正我看了421（关于娱乐圈八卦的PDF吃瓜文件，总共421页），觉得这个圈子都不忍直视了。恶心。”

“上面的，你不知道421都胡编乱造的吗？林兮是个演员，勿打扰别人的私人生活。何况都什么年代了，还有人思想这么守旧？”

评论短短一段时间暴涨好几万，粉丝路人连情感博主都出来转发，有谩骂的，有无真相不约的，有表示时代不同了……

因为牵涉了未婚生子这种两性话题，所以讨论度很高，并且一直往上攀升。

评论太多，苏栗马已经无心继续刷下去，她直接联络了林兮本人，微信没有回复，打电话对方也不接。

随着时间的推移，她也越来越焦急。

好不容易等季谨言开完会，结束视频通话，苏栗马立马问道：“季总，我想去天乾找一下林兮，她一直不接我电话，我很担心。”

季谨言一边从办公椅中站起，一边说：“她家并不住在天乾。”

苏栗马：“？”

他继续耐心解释：“天乾是她经纪人的公寓，可能是为了保护孩子，所以她才对外宣称居住在那儿。”

“那……你知道她实际住哪里吗？”

季谨言已经走至苏栗马身侧，坐进沙发里，望着她：“我觉得，你担心得太多了，你应该比我更了解她。”

或许是刚才慌乱之间，因为担心她没有多加思考，现在经由季谨言点拨，似乎冷静了下来。

“是，两年前林兮被赶出家门，未婚产子，她都挺过来了，我相信她不会因为这点事，自寻短见，至少为了她的孩子，也不会。可是现在因为网暴抑郁的人这么多……”

“给林兮一点时间，让她冷静一下。”季谨言伸手，用自己的手掌裹住她因为担忧有些发凉的小手，“需要你帮忙的时候，她自然会找你的。”

或许是因为季谨言手掌的温度，温暖又富有力量，苏栗马的焦虑真的慢慢平复了下来。

只是，接下来整整三天，林兮都好像人间蒸发了一样，杳无音讯。

微博上关于这件事的热度持续不下。

还有很多记者围堵在天乾公寓楼下，希望能来个守株待兔。

苏栗马也时不时关注一下最新进展，直到事情发生后的第四天，林兮才主动联系了苏栗马，她声音有些哑哑的：“对不起，小苏，这几天让你担心了。”

苏栗马本来想在联系上林兮之后，先不管三七二十一就失联之事责怪林兮一通，最后却在听到对方有气无力的声音后，泄了气，只是说道：“没事就好，你好些了吗？”

“嗯，其实我也就冷静了两天，后面两天我回到林家。林家盘根错节，家族亲戚很多，他们要我回去给他们一个交代。”

苏栗马心里有一个猜想“你觉得这次的爆料，会不会跟林倩倩母女有关？”

“不会，就算她们知道，她们也不敢轻易放料。林家不是寻常门户，我父亲比其他人更在乎家族名声，所以绝不会让这件事宣扬出去。”

苏栗马觉得有些头疼，如果不是林倩倩……她心里蓦然有了另一个猜测，却被她私心否定掉了。末了，苏栗马也不再绕着这个话题，问她：“那现在，你有什么打算？”

电话那头的人沉默了良久：“你可以帮我联系，宋振宁吗？”

Chapter 10.

命运就像一场恶作剧

黑色商务车平稳行驶，阳光透过一路上的香樟叶，时不时掠过车内，隔出半明半暗的影子。

苏栗马这一路，听林兮讲述了事情原委，终于把很多线索整理清晰，真相也就原原本本还原在了眼前。

两天前，她接到林兮的电话过后，惊大于喜，最后，还是帮林兮拨通了那个她不太情愿联系的电话。

并约了两日后的今天，带林兮去找宋振宁。

为了避免再次产生不必要的误会，她这次直接向季谨言交代了始末，没承想对方这次倒是丝毫没有不悦的样子，还把车和司机都慷慨地借给了她。

苏栗马坐在车窗边的位置，半昧半亮的光影，斑驳地落在她脸上，目光深沉。

“所以，就是我跟你喝东西那天，我们无意间撞到宋振宁，我才认出来，他就是宝宝的爸爸。”

最后在听完林兮这句总结语后，苏栗马才慢慢回头。

又听她说：“原本我不打算讲出这件事的，毕竟，两年前孩子也是我自己决定要的，那么本该是我自己来负责。可是，没有想到这件事会闹得这么大，林家那边给我的压力也很大，生父不详的私生子，这个名声对宝宝的伤害太大了。”

苏栗马问：“那你找宋振宁，具体有什么打算？”

“我不知道……”林兮绞着手指，很不安的模样。

“听我说，宋振宁既然是孩子的父亲，他便有权知道真相，也有义务去保护他的孩子。告诉他真相之后，看看他的态度，凡事都不要心急做决定。”苏栗马目光坚定地望着林兮。

而林兮也很吃这一套，慌张的情绪似也消散了许多。

直到车子在宋振宁的办公大楼停下，苏栗马看见林兮下车的身影，幽幽地说了一句：“原来我要找的人就是你，远在天边近在眼前。”

“什么？”林兮回身，不解地看她。

苏栗马微笑着摇摇头，嘱咐林兮：“万事小心。”

林兮边应着边下了车，走进了办公大楼。直到连身影都瞧不见了，苏栗马还是安静地坐着，没有反应。司机只得小声提醒：“苏小姐，现在去哪儿？”

“麻烦你，开到前面路口的咖啡厅，我想去那里坐坐。”

咖啡厅里，婉转悦耳的音乐低低流淌。

苏栗马点了一杯冰拿铁，一人坐在玻璃窗边的高脚凳上，看着窗外一地明媚日光，手上拿着吸管不安分地搅动着咖啡。

之前整个故事总像是差了几个环节，导致有些串不起，现如今联系上宋振宁与林兮这茬，似乎所有的问题都迎刃而解，说得通了。

她的思绪瞬间回到了两年前。

也是这样的夏季，艳阳高照，正值暑假，苏栗马那会儿还是个大三的学生，正好在勤工俭学。

那天，她突然收到乐家孤儿院院长的通知，说是周末，各个资助者联合展开了一个福利捐款行动，之后还有一个酒会，设在四洲国际酒店的宴会厅举行。院长还告诉她，让她务必参加，她一直以来的助学人，想见她。

这个从她高中起就开始默默资助她念书的人，一直是她的景仰。

她无数次幻想过，对方是怎么样一个人，是一个温柔的大哥哥，还是一位慈祥的叔叔？没爹没妈的生活是残酷的，现实是伤人的，唯独这个人，好像照进她晦暗人生的一束光，点亮了她少女般的幻想。

学生时代，总是会充斥着很多美好的希冀，看人待物也瞬间被蒙上一层滤镜。

宋振宁对当年的苏栗马而言，就是这样的存在。

让她数年后的今天回想起来，只觉得自己滤镜加得太重，简直快猪油蒙了心！

不过当年，涉世未深的苏栗马，一眼就被宋振宁待人温和的表象所欺骗，并且十分信任宋振宁，跟着他单独从宴会厅上了楼，来到四洲国际酒店套房。

对方将一份保研、保证就业的合约推到她面前，那刻她觉得自己简直受到了上天垂怜，能遇到这么一位善行善举的富豪。

直到对方说起："一会儿，这个房间会来一个男人，你就进房间里等他，无论他对你做了什么，你都不能反抗，可能需要出卖你的身体，不过……"

他的目光上下打量了一下苏栗马，那种目光让人很不舒服，眼神里含着一丝轻蔑，似乎在无声地说着"人与人是有高低贵贱之分的"。

"现在女大学生，应该也不在乎这个。当然，我也不会白白让你牺牲，这份合约就是我给你的报酬。"

那一刻，苏栗马如坠冰窖。

明明是夏季，她却感觉手脚冰凉，胸口像被什么东西堵住了一样。

现实像是血淋淋地被剖开，然后摆在她面前，美好的幻想，一直以来的信仰，被通通击个粉碎，剩下的是浓浓的绝望。

现实残酷得她想要发抖狂叫，然而，她什么也改变不了。

宋振宁眼中的轻蔑，刺激她全部的神经，从小到大的经历，一次又一次教会她现实，可是，此时此刻她不想败给现实。

她握紧微颤的手心，昂起头来，被校园和幻想熏陶出来的青涩倏然退去，现在的她才是一贯的自己。

"宋先生，我很感谢你的好意、你的善举，以后我也会通过努力，回报社会，回报给你。至于这份合约，我更希望我能靠自己找到工作。"

她从位置上站起，强忍住从心底蔓延开的颤抖，回到了宴会厅。

明晃晃的光线，周围的谈笑风生，瞬间离她远去，她脚步虚浮，像失了魂一样穿梭在人群里，最后走到长条餐桌前，端起桌面上的红酒，一杯又一杯地往下灌。

她早就了解生活不易，现实骨感，可是信仰的坍塌，原以为的一切真的只是她的以为，找不到出口，分不清前后，只能原地踏步的无力感，给她重重一击。

有些教训，太过惨痛……

她想要逃避一会儿，哪怕一时一刻也好。这是她第一次喝酒，她呛了好几次，却不依不饶，直到醉意直冲头顶，眼前的景物也缥缈起来，然而，胸口那种窒息般的疼痛丝毫没有减少。

或许是酒壮尿人胆。

她开始愤愤不平，刚才应该直接把合约砸在那人的脑袋上，再对他大吼一句："你给姑奶奶爬开！"

后悔与酒气不断上涌，她凭着仅存的意识，从宴会厅又摸回了套房门前。

门虚掩着，未合上，她轻轻一推，便趔趄入内，刚想破口大骂，忽然一阵陌生男性的气息将她笼罩，她被抵在门上，房门"咔嗒"一声彻底关死。

冰冰凉凉的吻，毫无征兆地落在她唇齿间，呼吸有些急促，渐渐地，那个吻也开始变得有些粗暴，从她唇上蔓延至脖颈。

这不是一个好的预兆……

饶是她酒气上头，还是残留着一丝清醒，以卵击石地抵抗了几下，那人似乎也感受到了她的挣扎，稍稍松开了些许。

她在模糊的视线里，似乎看见了一张英俊的脸，在酒精的作用下，晃出了好几个影子，却依然能真切地感受到来自对方的美颜暴击。

"帅哥？"

酒气上脑，她开始浑浑噩噩，分不清虚实。

而对方似乎也是神志不清，不太清明的状态，隐忍了许久，最后还是抱着她进了房间，摔进软床的那一刻，清冽的怀抱也如约而至。

然后她的意识逐渐混乱，好像一切变得有些失控。

苏栗马枕着日落余晖醒来的时候，只觉得全身酸乏，然后才看清满地狼藉的衣物和身边五官深邃沉沉安睡的美男。

她倒抽一口凉气！

她疯狂地在内心暗骂自己，下意识就想迅速逃离，于是蹑手蹑脚地穿戴好，才末路狂奔似的逃离案发现场。

这件事在之后的岁月里，虽然让她后悔，但是随着时间流逝便也悄然隐去。

直到她毕业那年，宋振宁又找到她，告诉她，让她去季氏总裁身边。她觉得好笑，仙人跳不成，现在又改让她当内奸？

宋振宁却说："我只要你帮我查一个人。"

原来酒会当日，宋振宁想要仙人跳的，就是季谨言。原本他在对方咖啡里下了药，对方却有所察觉，故意换了咖啡杯，所以他自己反而中了招，神志模糊的状态下在会厅隔壁的休息室里，要了一个姑娘。

他想要知道，那个姑娘是不是季谨言派来的人……故意以其人之道还治其人之身的。

狗血到电视剧都不敢这么拍的桥段！说实话，当时苏栗马有些叹为观止。

提及酒会，她又想起了宋振宁当日眼中的轻蔑，生出一种不想与此人牵扯过深，受他掣肘的念头。

"好，但我不会帮你偷商业机密或者泄露他的个人隐私给你，这事之后，无论成功与否，我都不欠你的了。"

然后她去面试了季谨言的特助。

第一次见到对方时，她吓得差点两眼一翻晕了过去，万万没想到世界这么小。季谨言却表现得似乎对她无甚印象，她在心里暗骂他"渣男"的同时，有时也会有一丝懊恼。

早知道兜兜转转还是做了这事，应该就跟宋振宁签了那份合同的，现在感觉就是赔了夫人又折兵。

好惨烈！

至于季谨言既然已经看穿了宋振宁的套路，又为什么还是会中招？她就此事采访过宋振宁，结果这个黑心肝的居然说，他在浴室焚的香内也动了手脚。

当时苏栗马立刻就震惊了：“你是把季谨言当牛了吗，生怕放不倒他？”

宋振宁：“……”

也难怪从此季谨言会把宋振宁列入黑名单，归根结底当时的起因不过是一块地皮之争，宋振宁使用的下三滥招数，季谨言却是不屑的。

当年的林兮也是碰巧遇上了药力发作的宋振宁，在她后来的解释中，也表达得十分清晰。那会儿她也一直在资助学生，自然顺理成章地参加了那个酒会，结果却遇上这样一桩倒霉事。

命运，时不时就给众人编排了一场恶作剧，玩得人晕头转向。

微信的提示音，打破了苏栗马的回忆。

咖啡厅里悠扬浅唱的音乐，从很远的地方飘了回来。

她解锁后一看，是林兮发来的信息：“小苏，你先回去吧，我们……还要一段时间，宋总说一会儿他会派人送我回去。”

苏栗马回了一个“好”字，再看眼前被搅了许久的拿铁，纹丝未动却也没了胃口，提步从大门走出，那日的阳光仿佛也跟今日一样，明媚亮堂。

她的步伐向阳而去，有些急促。

坐进了商务车，她对司机说：“回四洲国际酒店吧。”

苏栗马今早去接林兮的时候，季谨言很早就回了季氏，她也并未料到他居然这么早就回了四洲国际酒店，推门而入的那一刻，毫无预兆地瞧见他的身影。

她思绪有些恍惚。

经过方才在咖啡厅里反复地推敲回忆，两年前场景重现，宋振宁伤人的目光依旧那般清晰，哪怕经过时间的沉淀，再次回忆起来，还是有些伤人。

就算平日里她再云淡风轻，也终归会有自己的小心思小敏感，那种高高在上的藐视，直接给予她自尊心一击重创。若是来自旁人，她或许并不会如此难以接受。

正因为是来自，那个她摆在心里小心翼翼尊敬了许久的人，却给她彻底上了一课。

她就是小心眼，记恨到了现在。

每每想起来，她还是会痛心疾首当年脑子进的水！

她有时也会换位思考，也许是生活圈子环境差别导致的，毕竟季谨言平日里也是一副高高在上生人勿近的模样，可仔细一想，她似乎从未在他眼里，寻到过一丝轻视。

虽然他好像从来没把其他人放在眼里过，却偏生不叫人生厌，反正他脸上随时随地都像写着“你们这些蝼蚁都不在我的视线范围里”，一视同仁，无差别对待。

想至此，她“扑哧”一声，笑了出来。

季谨言闻声，目光从平板电脑中抬起，直直朝着她的方向看去。

一室天光敞亮。

苏栗马感觉到心头一阵悸动。

这双“唯我独尊”的眼里，充盈着她的轮廓，与一束束阳光一起，有蛊惑人心的力量。她鬼使神差地靠近他，在他平静地注视下，低声问道：“我，可以亲你吗？”

季谨言：“……”

说完，她又后悔了，眼神有些虚，生怕对方觉得她不矜持。她完全没有饿狼扑虎的意思，只是单纯就想亲他一下，可是看着季谨言的眼神从存疑到饶有兴致，她一下就㞞了。

“还是算了……”

话还未说完，季谨言便打断了她：“可以。”

顺利地得到允许，苏栗马咽了咽口水，实际却㞞了起来，小心翼翼地靠近他，嗅着他身上熟悉的味道，闭着眼睛，小鸡啄米一样在他脸颊上，蜻蜓点水了一下。

“就这样？”

季谨言微微侧着身子，看了苏栗马一眼，下一秒反身双臂一撑，将她禁锢在沙发中，嗓音低沉地响起：“我教你。”

话音刚落，一个吻从天而降，与她的唇纠缠在一起。

这个吻很深，苏栗马被吻得有些晕头转向、耳根臊红。许久后，他才略有不舍地结束。她微微喘气，有些不敢看他：“你……你……你个老流氓，你害不害臊啊。”

“亲我喜欢的人，有什么可害臊的。”

他理直气壮，苏栗马觉得耳朵更烫了，这人……怎么这么没脸没皮？恍惚想起，曾经她给他改的微信备注，确实是祖传的厚颜无耻没错。

见她又开了小差，季谨言深深注视着她，问道：“这算是，毁约了吗？”

苏栗马一下子没有反应过来，半晌，才明白对方说的是一年半之约，连忙解释：“不算，今天……今天只是个意外！”

季谨言就这样直勾勾地看着她，看得她有些发虚。良久，他才松开桎梏，整理一下衣襟，重新端坐。

苏栗马怕他生气，小心翼翼地扯扯他袖子，问：“你生气了吗？”

“没有。”

“刚刚只是，就是说，是我说的想亲你……”

季谨言：“意外而已，不小心嘴对嘴，撞了一下。”

苏栗马：“……”

睚眦必报的小心眼，够够的！

晚上八点的滨江路，人声鼎沸。

林兮约了苏栗马在一家咖啡厅见面，厅里光线昏暗，她们坐在角落里不起眼的位置，林兮还戴了一顶鸭舌帽。

苏栗马见她若有所思地搅动着银质小勺，便率先问她：“早上跟宋振宁谈得如何？”

林兮这才回过神来："起先宋振宁说要见见小外，后来我们又去了一趟鉴定所，做了亲自鉴定。"

"结果如何？"她好像有些明知故问了。

林兮点点头："他们确实是父子关系。"

"那宋振宁什么态度，他怎么说的？"

提起此事，林兮帽檐下的脸，因为烛光的映衬，好像浮上一丝红晕："他干脆向我求婚了，说希望我嫁给他，给孩子一个完整的家。"

"噗——"苏栗马正在喝饮料，闻言差点喷了出来。

林兮慌忙拿纸巾给她，她接过时还咳了好几声。

万万没想到，宋振宁会是这样的反应。不过往更深处想，似乎也并不难猜原因。

"你也觉得很奇怪，对吧？明明我跟他除了上次简单打个照面，今天算是第一次正式见面，他连我的性格什么样都不了解，他就说要娶我，真是让人难以置信。"

苏栗马的咳嗽已经止住："其实，也并不奇怪。他不需要了解你的性格为人，他只需要了解你的出身，就足够理由娶你。"

"什么意思？"林兮问。

"你好歹是林家的千金。以林家现在的地位，虽算不上独树一帜，也算城中显贵了。这样的门第首先就不会让自家的女儿，跟人不明不白地有了孩子，尤其在得知孩子父亲的真实身份之后，很难保证林、宋两家，不会闹得很难堪。"苏栗马不慌不忙地解释，"其次，小外是他的亲生孩子，流落在外只能一辈子背着私生子的名义，他大概也不想因此落人口舌。所以无论从家世外貌学识，你都很适合做他的妻子。何况还有个先决条件，你们有了孩子。"

林兮被苏栗马说得一愣一愣的："可是，这样不就是为了适合，为了孩子，他也不喜欢我，就这样愿意跟我结婚？"

"你别告诉我，你生在那样的家庭，从来没考虑有一天要被抓去联姻，用婚姻换取利益的情况吧？"苏栗马反倒疑惑了。

“也不是没想过，但是没往深处想，毕竟我从小父亲也不太会跟我说这些，继母也不会管我。以前周围那些名媛闺蜜大家聚在一起，不是聊吃穿名牌，就是哪个小鲜肉，好像从没把未来的婚姻摆上台面来说过。”

其实有钱人有时也会身不由己，比如他们的婚姻，很可能就是家族换取利益的筹码，大家都心知肚明，只是都不愿提及。

苏栗马：“宋振宁的为人，一向以利益为先。这桩婚姻，对他而言，只有利没有弊。他是那种早已自觉自发把自己的婚姻当成筹码的人，与其以后累死累活相亲恋爱，直接娶了你，一切自然水到渠成。”

听着她颇有道理的分析，林兮有些沮丧：“是我天真了，我从来没考虑过这些。”

“你现在是怎么想的？”她问。

林兮垂着头：“我不知道。如果是你，你会怎么做？”

“跟宋振宁结婚吧。”苏栗马不假思索，脱口而出，“如果站在你的立场，我会。你的家庭注定你之后的婚姻会身不由己，如果下嫁必定会备受阻挠，如果找门当户对的，因为你有孩子的原因，那些自命不凡的高门大户不一定能接受，不然就是像郭韬那样猥琐还打老婆的中年油腻男。比起来，宋振宁的外形条件、年龄家世都要更胜一筹。虽然他算不上什么好人，但他的教养摆在那里，我想以后也不会对老婆不好。”

末了，她又补充道：“当然，这只是我的个人看法，主要还是看你的意愿。”

林兮交扣着十指，对苏栗马微微一笑：“有时候，我觉得，你真的比我看得明白许多。其实，我并不讨厌宋振宁，至少从他的谈吐外貌来说，只是……我不了解他，所以有些不安。”

“我想，宋振宁应该没有逼你立马做决定，你可以仔细考虑清楚。”苏栗马安慰道。

林兮应声点头，又想起什么似的，尴尬道：“那你呢……”

“嗯？”

“跟季总。”

没想到林兮会把话题忽然绕到季谨言身上，苏栗马愣了一瞬。

林兮有些羞赧：“我上次还恬不知耻地误以为季总，对我有好感……现在想起来，都觉得自己好丢人。你也真是的，也不早点跟我说明白！”

苏栗马讪讪地笑了两声：“就目前而言，我好像无法拒绝他了。”

林兮笑得暧昧：“那什么时候请我吃喜酒呀？”

“我根本没想那么远，也不知道，我们能不能走那么远。”

林兮：“彼此喜欢就好了呀。”

“有时候光喜欢是走不长久的……”苏栗马的笑意缓缓收敛，“甚至，我还不确定，他喜欢我什么？”

图她穷，图她孑然一身?

她百思不得其解，直到季谨言发微信说要来接她。林兮坚持要自己打车回去，在滨江路分别后，苏栗马坐上了季谨言的车，看他专注开车的模样，心里百转千回的疑惑依旧没有散去。

或许是她的视线太过明显，季谨言没看她，却也感受到了。

“怎么了？”

苏栗马勾起嘴角：“没有，你太帅了，我舍不得移开眼。”

逼仄的车内空间静止了几秒，无声的尴尬过后，季谨言才慢悠悠地来了一句：“小嘴挺甜。”

蓦然想起下午那个吻，苏栗马的脸不自觉有些发烫，嘴上却不想落了下风，直接没脸没皮说：“那当然，抹了蜜的，天下只此一张。”

季谨言闻言，竟轻轻浅浅笑了一下，看得她心神恍惚。她心虚地移开目光，像是为了缓解内心的窘迫，岔开了话题：“对了，林兮见过宋振宁了，宋振宁向她求婚了。”

“嗯。”季谨言反应不大。

“林兮说要考虑一下。如果她答应了，那份协议是不是就算失效了？”那他们，是不是不用再等一年半，就能在一起了?

苏栗马的内心忽而蹿起一丝小窃喜。

季谨言分明听出了她话里的意思，却也没有逮着她的小辫子糗她，不置可否地应了一声，突然调转话锋，对她说："这个周日有空吗？"

"有空的吧。"

"我带你去个地方，有个礼物要送给你，到时候我安排严田去接你。"

苏栗马乖巧地点了点头。

哦吼，这个"注孤生"开窍了？这是还准备了惊喜给她？于是表面依旧平静的她，内心其实早已激动得想原地跳了一支广场舞，雀跃不已。

转眼便至周末。渐渐步入秋季，住宅小楼前的香樟树，枝梢树叶爬上秋意的黄，零碎几片叶子掉落在地，隐隐有了凋零之相。不过天气确实极好，万里无云，碧蓝广阔。

严田一大早就带着造型师，敲开了苏栗马家的大门。

那会儿苏栗马还未全醒，开门看见严田与一位提着硕大行李箱的男子站在门口，有些局促地请他们入内。

"苏特助，不用招呼我们了，这位造型师是季总特意请来的。"话毕，未等苏栗马做出反应，他就催促道，"开始吧。"

于是苏栗马就被禁锢在了凳子上，开始了长达两个小时的改头换面。期间严田老老实实地蹲守在一边，偶尔也会向造型师传达一下诉求："待会儿是一个慈善活动，所以，美的同时可能还需要素一点，不必太过张扬。"

柔软的毛刷扫过脸颊，正襟危坐的苏栗马瞟了一眼抱臂站着，看似十分专业的严田，问道："那个，严秘书，等下季总到底要带我去哪里，需要这么隆重？"

"秘密，一会儿就知道了。"严田微微一笑，看到造型师拿出一支颜色不太出挑的口红，脱口而出，"这颜色会不会过于老气，我觉得这个粉色就挺好。"

造型师白了他一眼，自顾自给苏栗马涂上口红。

苏栗马对严田故弄玄虚的态度表示不满，正巧对方撞上枪口，她也逮住机会，一顿吐槽：“那是死亡芭比粉，你个直男，就不要给这些奇奇怪怪的意见了。”

“……”

严田被吐槽了一顿，也讪讪地不再搭腔。

倒是本来高冷的造型师，可能是因为方才同仇敌忾三秒的友谊，倒开始时不时会与苏栗马攀谈几句。

“你皮肤好，又白，用这种蜜桃乌龙色最好看了，跟等下穿的那条裙子也很搭。”

苏栗马也很识时务：“嗯，我相信你的眼光。”

她又时不时夸赞一下化妆师的手法好、妆面精致、配色得体之类的，夸得化妆师开心得花枝乱颤，本来还对来这种难民窟一样的地方，给一个名字都没听过的小姑娘化妆，掉身价，要不是季氏邀请，他才不想来。没想到这个女孩子说话讨喜，也不像那些名媛那般难伺候，现在那种不情不愿已经烟消云散了。

严田在一旁倒有些叹为观止，先前不觉得，现如今看来，苏特助果然是有两把刷子，不然怎么能把季总都哄到手。他暗自赞叹的同时，也默默打开内心小笔记，开始狂记重点。

苏栗马也不是乱夸一气的，这个造型师的水准确实不错，精致淡雅的妆容，配上一身藕粉色的连衣裙，脚上是一双细高跟凉鞋，还坠有两根丝带系在脚踝上。

梳妆完毕，整装待发。

苏栗马坐在车窗边。车窗打开，初秋不骄不躁的风迎面吹来，让人十分舒适，只是两旁的街景随着车子的行驶，让她越来越觉得眼熟。

她不由得再次向副驾驶的严田询问：“我们这是去哪儿？”

严田给了她一个少安毋躁的回复：“快到了。”

锃亮的黑色商务车勉强驶进一条窄巷之中，不承想，窄巷一边的道路已经停满了轿车，一辆一辆从巷头排至巷尾，鳞次栉比。

下了车，苏栗马看到眼前破旧矮墙右边，竖挂着一块匾额——乐家福利院。

是她小时候被收容，生活过的地方。

在严田的带领下，一路走过笔直小径，绕到房屋后空旷的绿茵草坪上，此刻上面规整地摆放着数排椅子，椅子前面是一长条主席台，中间位置的桌面上有一个金属名牌，刻着季谨言的名字。

前头的位置基本已经坐满，苏栗马被安置在最后一排的座位上，严田又匆匆走向主席台，简洁而又流畅地宣布："欢迎各位嘉宾以及记者朋友的莅临，立马慈善基金成立发布会，现在开始。"

随着他话音刚落，季谨言从右端的草坪，徐徐而来。

步伐沉稳，身姿挺拔，他走到主席台，在中间位置落座，然后又鱼贯而入一群人，将那长长的主席台堪堪坐满。

前头有几道相机的闪光灯骤亮。

"季氏本着回馈社会的出发点，成立立马慈善基金会，我们的宗旨是，向本市所有儿童福利院发放专项基金，并秉持公开公正透明的原则，进行公益活动，还望社会各界人士监督……立马基金会的第一笔专项慈善基金，将会拨款到乐家福利院……"严田坐在季谨言身边，条理清晰地向到场的媒体及公益人士致辞，并一一介绍了，基金会的主要构成，以及负责各项事务的管理人员。

季谨言静默地坐在主位里，目光穿过人群，遥遥落在那抹清雅的藕粉之上。

苏栗马在周遭窸窸窣窣的声音中，也显得格外安静，一颗心抑制不住地怦怦直跳。她不知道此时此刻，她的内心究竟是什么样一种感觉。

喜悦大于感动，激动高于喜悦，澎湃又盖过所有……

这是一种前所未有的体验，让她刹那失神。

直到提问环节，前排记者突然有人问了一声："我想请问一下，季氏以'立马'二字作为基金会的命名，有什么特殊含义吗？"

严田侧首看了一眼身旁的季谨言，这个问题涉及总裁的个人情史，说实话他实在不好胡乱回答，头脑高速运转，思考着回答方案。

没想到，一言不发犹如雕塑的季谨言却蓦然开口，声音清冷却有穿透力：“源于我最爱之人的姓名。”

“立马”音同“栗马”……

现场随之哗然。

苏栗马穿过人群，视线与他遥遥交错。

她的呼吸都像是停滞了一瞬，心潮翻涌，可能因为场地人多，让她无端感受到一股窒息感，脸上不自觉攀上绯红，她从凳子上站起来，落荒而逃。

逃至空旷场地，她大口大口地喘着气，抬手捂住胸口起伏的跳动感，试图平复呼吸。

只是一想起，方才季谨言专注的目光与那句话，这股心潮就始终不能平静。

于是为了转移注意力，她走进建筑物内，来到了院长办公室。院长与当年一样和蔼，只是脸上多了几道岁月的痕迹。

拉着院长唠了许久家常与近日琐事，抬眼看向窗外，猜测发布会差不多该结束了，苏栗马便起身向院长告辞。

临走之前，院长拉着苏栗马的手，对她说：“那个男人很不错，这样的家世，还愿意为了你做这些事。今天这里的布置，全是前段时间他亲自过来监督的，还带了很多东西给福利院的孩子们。他跟我说，你不喜欢太过隆重的场合，别看今天的场地简单，却也是他花了不少心思的。还有，有一次我还听见，他跟另外一个小伙子在商量参与的记者人员，他们都是精挑细选过的，免得招来没有职业道德的记者，打扰这里的孩子。方方面面，都考虑得这么完善，我想你在他心里一定很重要，这样我也能放心了。”

苏栗马抿着唇，半晌，才对院长点点头：“我知道。”

从建筑内走出，细高跟踩在小径上，一路留下嗒嗒嗒的声响，像敲在她的心上。

门口的商务车似是等了很久。

车窗紧闭，季谨言端坐着，头却微微偏着，定定地望着苏栗马走来的方向，似乎经过了漫长的一个世纪般久远。

看着她翩然而来，看着她进入车内，近在咫尺的距离。

车子驶动，苏栗马一边用余光瞟着季谨言，一边轻轻挪动身子，尝试与他越靠越近。

季谨言早就有所察觉，却故意装作没看到，嘴角忍不住微微上扬。

“你这个礼物，我很喜欢，谢谢。”她扯了扯对方的袖子，声音也是轻轻的，像小猫呜咽。

季谨言毫不客气地挑挑眉，问：“就只有谢谢？”

苏栗马耳根有些热，她羞怯地移开目光：“回去，回去给你奖励。”

“咳！”前排副驾驶座的严田没绷住，感受到来自后排季总的死亡视线，他瞬间正襟危坐，极其尴尬地解释道，“那个，最近换季，温差大，感冒了，感冒了。”

明明是在嘲笑她，还诸多借口，苏栗马蓦然想起先前被严田数次出卖的场景，新仇旧恨涌上心头，坏主意也冒了出来。她捂住口鼻：“我体质差，你可不要传染给我。”然后一边挽住季谨言的胳膊，一边状似楚楚可怜地说，“万一我被传染了，那我可能就得请假了，还要几天见不到你了怎么办……”

季谨言看了一眼环住自己臂弯的身躯，又抬眸，淡淡吩咐道：“前面停车，严秘书，你自己打车回去。”

严田：“……”

严秘书被可怜兮兮地扔在路边后，车子无情地再次启动。

严田很委屈，老大有温香软玉了，就不要他这个左膀右臂了！他再次深刻地怀疑，苏特助一定是给季总下降头了！

商务车里，苏栗马微微有些得逞地笑了笑，面对季谨言这次很给面子的配合，很是满意，“吧唧”一下，在他脸颊上亲了一口，“彩虹屁”也如约而至。

“你简直帅透了，你知道吗？”

季谨言并无过多反应，只是颇为满意地“嗯”了一声。

前排的司机瞥了一眼后视镜，心有余悸地表示还好自己刚刚忍住了，否则被赶下车的估计不单单只是严秘书一个人了，保险起见，以后还是当一个“莫得感情”的“开车机器”吧。

回到四洲国际酒店。

严田紧赶慢赶，总算赶在差不多时间与二人会合，并且没有回到酒店套房，而是径直来到了六楼的宴会厅。

季氏创办的这个慈善基金会，作为东道主，为了感谢社会各界的捐款善行，专门举办了一个慈善晚宴，邀请了先前的与会人员，媒体记者除外。

在电梯里，严田简单解释了一下。

快要进入宴会厅的时候，苏栗马脚步放缓，忽而想起在外奔波了半天，怕有些脱妆，于是对季谨言说：“你们先进去，我去一下洗手间，补个妆，等下来找你们。”

对着厕所一整面干净的镜子，补完唇膏，又稍微整理一下发型，苏栗马做了个深呼吸，才转过身，步履从容地走出洗手间。

女洗手间与男洗手间的大理石门框是正对着的，苏栗马刚从洗手间出来，迎面撞上一个熟悉的身影，对方看到她，脚步一滞。

可能照面打得有些突然，两人相顾无言。

仔细一想，她好像很久没见过季珵了。从那次杀青宴之后，他就并未在微信上骚扰过她了，蓦然又想起，对方向自己抛出过的橄榄枝，现在她已经回到季谨言身边做特助，也做不了季珵的经纪人了。不管怎么说，还是要好好跟对方致个歉，顺带表示一下自己的感谢之情，再客套感慨一下很是惋惜，心里的草稿都默念得差不多了。

“季……”

可她刚开口，就见对方头也不回，躲避瘟疫似的拔腿就走。

苏栗马踩着细高跟，吃力地追上去，在后面唤他。

“季大少，季珵，禾子珵，花蝴蝶……你跑什么跑！”

本来越走越快的步伐，在她的薄怒声中，蓦然停住。对方转过身，眼神复杂地看着她气喘吁吁的样子。

“我有话跟你说，你跑什么？”

季琞：“我……我告诉你啊，大庭广众的，你……你少来勾引我。”

花蝴蝶是个严重神经病患者！她忍，闭了一下双眼：“我是特意来向你道歉的，我回到原来的工作岗位了，所以无法成为你的经纪人了。不过还是很感谢你，之前愿意给我这样一个机会。”

季琞闻言面色复杂，视线落在她身上许久不肯移开，欲言又止：“你跟谨言，你们……”

“怎么了？”苏栗马有些不解。

“谨言这个人从小就对人冷淡情绪内敛，毒舌小心眼又睚眦必报，我跟你说哦，你完蛋了，你就做好以后被他奚落致死的准备吧。”季琞叭叭说了一串。

苏栗马有些轻微的不爽，她的男人哪里能容这只花蝴蝶来置喙？

“谁说的？他对我可好了，带我去商场买衣服，我喝醉了抱我上楼还帮我卸妆，花五百万拍只玉镯给我挣面子，还有，今天还为我成立了慈善基金，多金又体贴，做事面面俱到，细致入微，你能做到吗？”她越反驳越起劲，不过言语里自动过滤了一些，季谨言平常化身季怼怼小心眼的细节。

季琞：“……”

为什么他觉得，莫名其妙被塞了一嘴狗粮。

“绝了，你俩绑一起一辈子吧，一个愿打一个愿挨。”

季琞铁青着脸向宴会厅走去，苏栗马与他同行，时不时还要怼他一句。

“你就是赤裸裸地妒忌，我跟你说。”

“我看你才有斯德哥尔摩综合征。”季琞咬着后槽牙，“像我这么英俊潇洒风流倜傥人见人爱花见花开，温柔又会照顾女生的男人才堪称完美，谨言那张死人脸都煞不到你，你说你是不是有毒？”

苏栗马呛道：“你才有毒吧？你再说他死人脸试试看，我撕破你的嘴！”

季琞：“……”

酒店侍应为他们打开宴会厅大门。

灯火通明，亮如白昼，柔和婉转的音乐流淌，盛装华服的与会人员举着酒杯谈笑风生。

苏栗马刚踏上绒制地毯，便四处睃巡季谨言的身影。

人影密集，她一下子并未找到目标。

季瑆瞥了她一眼，酸溜溜的话飘然而至："你是狗尾巴草吗，非要跟个小尾巴一样，一直跟在谨言身后？"

苏栗马白了他一眼，顺便递给他一个"你再说一句，别怪我不分场合掐死你"的眼神。

他表面上讪讪地收了声，心里还是分外真实地嗤了一声。

苏栗马懒得理季瑆，径直往内走，表面上泰然自若，视线却四处游移。虽然没找到季谨言，她却瞧见了一个不大想见到的人——林倩倩。

只见对方今日身着 GUCCI 最新款小礼服，正与一众塑料姐妹花，笑语晏晏。可不知道为什么，落在她眼里，就像村口聚在一起讨论八卦的大妈们一样。

不是贬义词，单纯是因为她们聊天的神态，很是相像。

苏栗马本想当作没有看见，就此掠过那群叽叽喳喳的塑料花团，却蓦然听见有人提起了"林兮"，脚步瞬间放缓。

前一句她没听清，后一句林倩倩轻蔑的嘲笑声传了过来。

"她？她也不嫌自己丢人现眼，要是我早找个地方把自己埋了，带着一个生父不详的私生子也好意思顶着女神的名头，混迹娱乐圈，笑死人了。"

有人附和："也是，真没听说圈子里哪个名媛居然像她一样，怀了个野种，还恬不知耻地到处蹦跶。你这个姐姐，为了捞金也真豁得出去。"

"嘁，她才不是我姐姐，有辱家风，早被赶出去了。"林倩倩一脸嫌弃，"自己不要脸也就算了，还害得整个家族受她连累。"

"你知不知道那个野种是谁的啊？"

"谁知道是哪个野男人的，说不定是混夜场的或者是小混混之类的，不然还用得着她自己出来捞金赚奶粉钱吗？"

“搞不好，睡过的男人太多，都不知道是谁的了，哈哈！”

她们越聊越放肆，言辞也是越发污损。

忽然间，女人间有人惊呼：“天哪——”

原本围成圈的几人瞬间四散开来。

苏栗马手里捏着一只空空如也的酒杯，神色冷若冰霜地盯着眼前的林倩倩，满意地看着她裙子上一大片深色水渍，冷声道：“不好意思，手滑了。”

“你是不是瞎了？”林倩倩看看自己裙摆上的水迹，瞬间怒火中烧，抬头去看，眼里闪过一丝惊诧，“是你？”语气也随之不善起来，“你是不是故意的？你知道我这件裙子多贵吗？是你这个小助理工作半辈子也赚不到的钱！”

苏栗马不紧不慢地问了一句：“所以呢？”

林倩倩居高临下地瞧着苏栗马，神色鄙夷，轻哼一声嘲弄道：“你给我下跪道歉，或许我可以勉为其难考虑不需要你赔偿。”

“你这人挺奇怪的，赔钱和下跪都是你在说，我为什么要顺着你，二选一？”

“就因为你泼了我一身酒！不知道这些大牌是不能干洗不能水洗的吧，碰到水就没用了。怎么，林兮那个落魄千金，连这一点都没教过你？”

旁边有一朵塑料花立马搭腔附和：“就是，一句不是故意的就可以不用赔偿了吗？那全天下的杀人犯，都说自己不是故意的就好了。”

苏栗马目光淡淡地掠过语含讥讽的女人，最后落在林倩倩身上，无奈地耸了耸肩：“她说得对，我应该赔偿。”

或许是这边的动静有些大，厅内其他人都暂停交谈，齐齐看了过来。

季琤也闻声探看。

下一秒，众人就瞧见穿着藕粉色连衣裙的姑娘，面无表情地走至餐台边，拾起一杯香槟，毫不犹豫地朝着林倩倩的裙子，再次泼酒。

林倩倩万万没想到对方会明目张胆地再来一次，来不及避闪，又被泼了一身酒，从领口位置蜿蜒而下，一片狼藉。

林倩倩脑袋发蒙了一会儿，然后尖叫：“啊——”

塑料花里有人指着苏栗马，破口怒斥：“你是不是疯了？你知道倩倩是谁，知道这是什么场合吗？居然在这里闹事，我们不会放过你的！”

苏栗马眼神轻蔑：“我当然知道她是谁，也知道这是什么场合，所以对你们在背后议论别人的宵小行为很是不满。我跟你没仇，你刚刚那些诋毁别人的言论，我也只当你吃饱了撑着，我现在要找她算账，你不想惹一身腥的话，就闪开。”

“你——”

那人被苏栗马一怼，一时也不知道如何反驳。察觉到来自四面八方的眼神，她迟疑着退缩了。她跟林倩倩本来就算不上多要好，为了对方折了面子，损了自己名媛淑女的模样，得不偿失，斟酌再三还是决定袖手旁观。

苏栗马勾了勾唇，眼底一片凉意：“既然我都要赔偿了，你身上这件裙子就是我的了。这件裙子害我赔了这么多钱，我恨它，还想再泼一次。要不这样，我现在直接把钱转给你，你现场就把这件裙子脱给我怎么样？”

林倩倩完全没有预料到对方在这样的场合下，还是天不怕地不怕，完全忘了对方不可能一下子拿出这么多钱，一时竟被唬住了，心里那把怒火越烧越旺，喉咙却像被噎住了，不知如何反唇相讥：“你……你……”

“你什么你。我说你蠢是真的，你在外面到处诋毁你姐姐，对你有什么好处？你不懂一荣俱荣一损俱损的道理吗？你自认为的那些好姐妹好朋友，表面上附和你应承你，心里还不知道怎么在笑话你。真没见过像你这么蠢的，凌辰有句话说对了，你确实还没长大。”苏栗马负手而立，语气很冷。

显然林倩倩并不能理解，只觉得面子挂不住，在暴怒撒泼的边缘徘徊：“我说的是实话，林兮确实未婚产子，弄出个生父不详的私生子！我也没有污蔑她，她自己干的破事，还不让人说了？”

既然她的提醒，林倩倩并未听懂，她也不想再对牛弹琴，踩着细高跟掠过林倩倩，轻声低语了一句：“事情没到最后一刻，我劝你少说话，免得像前两次一样被打脸。”

轻飘飘的语气瞬间勾起了林倩倩想起先前两次用计不成的下场，连凌辰后来都不理她了，怒意让她失去理智，反手就用力去拽苏栗马。

苏栗马迅速一个避闪，脚下的细高跟没有站稳，崴了一下，扭到了左脚。她用右脚借力站稳，余光却瞥见，不远处休息室大门敞开，季谨言从里阔步而出。

心里某只小恶魔再次蹦跶了出来，她勾了勾唇，略显不怀好意地质问道："这是慈善晚宴，大庭广众，你还要打我吗？"

"我不仅要打你，我还要泼你。"林倩倩很是上套，顺手就捞起桌台上的红酒，泼洒的方向是正对着苏栗马的。

季珵见状，急急迈了两步，想上前阻止。另一个身影却比他动作更快，丝毫没有怜香惜玉地扳了一下林倩倩的手，酒杯脱手落地，砸在了绒质地毯上，一声闷响，一地残印。

季珵的脚步也随即停住，手心不自觉地握紧。

季谨言拦下林倩倩手中那杯酒后，疾步走至苏栗马身边，扶住她，再三确认她没有受伤以后，眼神冰冷地盯着林倩倩。

林倩倩被突然出现的季谨言以及他毫不留情的动作，弄得有些发蒙，好半晌，才回过神，面色有些发白道："季总，我……我……是她先泼我酒的，我忍不住了才……"顺便换上一副泫然欲泣的可怜模样，以期得到季谨言的怜惜。

然而季谨言表情依旧冷得吓人。

苏栗马只想气气对方，没想真将场面弄得太僵，何况今日确实是她先找的碴，对方说话难听加上过去种种，她一时没有克制住。真要仔细追究，她也不占理。于是她拉了拉季谨言的袖子，给了对方一个"息事宁人"的眼神。

季谨言回头瞧了苏栗马一眼，当众握住她的手，掌心温暖，转头对林倩倩说："我让她泼的，你有意见吗？"语气冷漠，没有温度。

林倩倩抿着唇，周围人也是不明就里。

只是傻子都看得出来，季总摆明就是偏帮一方的明确态度。

林倩倩当然也看出来了，她给立马慈善基金会捐了一大笔费用，才换来的慈善宴邀请资格，原本就是想来找机会结识季总的，结果没想到事态会变成这样。

可能是林倩倩的眼神太过怨气冲天，苏栗马居然有些……恶作剧得逞之后的小喜悦。

气死这个害人精！

苏栗马垂头看了看自己左脚脚踝，委委屈屈地对季谨言说了一句："疼。"

扭到了是真的，疼也是真的，实际上却并没有这么严重，全靠演技。

季谨言顺着苏栗马的视线看了一眼她的脚踝，众目睽睽之下将人打横抱起，对不知何时出现在身侧的严田吩咐道："让她消失。"

然后公主抱着因为围观者众多，不好意思到脸红的苏栗马，直奔休息室。

以此结束了一场闹剧。

"不好意思，林小姐，请吧。"等他们进入休息室，严田毫不客气地代下逐客令，"不然我就要请保安了。"

林倩倩哪里受过这样的委屈，当场就要落泪，周围的姐妹也没有一人站出来帮她说话。

"严秘书，等一下。"

林倩倩循声望去，就见到了季珵。季家这位大少爷爱玩，数年前他们在一个派对上有过一次照面，所以她倒是认出来了。

"林小姐，我送你回去吧。"

严田不知道对方葫芦里卖的什么药，便也随他去了。

季珵带着林倩倩出了门，十分温柔地说要亲自护送林倩倩回家，并打发走了林家的司机。上了车，听着身边女人哭哭啼啼了一路。车子驶入一条无人偏僻的街道，季珵瞟了两眼。

嗯，这里可以，不好叫车。

于是，季珵把车直接停在路边，下车打开副驾驶的门，解开林倩倩的安全带，说道："下车。"

林倩倩一时没反应过来，依言下车。

季琨又坐回了驾驶位置，透过副驾驶的车窗，声音冷淡：“林小姐，请你以后不要再找苏栗马麻烦，否则后果自负！”

等车尾灯消失不见，林倩倩才恍然明白自己被耍了。

“啊啊啊——”

然后，她发现口袋里的手机不翼而飞了。

“啊啊啊——”

又是一阵发泄似的狂叫。

车内的季琨单手扶着方向盘，另一只手掏出刚才从林倩倩那儿顺手牵羊的手机，面无表情地将手机扔出窗外，后车轮无情地碾压而过。

Chapter 11.

女二转正女一的晋级之路

苏栗马被季谨言抱回了休息室。

明亮宽敞的休息室还有另外一个人的存在，严雪至交叠着双腿卧在沙发里，原本正刷着手机，看到二人进来，立马被吸引去了注意力。

他放下手机，好奇地问：“这是怎么了？”

季谨言将苏栗马轻放在沙发上，蹲下身，替她脱去左脚的高跟鞋，期间漫不经心地回答：“扭到了。”

“这事我专业啊，你忘了我读过一年医科，我来。”严雪至刚从沙发中站起，就想去抓苏栗马的小腿，以便检查伤势。

季谨言却握着她的脚踝，微微一侧，完美地避开了严雪至伸过来的“爪子”。

严雪至：“……”

“不方便。”季谨言只是给出了一个简短的答案。

严雪至脑中思绪飞速运转，然后挑了挑眉，了然之后，竟觉得有些好笑。他从很久以前就期待一个天赋异禀的怪物出现，能融开这座冰山……

他有生之年总算见着了，看着万年冰山不仅融开了，还会吃醋了。除了欣慰之情以外，他很不厚道地还有些想笑。毕竟与季谨言一向冷淡自持的性子不符，这样看着还叫他有些不习惯了，让他忍不住想揶揄对方一下。

“谨言，我就给她检查一下伤势，又不会让她少块肉。你何必这么小气呢？”

季谨言冷淡道：“一年预科生，我怕你越看越严重。”

苏栗马是属于那种时而机灵，在某些方面又特别迟钝的人，再加上她根本没往季谨言吃醋那方面去想，不假思索就说：“不会啊，严总上次给我上药的手法挺好，也不会痛。”

这话一说，满室俱静。

苏栗马感受到别样的安静，怯生生地抬眸，就看见神色不悦眉头紧蹙的季谨言，还有他身后努力憋笑的严雪至，她目光在二人脸上扫了一圈，才有些恍然大悟。

她双眼难以置信地瞪圆几分——

季谨言不会在吃醋吧?

世界之大无奇不有，果然活得久就能见得多。

严雪至很识相，不想继续站在这儿当电灯泡了，瞥了一眼苏栗马的脚踝，说：“没有红肿，看看能下地就没事，回去拿冰敷一下，回头就好了。以后要注意些，别老跟自己的脚过不去，哦，对了……”

已经快走到门口的严雪至，蓦然想起些什么，玩味地勾了勾唇，看着季谨言，话题却引向了苏栗马：“对了，‘玛丽苏’小姐，上次在贺云山庄，你替谨言答应还我一个人情没忘记吧？我还没想好，下次再找你们要。”

休息室内只剩下了二人。

季谨言就保持蹲坐姿势，直勾勾地看着她。

苏栗马被瞧得心虚，小眼神一直飘啊飘的，最后终于架不住季谨言的眼神，率先投降道：“上次在贺云山庄，是因为你不在宴会厅，我又进不去，所以只好代你答应严总，还他一个人情，才让他愿意带我进去的……”

她小心翼翼地解释着，季谨言却并不是因为这件事不满，相反在听到严雪至提起，他对她以自己的名义寻求帮助时，还有一丝不易察觉的高兴。

两人又对视了半晌，这榆木脑袋是撬不开了，他垂首检查起她的脚踝，顺带低沉地说了一句：“以后少让陌生人碰你。”

苏栗马又想起方才那个荒诞的揣测，试探地问：“医生也不行？”

“女的可以。”

然后她“扑哧”一笑，上半身前倾，搂住季谨言的脖子，眼里像有星星泛滥："你是不是吃醋了？"

季谨言刚抬眸看她，一个蜻蜓点水的吻就落到了他唇上，稍稍一碰，便又迅速躲开。

她还未习惯主动，所以有些不好意思，以至于说话声音也是轻轻的。

"现在，你明白了吗？"

季谨言紧蹙的眉头倏然松开，薄唇含着浅浅的笑意，刚想开口说"不明白"，逗逗她，没想到，对方却抽回了自己的脚，缩在沙发里，一边自己揉着脚踝，一边敛眸道："可是，我却不明白……"

季谨言眉峰稍稍一挑。

就听她继续说："你究竟喜欢我什么呢？喜欢一个人总要有原因的，就像宋振宁会向林兮求婚，也是因为他们之间孕育了一个孩子。而且林兮毕竟出身在富贵家庭，所以这件事倒也是在意料之外情理之中。可是我只是一个孤儿，没有资产雄厚的娘家，学历算不上有多好，长得也不算多好看……"

她一直就处于不上不下、不尴不尬的中间人群，她对自己也有很深刻的自我认知，在寻找另一半方面，也一直秉持对方工作有前途，长相不磕碜就好。

而季谨言这种，说俗一点，就是钻石王老五、黄金单身汉，各项指标名列前茅的拔尖人物，正常不是应该选一门能帮扶自己的商业婚姻，或者再不济，娶个漂亮花瓶摆在家里欣赏一下也行。

结果却莫名其妙看上了她？

连她自己都觉得天下奇观，闻所未闻……

"明明比我好的选择有很多，为什么是我？"

苏栗马平视着他，终于将心中疑惑全盘托出。她不怀疑对方对自己的喜欢，她这段时间真真切切感受到了，可是原因她真的无法理解。她甚至还套过小说剧情，季谨言是不是看她一个孤儿好下手，给她买了一份巨额保险，打算来个杀妻骗保？

后来仔细一想，他好像又看不上那点保险赔款。

季谨言沉默着，似乎在仔细思考苏栗马的问题，丝毫没有想到，对方心里已经上演了一出普法栏目，而他就是栏目里杀妻骗保的男主……

脑海中思绪翻飞，其实准确说起来，他自己也不记得了，最开始并无心动，等他反应过来的时候，她已经离开他身边。

他只记得，她的离开，让他彻夜难眠。

他心中第一次出现了一种，哪怕对方踩到了自己的底线，也想找她回来的冲动。

"不知不觉。"

苏栗马闻言，看向季谨言，就见对方也认真专注地看着自己，声音温温吞吞地再次重复道："不知不觉中。"

似乎是那双眉眼有种魔力，苏栗马瞧着便不自觉深陷其中，再难自拔。

或许是因为静谧，室内陡然渲染上一簇暧昧，苏栗马不太擅长应付这样的情景下，应该给出什么样的举动反应，一时脑抽嘴快道："我爱上你？我行为变得不由自己？"

又是一阵死寂。

暧昧被打破了，尴尬来了。

苏栗马在反应过来自己接了一段歌词以后，简直快要尴尬死了。正想着如何及时弥补，季谨言却蓦然开口："嗯，绝对不背叛你。"

"？"

苏栗马的眼睛慢慢睁大，所有的情绪都被震惊所吞没。似乎是这一句歌词，给了她无限的勇气，干脆就将心里的所有疑惑，通通抛出。

"那你……不用商业联姻？"

"不用，季氏现在的地位，不需要靠联姻来维持。联姻是在平等基础的条件上，互惠互利，反之帮不到季氏，反而需要季氏帮扶的联姻，没有意义。"

"那你，不希望娶个美女回家，看看也好啊。"

"我不喜欢花瓶。"

"可是有很多长得好看，也很厉害的小姐姐呀。"

"你觉得她们有我好看，有我厉害？"

好吧，你赢了。

苏栗马深呼一口气，笑意盈盈地望着他："那请问老板，我可不可以申请转正？"

季谨言撑起上半身，倏然靠近苏栗马，眼底有化不开的愉悦。

"早就可以。"

从妖艳货色的女二人生，直接晋升成一线女主的喜悦之情，让苏栗马兴奋了整整一晚上都没有睡着，并且这种雀跃欢喜一直持续了三天。

有情饮水饱，是精神食粮也是睡眠杀手，然而三天之后，苏栗马就被打垮了，虚弱得像只病鸡，情绪也是恹恹的，整个人提不起精神。

季谨言也看出来了，问她："哪里不舒服吗？"

"没……没有，就换季，有点不适应。"苏栗马只能瞎掰了一个理由，至少不能让对方知道，自己是因为确定关系这件事，才激动得三天没睡好。万一被他知道了，她岂不是很没面子，而且搞得好像她多开心多在乎一样，不能给对方拿乔的机会。

虽然她确实挺开心的，嘴角再次忍不住上扬。

季谨言狐疑地看了她一眼，目光又落回手中的平板电脑上，蓦然说道："少幻想点没营养的，对身体不好！"

"……"他在说什么东西?

面对她充满疑惑的目光，季谨言放下平板电脑，不厌其烦地耐心解释道："我行为变得不由自己？主人，我绝对不背叛你？"还特地咬重了"主人"这两个字音。

"我没想到，原来你喜欢角色扮演。"

"……"

苏栗马莫名就想起前几天在休息室里那段脑抽后的黑历史，反应过来对方在戏弄她后，无地自容的同时，飞速思考回怼方式。

像是抓住重点一般，她说："等等，我绝对不背叛你，这句话，是你说的！"

“嗯，是我说的，不背叛你。”

季谨言回应得快。

苏栗马内心又一阵欣喜若狂，一时忘了揪着“主人”一词找他算账的这件事了。等想起来，她手机屏蓦然一亮。

算了，算他好运，本着大度，今天就放他一马的态度，她掏出手机，是林兮的微信，只有一句话，却让她怔忪了好一会儿。

“小苏，我还是决定答应宋振宁的求婚了。”

沉默了许久，她才慢悠悠地对季谨言说：“林兮，答应宋振宁的求婚了。”

季谨言只是“嗯”了一声。

苏栗马抬起头，有些困惑不解：“你是不是，早就猜到林兮会答应？”

“对她而言，这是一个不错的选择。”

苏栗马却有些感慨，虽然之前她给林兮的建议是这样，站在现实的角度想想，确实也是个很好的选择没错。可她始终对宋振宁的人品忧心忡忡。

“我只是担心，嫁给宋振宁，对林兮而言是不是一件好事？”

季谨言再次放下平板电脑，将身侧的苏栗马搂进怀里：“林兮是一个成年人了，在做出决定前，也一定是仔细考虑过的，无论之后她做出的选择会造成什么样的后果，她必须自己面对。”

“可是……”

“宋振宁除了手段有时候卑劣了一点，对家人和女友都还不错，至少没听说过他对女人翻脸无情过。”季谨言本不是一个在乎别人生活的人，可是见苏栗马一直一副担心的模样，他也不由得安慰了一句。

也不知道苏栗马有没有听进去，只是安静地点了点头，又想起了什么似的，问他：“那你和林兮那份协议，就算作废了吗？”

“哪有这么容易？”

苏栗马：“？”

季谨言懒懒地掀了掀眼皮：“林兮应该会告诉宋振宁的，我就等他上门来谈判了。”

“谈什么？”苏栗马一头雾水。

他勾起嘴角：“他老婆孩子都在我手里，你说谈什么？”

“……”为什么她嗅到了一股赤裸裸的奸商气息？

或许是为了平复先前林兮的绯闻，两日之后，宋振宁便直接发通告买热搜，挑明与林兮的关系，并宣称两年前二人就已经在拉斯维加斯登记注册，所以孩子并非私生子，是宋家嫡亲长子，林兮女士也并非未婚产子。至于婚礼，因为之前二人都忙于工作一直没有办，为了避免被大众再次误会，婚礼已经处于筹备中，时间待定。另，宋氏保留对林兮女士不实言论的追究权利。

声明中，宋振宁享尽了不忍妻儿受辱的好丈夫好父亲的人设，顺带还给宋氏旗下的酒店餐饮也做了拨免费营销。

一时风评骤转。

无数粉丝集体表示羡慕林兮，身世显赫，长相漂亮，在演艺圈混得风生水起不说，还有一位有钱又有品位的总裁丈夫，简直就是一众迷妹最想成为的对象！

只不过各种缘由真相，虚虚实实，吃瓜群众是没有机会知道了，只能顺着舆论媒体的风向跑。

苏栗马在看到这条热搜的时候，正好约了人在外头吃饭。

此时，已步入深秋，秋天的日头暖意懒散，却不够温暖，卷过的微风还是有些凉意。苏栗马坐在餐厅玻璃窗边的座位上，套着一件鹅黄色的针织毛衣，阳光斜斜地笼在她全身。

她就这样端着手机，仔仔细细地将热搜阅读了一遍。

直到身旁有脚步声急匆匆地走近，来人拉开对面的椅子，闹出不小动静，又端起桌面上一杯水猛灌了几口。

“大小姐，你可以再晚一点吗？你知道我等了你多久？”苏栗马忍不住吐槽道。

“你还说呢，之前就说好要请我吃大餐，拖了几个月才想起来，你才没良心。”

来人正是苏栗马在乐家福利院的同伴——苏嘉南，也因为两人同姓，所以彼此建立了挺深厚的友情。大学毕业以前两人还经常联系，只不过毕业以后两人忙于工作，就疏远了联系，上一次联系还是苏嘉南向她透露有知情人爆料林兮那件事。

仔细一算，确实有数月之久了。

于是苏栗马也不好意思再训斥对方姗姗来迟：“好了，好了，是我不对，这不等你了吗？你要吃什么随便点，我请客。”

“这还差不多。”苏嘉南落了座，兴致勃勃地翻起了菜单，毫不留情地点了一大桌子菜品。

“姐，你也真不客气啊。”苏栗马看着源源不断端上来的菜，开始有些心疼自己的荷包了。

“那是，跟你我怎么能客气呢？”然后，苏嘉南又故意压低了声音说，“你找了一个天上飞的人物哎，我没让你大摆宴席，请乡亲们吃上三天三夜，已经很替你省钱了。”

苏栗马有些愕然：“你怎么知道？”

“上回，我回福利院看院长，院长无意间跟我说的。可惜，我们那家报社太小，又老刊登那些上不得台面的八卦消息，没有资格参加那场发布会，不然我真想看看那位传说中的总裁长什么样子。院长把他夸得天上有地下无的。为你成立慈善基金哎，什么神仙总裁大佬啊，简直就是小说桥段，你们这对 CP 我锁了！羡慕死我了。”

面对瞬间收获的一枚小粉丝，苏栗马内心毫无波动，甚至想嘴角抽抽。她将一块里脊肉塞进对方嘴里以后，说：“少说话，多吃菜！”

“哦，吃菜就吃菜。”

苏嘉南嘟嘟囔囔了一句，开始扫盘。

苏栗马原以为点了这么多肯定吃不完，可是她好像低估了苏嘉南的胃口，被苏嘉南席卷过的餐桌，如风卷残云横扫千军。

“厉害厉害，多年未见，你的胃口还是如此深不见底。你说你光吃这么也不胖？”苏栗马虽然对自己不算特别严格要求，饮食方面偶尔也还是会稍作控制的，毕竟女生都怕胖。

“你羡慕啊？”苏嘉南心满意足地喝了口水，又八卦地凑过来道，“哎，林兮那件事，你知道了吧？”

苏栗马不置可否地“嗯”了一声，并未挑破自己与林兮相熟。

又听苏嘉南神秘兮兮地说：“我还有个独家大八卦，听说林兮之前未婚生子的消息是从季氏内部放出来的。你说，林兮不是还演了季氏投资的电影吗？女主角出事，对季氏有什么好处，我就想不通了，你帮我参谋参谋？”

苏栗马只听了前半段，神思便一怔，后半段完全没听进去了。

直到二人分开，苏栗马还是缓不过神来。

先前对于林兮未婚生子的爆料，她本来就存有疑心，也不是没有猜测过这个可能性，只是后来发生太多事，也就抛诸脑后了。后来林兮找了宋振宁，总觉得宋振宁不会袖手旁观，肯定会帮林兮摆平这件事，她也就处之泰然地不再去思考前因后果。

如今被苏嘉南提起，便印证了先前她的猜想。

浑然不知她已经走到了季氏办公楼门口。

她们相约吃饭的地点就在季氏附近，只是她没想到走着走着竟然走到这里来了。

参天的玻璃大楼被秋日暖光晒得微微泛着昏黄，苏栗马脚步顿了片刻，就径直向内走去，不顾前台们探究的目光，拨通了严田的电话，走进了总裁专用电梯。

“那人是谁啊？没见过啊。”

“说不定是总裁的小娇妻？”

“我们季总还没结婚好吧。”

“这只是个比喻，泛指女朋友，懂不懂？”

“季总平时看着挺难相处的，没想到居然都有女朋友了。”

“呜呜呜，钻石单身汉又要少一枚了……”

电梯门合上，将那些嘁嘁喳喳的讨论声，瞬间隔绝在外。

电梯直达总裁办楼层，苏栗马从电梯走出来时，正巧碰到不远处办公室大门敞开，宋振宁面色铁青地迈步向电梯方向走来。

两人擦肩而过。

苏栗马思索片刻，还是客套地打了声招呼：“宋先生。”

对方却一副神色不耐、不想多言的模样，稍作点头致意，便铁青着脸乘电梯离去。

苏栗马回过头，疑惑地见对方踏入电梯，又见电梯下移，才又转回来，问总秘办公桌旁的严田道：“他怎么了？吃了炸药了？”

严田笑了笑：“大概是，吃了瘪吧。”

苏栗马一挑眉。

严田又接着解释：“宋先生今天特地造访，是为了林兮小姐的事。”

这会儿苏栗马才了然于心地点点头。

“季总忙吗？”得到对方摇头的回复，她才提步向内走，“那我进去找他了。”

严田很识时务地帮她推开半扇大门。

秋日天光点亮大半间屋子，气温舒适又惬意，季谨言端坐在沙发里，气定神闲地喝着茶。

苏栗马眼神微动，随即走近，拣了他身边的位置坐了下来。古董白瓷的茶盏随着她落座，也同时落在她面前茶几一隅。

她瞅了一眼茶杯，顺口说道：“我在门口遇到宋振宁了，他脸色不太好看。”

“嗯。”季谨言淡淡地应了一声，似乎并无打算顺着她的话头接下去。

等了好半晌，苏栗马终是耐心告罄，还是决定直截了当地问他，侧了侧身子：“他今天来是不是为了林兮跟你的那份协议？谈妥了吗？”

季谨言回：“谈妥了。”

“看宋振宁那副样子，被你宰得挺惨的吧？”

“我不过就是从他手上要了个楼盘项目罢了。”

“？？？”

苏栗马不太了解生意场的事情，但一个楼盘市价如何，根据现在每套房子的平均价来算，她脑子里还是有个大致的概念，不由得暗自吃惊。难怪刚才宋振宁走出去的时候，脸色难看。

季谨言是屠宰场的吧，宰起来，丝毫没有心慈手软。

“你要的哪个楼盘？”她也是顺口问道。

“昕旺广场。”

苏栗马：“那不是之前，林家与大成集团合作的项目吗？”因为之前郭韬被撤职，该项目就被无限期搁置了，还是不久前，宋家在昕旺广场旁有一块地皮需要开发，正好看中该地可以做配套设施发展，注资之后，该项目才得以顺利重启。

原本林、宋两家，即将要结成亲家，正好一起发展这块地皮的话，对林家而言，无异于如虎添翼，只是谁都没料到，最后这个项目会落到季氏手里。

“你对昕旺感兴趣？”

季谨言：“并没有。”

苏栗马原先有些不解，但转念一想，生意人肯定是有利可图就会去做了。这些什么项目啊合作啊她不懂，也懒得再刨根问底下去，季谨言做事一定有他自己的想法。

“跟朋友吃饭，开心吗？”季谨言似乎也不想跟她缠绕在这个话题上，知道她中午跟同学吃饭叙旧，于是闲话家常似的问道。

“嗯。”苏栗马应了一声，蓦然又想起方才苏嘉南说起的事，迟疑了许久，还是抵不住内心的好奇，开口问，“我问你个问题，那个……林兮之前的爆料，是不是你授意别人做的？”

季谨言原本正在看平板电脑上的会议章程，听苏栗马这么问，倏然偏过头，郑重地看着她：“我没想骗你，是我做的。”

苏栗马的脸色也顿时凝重起来：“可是你知不知道，这样做，可能会伤害到林兮？”

“我认为，这样才是最好的安排。谎言撑不了多久，不可能永远瞒天过海，不如置之死地而后生，去面对现实和真相。”

虽然还有一个更重要的原因，是他想尽快解决协议的事，没有耐心再等上个一年半载。季谨言深深注视着她，目光一眨不眨，生怕她一生气，又从他身边跑了。

“可是……”

苏栗马不得不承认，季谨言说得对，谎言总有被拆穿的一天，单看结果，也是不错的。可是她始终心有余悸，如果当初林兮没有这么强大的内心，因为舆论而做出什么傻事呢?

她有些闷闷的，负气背过身子，不去看季谨言。

“你生气了？”季谨言问她。

没有回答。

沉默了片刻，季谨言突然从后面环住她的腰肢，将她箍进自己怀里，说出来的话随着气息悉数喷在她耳郭上，声音低哑：“乖，不要生气了。”

苏栗马感觉到耳朵微痒，不自觉发烫，心也柔软了下来，但一想到轻而易举地就原谅对方，以后一定会助长他一而再再而三的气焰，于是沉着声音，向后推了推他。

“乖什么乖，严肃点。”

季谨言越来越眷恋，他将头埋进她脖间，声音也闷闷的：“我明天就要出差去欧洲了，要走一个多月，你确定分别前，我们还要吵架吗？”

苏栗马闻言一愣，这才转过身来，这回她是真生气了：“很好，林兮的事你瞒着我，就连出差我也是最后一个知道？你干脆别跟我说，明天直接拍拍屁股走了得了！”

“这次行程很突然，比原定计划提早了半个多月。”季谨言耐心地同她解释，“还有，林兮的事情我承认，我有私心。但是我也有把握，最终不会伤害到她。因为你，我知道她出事，你会难过。”

苏栗马原本的怒意，随着他清晰认真地解释，很没骨气地散了大半。

“念你初犯，这次就先不跟你计较。去到国外，好好照顾自己，你……”苏栗马撇开目光，脸色攀上些许羞赧，“你要出事了，我也会难过的，知道吗？”

季谨言嘴角微扬：“遵命。”

傍晚，夕阳将天边烧成火红的一片，云层交叠着铺陈而去，延展至远方的尽头。

季谨言送苏栗马回家，小楼前的香樟叶已落了满地，笼在漫天霞光中，尽是秋色，商务车安静地停在树下。

小区的楼道里也镀上一层昏黄光影，苏栗马被季谨言护送上楼，进门前她略有些满心不舍地对他说：“我进去了，你……你明天到了那边，记得联系我。”

季谨言沉默着，不知在思索什么，只是轻轻“嗯”了一声。

就在她关门的一刹那，他忽而伸手挡住她关门的动作，眼里盛着余晖，声音低沉又饱含诱惑：“我可以，留在这里吗？”

目光交错许久，苏栗马才点点头，无声地邀请他进屋。老式的防盗门再次合上，浸在晚霞里的楼道空空荡荡，极其静谧。

屋子里的气氛，因为两人的呼吸有些尴尬。

苏栗马想找些话题，热络一下，想着到了饭点，就问他：“你饿不饿，要不要吃点什么？不过，我厨艺不太好，只会煮方便面、速冻水饺，可能还可以试试蛋炒饭，但不保证能吃……”

“没关系，我帮你。”

狭窄的小厨房，因为两人的闯入，越发显得拥挤起来。

原本听季谨言说要帮忙，她还以为对方是个王者，没想到依然是青铜，还是个倔强的青铜。她本来就不该对一个从小养尊处优的人，产生什么期待。

季谨言秉着不服输的精神，从网上搜索了黯然销魂蛋炒饭的教程，并坚持贯彻教学里用料比例分配，炒完还自信满满地让苏栗马尝了一口。

“好咸……”

最后在齁死人的味道中结束，于是他发表了一句实践学习后的感言：“下厨确实需要技巧，还需要再进行摸索。”

“算了，我来吧。”

苏栗马接过下一碗蛋炒饭的活计，然而也没比季谨言好多少，最后出锅的成品，卖相还行，味道太淡。

劳动人民的智慧是无限的，他俩最终想出一个办法，直接把两个人炒的蛋炒饭混在了一起，咸淡双拼，虽然还是干巴巴的，但不至于难以下咽。

“对不起啊，我厨艺实在也不好，不如，我们叫外卖吧？”苏栗马小心翼翼地试探道。

“没关系。”季谨言垂头，一口一口，将盘子里的蛋炒饭送入嘴里。

其实平日里，季谨言的口味一直很是挑剔，他住在四洲国际酒店的时候，都专门开了一个小厨房，专程请了米其林星级大厨为他料理一日三餐。

现如今，连她自己都觉得难吃的蛋炒饭，他却吃得毫无怨言，心里蓦然腾起一股暖意。

饭桌上略显安静，苏栗马再次尝试着开口：“那个，我觉得，我俩好像都不太适合下厨。”

季谨言头都不抬，接话道：“以后家里可以配厨师。”

“嗯。”

苏栗马顺口应了一声，许久才反应过来，惊讶地抬头，怔怔地看着正对面用餐优雅，吃个蛋炒饭都像吃出个法餐高级感的季谨言。

他说什么？

以后家里……

是他们的家吗？

内心被翻涌的潮水所吞没，她说不出来那是什么样的感觉。

或许是孤儿院的经历，让她比平常人更渴望拥有一个属于自己的家庭，说不开心是假的，但是还未实现的事，她不允许自己抱以太多期待，却依然止不住唇间的笑意，笑嘻嘻地吃完了一碗味道不好却格外甜蜜的蛋炒饭。

吃完饭，苏栗马特地从犄角旮旯里翻出了她网购的投影仪，躺在季谨言的怀里，看了一部电影。

两人窝在沙发里，她被季谨言环住，整部电影说了什么她不太清楚，但是季谨言身上清冷好闻的味道，却时不时充盈满她的鼻尖。

依旧让她眷恋又安心。

不知不觉夜色渐沉，她忍不住打了一个困倦的哈欠，季谨言的声音就从她头顶传来："困了吗？"

她摇摇头，明日他就要出差了，她不舍得就此入眠，还想要被他抱得更久一些。

"困的话，我陪你一起。"

季谨言的声音再次传来，这次近了许多还带着一股低沉的沙哑，似乎就在她耳侧传来，与呵出的气一起，暖暖地吹进她耳朵。

苏栗马瞬间反应过来对方的意图，面红耳赤，腾地从他怀里跳起，口不择言道："我先去洗澡了。"说完，仿佛更染了一层暧昧，她尴尬地直接奔进小房间里，一面透过敞开的房门瞧着客厅里的动静，一面平复着自己怦怦乱跳的小心脏。

早在她留下季谨言的时候，就已经考虑到这一层。

他们是成年人了，又是正当男女朋友关系，就算发生些什么好像也无可厚非。上一次两个人都神志不清，可这一次，是实实在在的清醒状态，苏栗马莫名开始紧张，脸色发红。

她深深吸气，再深深吐气，试图给自己做心理建设。

几个来回还真起了效果，满满的紧张感渐渐被一种隐秘的小期待所替代，她轻轻打开衣柜，东挑西拣，来来回回做不下决定。

她睡衣不多，款式却挺多样化。

可爱的小草莓好像太幼稚，白色的宽松长裙又太朴素，红色的真丝吊带，好吧，她也不知道为什么自己的衣橱里会有布料如此节省的睡衣，但真丝的质感，穿着睡觉确实舒服。

考虑了半天，她丝毫没发现，季谨言不知何时竟鬼魅般地出现在她身后，并适时地给了自己的意见：“我觉得这件红色的吊带裙，挺好的。”

苏栗马猛然一惊，回头就撞进季谨言清冽的胸膛，连连后退几步，差点跌进衣柜。她目光四处飘，不敢去看对方的眼睛，随便从身后拿了一件睡衣，就从旁边缝隙钻了出去，顺带嘟囔了一句：“要你管！”

等浴室传来潺潺水声时，季谨言低低笑了一下，蓦然又看见衣柜最左边挂着的红色连衣裙，也是她出席拍卖会穿的那件，眸色倏然沉了几分。

逃进浴室的苏栗马自闭了。

好巧不巧，她随便取下来的睡裙，正好是那条节省布料的红色吊带。

绝了！

套上裙子，领口从白皙的锁骨一直低垂到胸口，裙摆堪堪遮住大腿三分之一，走起来还会微微飘逸摆动，连她自己都觉得有些勾人，不由得再次面红耳赤。

鬼鬼祟祟地从浴室里走出来，她局促不安地扯着裙摆，视线赫然对上了季谨言的双眸，不知何时他已经回到了客厅，交叠着长腿坐在沙发里。

看到苏栗马的一瞬，季谨言沉静的目光闪动着不知名的情绪，喉结微滚。

“我……我回房了，你去洗吧。”扔下这句话，苏栗马逃命似的窜进房间，将整个身躯埋进了被子当中。

浴室里再次传来淅沥水声，窸窸窣窣，苏栗马在黑暗的被褥里，渐渐起了睡意。

不知过了多久，迷蒙间，似乎有人将她轻轻放平，她蓦然睁开眼睛，昏暗里便与另一双幽深漆黑的眼睛，不期而遇。

而后一切又是那么顺其自然……

窗外夜幕浓稠，月色如水，漫进屋子里，清浅地洒在四周。

苏栗马攀附着他的肩膀，掌心摸到了温热的汗，险险让她攀附不住，她环住身上人的脖颈，不自觉贴得更紧了些。

次日醒来，苏栗马感觉全身骨头都像散架一样酸痛，阳光透过窗帘缝隙洒进来，正巧落在她脸上，眼皮仍在打架，光洁裸露的手臂摸了摸身侧，空空如也。

她努力撑开眼皮，咒骂也随之而来——

不负责任的死男人，睡完就跑?

她不甚清醒的脑袋反应了一会儿，才恍然，哦，他好像要赶一早的飞机出差去欧洲。她嘴里又骂骂咧咧了几句，实在忍受不了那股倦意，连身都懒得翻，再次沉沉睡去。

再睁眼时，过去了整整两个多小时。

补个回笼觉，确实舒服了许多，早上那阵通体不适感退去不少，虽然四肢还是有些无力发酸。她挣扎了许久才坐起半个身子，嘴里还碎碎念叨："这回真是牺牲惨烈。"

她捏了捏发软的胳膊、小腿，才不舍地下了床，走向洗手间。路过客厅矮窄的餐桌时，不经意瞧见桌上放置了一份早餐，圆盘里放着一个荷包蛋和一根香肠，玻璃杯里盛了新鲜的牛奶。

不用想也知道，这是出自谁的杰作。

她心里顿时乐开了花，甜滋滋地冲进盥洗室，迅速洗漱完，端端正正地坐到餐桌旁，还不忘掏出手机，调整角度，留影纪念。

眼神微动，她噙着笑意将照片发给了季谨言。

传完照片，还写了一句话：总裁的爱心早餐，开心，我开动喽。【可爱】

想到季谨言此刻应该已经上了飞机，从国内飞到欧洲需要十几个小时，一时半会儿也收不到他的回复，她便放下手机，准备开始享用这独一份的贴心。

荷包蛋煎得很嫩，意外地没有煎老或者煎焦，蛋白清透，蛋黄可爱，入口滑嫩。

她咬了一口鸡蛋。

等一下，她怎么好像咬到了蛋壳……

还以为一夜之间，季谨言的厨艺会有质的飞跃，原来还是个青铜段位。

算了，她打从心底彻底放弃，自己与季谨言的厨艺完全没有继续深造的必要了。她掏出手机，委委屈屈地又打了一行字，发了过去："呜呜呜，鸡蛋里头有蛋壳。【哭】总裁大人什么都好，就是不会下厨，虽然我也不会……看来以后家里一定要配个大厨。"

窗外秋阳高照，照得屋内也一室暖意。

收到季谨言的回复时，苏栗马这边的天色已经入夜。她刚洗完澡出来，皮肤犹带着水汽。茶几上的手机屏蓦然一亮，她即刻小跑过去，拾起手机懒洋洋地跌进沙发里，果然是来自季谨言的回复："你喜欢吃什么菜系？"

苏栗马想了想，迅速打字："不挑，什么都吃。"

季谨言："那以后家里各个菜系的大厨，都配备一名。"

原来他说的是这个，苏栗马心里一暖……

苏栗马："总裁大人略'壕'。【星星眼】"

季谨言："没事，我们家有钱。"

苏栗马："我要抱大腿。"

季谨言："昨晚没抱够？"

"噗！"苏栗马看到他的回复，差点没绷住。为了不让话题往奇怪的地方跑偏，她生硬地转了方向。

苏栗马："你已经到了？"

季谨言："嗯，现在在去酒店的路上。"

苏栗马："对了，你走的时候有没有看到，上次你买给我的连衣裙？"

下午她闲来无事，想换衣服去超市买点东西，打开衣橱的时候就发现那件红色连衣裙不翼而飞了。她虽然不觉得会是季谨言无聊地拿走，但还是顺便提了一句。

这回他没有秒回，而是过了一会儿。

季谨言："我扔了。"

苏栗马：“？？？”

八十万的裙子，他就这样扔了？四舍五入换算下来，等于扔了一套房？苏栗马气得一口气差点没上来。

苏栗马：“我想掐死你！”

季谨言：“【可怜兮兮】求原谅。”

季谨言：“下次给你买新的。”

看到那个可怜兮兮的表情包，苏栗马轻声笑了出来。实在难以想象，那张万年不变的脸摆出这副泫然欲泣的姿态是什么模样。

其实她本来也算不上有多喜欢那件裙子，何况，那件裙子的回忆让人并不舒服，她也能理解季谨言的出发点，只是，有些可惜买裙子时白花花砸下去的银子。

两人一直聊到了北京时间的深夜。

明明才分开一天时间，明明以前他们都属于话题终结者，不是被苏栗马聊死，就是被季谨言聊死，现在却因为一点琐碎的小事都可以聊上好久。虽然偶尔说起也会被无情终结，可是不消片刻就能另起炉灶。

北京时间的深夜，巴黎正值下午，刚下过一场雨，地面湿滑，天气阴沉，空气中萦绕着雨水湿气，是巴黎常见的天气。

季谨言刚从下榻的酒店出来，当地的负责人亲自来接他。上车前他给严田拨去了电话。此时，严田已进入梦乡，接到电话立马打起了十二分精神：“季总，您到巴黎了？”

“嗯。”

“有什么吩咐吗？”

季谨言顿了片刻：“明天挑选一下各大奢侈品当季款服装，给苏栗马送去。”

“……”他是睡蒙了吗？他没有听错吧？

半晌，严田才有些自我怀疑地应了一声：“是。”

电话随即挂断。

方才那一句话也不偏不倚落进了巴黎分部负责人的耳朵里，他没有收到这位季总已婚的消息，那么就是恋爱进行时?

“季总，要买衣服送女朋友吗? ”

季谨言不置可否地“嗯”了一声。

“那我让人在巴黎转转，给您挑选一些新款，这里大牌款式最全，还有一些高定也不错的。”

季谨言：“可以，麻烦了。”

“不用，季总完全不用跟我客气。”负责人挂着笑容，早听闻这位少东家性子偏冷，不好伺候，现在无意中得知对方有女朋友，并且似乎处于你侬我侬的状态，万事就很好商量了。所以他跟季谨言闲扯了一路，巴黎哪些东西适合送礼云云的，见季谨言也照单全收，不动声色就拍了马屁。

苏栗马并不知道这些，这个时刻，她怀揣着手机，已安稳入睡。

一夜好梦。

次日苏栗马是被一阵门铃声吵醒的，随意套了件针织开衫，透过猫眼看见来人是严田，狐疑地开了门。

“严秘书，怎么这么早? ”

话音刚落，严田旁边就拥入一群人，手里拎满了大大小小的购物袋，鱼贯而入放下袋子再有条不紊地离开。

购物袋瞬间将苏栗马家的方寸之地占满，连下脚的地方都腾不出来。

“这些都是各大奢侈品牌的最新款，不知道苏特助你喜欢什么款式，就每件新款都给你拿了一件。”严田如是说。

“不是，为什么给我送这么多衣服来? ”苏栗马看着满地狼藉，有些头痛。

严田：“季总昨晚专程打电话吩咐我的。”

她扶额：“你去跟他说，我穿不了这么多，都退了吧。”

“这个，还是你自己跟他说吧。”

苏栗马想到这个点，巴黎应该还是深更半夜，怕打扰到季谨言休息，于是说道："算了，之后我再跟他说吧。"

严田功成身退后，苏栗马巡视一圈满屋子堆积如山的袋子。

简直"壕"无人性!

花了一个多小时才将购物袋整理到一边，还是将她小公寓夺走了半壁面积，累得她腰酸背痛，熬到下午终于忍不住联络了季谨言。

苏栗马："你给我买那么多衣服，我家放不下啊。【哭唧唧】"

季谨言约莫是醒了，回复得很快。

季谨言："放着，以后家里给留几间房，做衣帽间。"

苏栗马："家里?【疑问】"

季谨言："我定了套别墅。"

苏栗马："？？？"

季谨言："家里以后厨师多，厨房也要够大。当然主卧和你的衣帽间也预留了足够的空间，你会喜欢的。"

苏栗马："满头问号。"

季谨言："我对你，是认真的，不是说说而已。"

看到这行回复，苏栗马沉默了。

说实话，之前她确实有得过且过的打算，她喜欢季谨言，想跟季谨言在一起，但她并没有考虑过与他携手一生。

她始终觉得，他们之间天悬地疏，可哪怕最终无法走入婚姻，至少在一起过，也能成为她生命里美好的回忆。

其余，她不敢奢求太多。

可是她一直忽略了季谨言的想法，她不是没有感受到对方的真情实感，也不是没有看到他的身体力行，只是不想考虑太多，怕到头来失望越多。

也许季谨言也是明白的，所以一直在给予她勇气与安全感。

一点一点，像那堆成小山的购物袋一样，把她内心空落落的一隅填满。

那她是不是……也该给他一些回应呢?

苏栗马：“我知道，你也知道吧，爱老虎油。【害羞】”

怎么办？原来她比想象中更加喜欢他，从未想过，有一日她会不计后果，不瞻未来地去喜欢一个人。

季谨言：“老虎油，是什么？”

苏栗马：“……”

季谨言这个老古董，嗯，整段垮掉。

愿余生睁眼闭眼都有你

驹光过隙，季谨言转眼便离开了月余，气温也随着正式步入冬天，骤降下来。

苏栗马待在四洲国际酒店，生生盼成了一块望夫石。

季谨言刚离开那会儿，他们联系还算频繁，之后因为那边的投资案越来越忙，苏栗马有时发了一条微信，对方要过许久才回，她也就忍住尽量不去打扰季谨言工作。

没事的时候，她会约林兮喝喝下午茶，不然就是在四洲国际酒店，幻想季谨言平常出入的身影打发时间。

林兮与宋振宁的婚礼，定在次年五月，林兮十分坚定地邀请苏栗马当她唯一的伴娘。

苏栗马有问过她："你现在幸福吗？"

林兮说："宋振宁对我挺好，对小外也很好。虽然我们之间可能不会产生像你和季总那样的爱情，但相敬如宾的相处模式，我并不讨厌。我不知道那样算不算幸福，但是我现在偶尔很开心，更多的是安心。好像有了一种归属感，不再是之前颠沛流离的感觉。"

归属感……

苏栗马那会儿，才恍然明白自己对季谨言的眷恋，除了喜欢，还源于一种莫名的归属感，心有所属，那个方向，就是归家的路途。

她盼望着季谨言也能早日归来。

算算日子，再过几日他应该也差不多要回来了。

苏栗马坐在四洲国际酒店的沙发里，百无聊赖地刷着手机，一条新闻吸引了她的注意。

财经官微宣布，季氏将正式开展“昕旺广场”的开发建设工程，并以项目全权负责人的身份，重新开放招标，寻求最新合作伙伴，并且会把“昕旺广场”改名为“至一广场”。

其他弯弯绕绕的苏栗马看不懂，大致就看懂了广场要改名、林氏被踢出局，那几个重要资讯。

看到这条新闻的时候，苏栗马就有个猜想萦绕心头。

直到房门“嘀”一声，被人刷卡打开，才将她的思绪拉了回来。

苏栗马难以置信地抬起头，看见熟稔却好久未见的身影出现在门口，她的心跳像是忽然停滞了一瞬。

房间里温度刚好。

个把月不见，季谨言站在大门处，身穿一件长款羊绒大衣，风尘仆仆，整个人看上去清减了许多，却如记忆中一样，五官深邃，身姿俊挺，依旧好看得让她心动。

他站在那儿，一眨不眨地凝视着错愕的苏栗马，唇边带着淡淡的笑意，声音好像也不自觉变得温柔了些许：“我回来了。”

两人对视了数秒钟。

苏栗马鼻子一酸，从沙发中一跃而起，直接扑入那个久违到她朝思暮想的怀抱。

清冷沉着的味道将其裹挟，隐约还带了一丝冬日里寒凉的气息，不过随着这个拥抱加深，很快便烟消云散。

苏栗马环着季谨言脖颈，整个人挂在他身上似的，一张脸埋进他大衣之中，声音也像被捂住一样：“怎么这么快就回来？不是还要过两天吗？”

季谨言将她搂得更紧了些：“想你，就回来了。”

苏栗马脸色微红，嗔道：“越来越油嘴滑舌了。”

“因为我是你的‘老虎油’。”

苏栗马问："你知道这句话是什么意思了？"

"嗯，百度了。"

"……"

瞧把你能耐得，还会百度了。苏栗马暗自腹诽，思忖着要不要捧上一些狗腿之词，下一秒就被人打横抱起。双腿突然离地的腾空感，让她双手不自觉想要抓住什么，顺势搂住了季谨言的肩颈，眼里还有一丝惊吓。

看到对方抱着她往房间内走，苏栗马反应过来后，脸上攀上一阵羞赧，用肩膀戳戳他的胸膛："你坐了那么久飞机不累吗？还是先洗个澡休息一下……"

话还没说完，她的额头突然被他冰凉的额头抵住，呼吸也近得交缠在一起，他的声音低沉喑哑："做什么都不累，你试试就知道了。"

"……"哦，什么虎狼之词。

傍晚，酒店工作人员送餐上来时，苏栗马已经饿得前胸贴后背，难得胃口大开地吃了不少东西。季谨言吃饭总是很安静也慢条斯理。

苏栗马咬着筷子，很是疑惑不解地看着他，衬衫熨帖，平整得没有褶皱。

大约是她的目光特别明显，季谨言未抬眸，便也感知到了，问了一句："吃饱了？"

嗯，身心俱饱……

苏栗马脑中蓦然迸出这个词，又觉得自己想歪了。

她面上正儿八经地点点头，最后还是忍不住煞有介事地问他："你为什么看上去一点都不累？你是吃了什么十全大补丸吗？"

季谨言："……"

吃完饭，季谨言拿着平板电脑忙公事，苏栗马则平躺在沙发上，头枕着他大腿，长发捋到后面，如瀑般沿着他腿侧线条顺流而下。

苏栗马望着平板电脑上缺了一口的苹果标志，没头没脑地来了一句："你说你这平板电脑砸下来，会不会把我脸都给砸平？"

季谨言微微挪开平板电脑，露出几寸被遮挡的位置，睇了一眼苏栗马，倒是分外认真地答了一句：“不会砸到你。”

然后平板电脑归位，他继续浏览。

“我只是说万一，脸被砸坏了怎么办？”她的视线被平板电脑堪堪挡住，看不见季谨言的神色，依然自顾自地说着，“我还想靠美色耽误你来着。”

季谨言叹了一口气，放下平板电脑，目光垂下，清冽如注。

“你成功了，我被耽误了。”

苏栗马乐呵呵地轻笑了两声，两人开始南辕北辙天阔地远地闲聊着。

聊到林兮想让苏栗马当伴娘，季谨言虽然依然很嫌弃宋振宁，却也没有强加干预。面对他支持的态度，苏栗马倒很意外：“你不是很讨厌宋振宁，那天真的可以陪我参加婚礼吗？”

季谨言修长的手指拾起她一缕发丝把玩。

“嗯，你穿伴娘服的样子一定好看。”

苏栗马感觉到胸口涌起一阵暖意。

又从婚礼，聊到了林家，她想起早上看到的那条财经新闻，迟疑着问：“那个，昕旺广场改成至一广场的新闻我看到了，林家被踢出这个项目，是不是你做的？”

季谨言只是淡淡点了点头：“嗯。”

“是因为，上次我跟林倩倩在酒会起冲突的原因吗？”

“林家的女儿没有教好，林家自然责无旁贷。”他轻嗤了一声，“林倩倩也不是第一次兴风作浪，应该受点教训了。”

原来先前发生的事，他一直有所关注？

“你怎么跟林堂说的？”

“我只不过让严田暗示了他一下，他遭项目除名，全拜他女儿所赐。”

“你说林堂知不知道林倩倩一直陷害林兮的事？”她突然问，“也许是知道的吧，只是懒得去管，不过林兮嫁给宋振宁以后，哪怕看在宋家的面子，林倩倩母女也不敢明目张胆地伤害她了吧？”

季谨言像是想到什么，突然俯下身，黝黑的眸子里全是苏栗马的倒影。

“我也不会让人伤害你。”

心里掠过一阵喜悦，苏栗马仰头，在他唇上啄了一下。

“按个唇印，协议生效。”

她语气里含着一丝俏皮，让他眼眸不自觉柔软了几分。

他不自觉地特别留恋她在自己身边的时光，家长里短的话题，从她嘴里说出来，竟也不会让人觉得无趣。在巴黎那个月，每日连轴十几个小时，身体忙碌，心里却空旷了一片。

闲下来的时候满脑子都是她，偶尔路过街头品牌店，看到橱窗里悬挂的衣物饰品，总觉得会适合她，于是不自觉就让司机停车，进店将它们买下。

他还忙里偷闲，抽空参加了一场巴黎的拍卖会。

他伸手从搭在沙发上的羊绒外套衣兜里，掏出一个沉甸的羊皮盒子，对她说：“给你的。”

苏栗马坐起身子，接过那个盒子打开，是一条工艺独特的红钻项链，一圈白钻组成项链部分，吊坠主钻是一颗晶莹剔透、颜色鲜艳的红钻。

她对这些不太了解，却也知道红钻是钻石里最稀有的品种，这条项链绝对价格不菲。

“你干吗又乱花钱？你想要收买我吗？不对……你太败家了，真被你气死了。”

虽然收到礼物她很高兴，但收到如此贵重的礼物，就有些烫手了。

季谨言却对她温和一笑：“这是补的。上次我去海上拍卖行，本来是想拍件东西给你，这回偶尔看到这条项链，觉得很适合你。”

就当弥补一份遗憾。

苏栗马有些震惊，一时语塞说不出话。

被人惦记着，放在心尖上的感觉，让她格外舒心。她主动搂住季谨言，小鸟依人似的贴在他的胸膛处，听他沉稳有力的心跳声。

“你的心意我都明白，我很好养活的，而且我也可以自力更生，下次不许这么浪费钱，知道吗？”

季谨言也顺势将她柔软的身躯搂进怀里。

“这些东西，不算什么。”

只是一堆数字堆砌起来的东西，比起她而言，这世上最好的都已经在他怀里了。

他不自觉又紧了紧环住她的双臂。

“什么不算什么？你说说你这段时间，乱买了多少东西，衣服首饰包包，还捐了一大笔，哦，对了还有套别墅，你到时候把钱花光了，别赖我头上。”

季谨言抱着她，随口应付了几声。

提起了前段时间购置的别墅，两人又聊了聊家装风格和地理位置之类的话题。

末了，苏栗马想到什么似的，突然问季谨言：“其实我有点好奇，为什么你以前都住在酒店里呢？”

季谨言垂眸看她：“除了方便，还因为我在等一个人。”

苏栗马：“等谁？”

季谨言没有回答，看着她的眼神多了几分玩味。

不知为何，苏栗马忽而福至心灵地冒出一个念头，随即问道：“不会是为了等两年前你不小心睡了的妹子吧？”

季谨言勾了勾唇，半晌“嗯”了一声。

苏栗马顿时有些薄怒上涌，挣脱开他的怀抱，负气地盯着他。

好，很好，这个死男人居然如此不知廉耻地承认了？渣男！

醋意汩汩地冒了出来。

她气得在心里捶足顿胸，又似乎感觉到一丝不对劲。两年前那个女生好像就是她本人来着，也就是说，严格算起来，季谨言等的就是她。

搞了半天，她在吃自己的醋？

她自闭了。

但转念一想，季谨言还被蒙在鼓里，不知道她就是那个女生，那么这个醋她吃得也不是毫无道理可言。

——嗯，她生气起来，连自己的醋都吃！

回国之后，季谨言即刻投身工作当中，异常忙碌。期间苏栗马也没闲着，她为自己在“立马基金会”的项目部谋到了一个职位，美其名曰公开公正地向基金会投递了简历，最后还是靠美色贿赂了总裁大人。

贿赂完，她还抱着被子一角，万分懊悔地指责自己：“为了上位，我真是付出了许多，我太坏了……”

季谨言刚好起身穿戴，看了她一眼，很是配合地点了点头：“你可以多贿赂我几次，上位会更快。”

“想得倒美。”

季谨言扣上领口第二颗扣子，慢条斯理道：“那就算了，我突然想到那个职位，应该有更适合的人选。”

“……”

死男人居然用威胁这招？

好汉不吃眼前亏，她忍。

从被子里钻出来，简约的白色睡裙外，露着两条白皙的手臂，她伸手挽住季谨言的胳膊，小声耍横道：“你个没良心的，你不是说不会背叛我吗？除了我，你还想接受谁的贿赂？你说呀，说呀！”

季谨言嘴角抿成好看的弧度，一把将她搂到面前，声音沉静却柔软：“除了你，我不接受别人的贿赂。”

苏栗马的小心脏还是不争气地动摇了一下。

“哼，算你识相。”她瞥开目光，嘴上不落下风，心里却化作一汪春水，浅浅荡漾。

半晌，她又忽然转回视线，仔仔细细地瞧着近在咫尺的眉眼，说：“你最近好像很少皱眉了，你应该多笑笑，巨——好看！”

季谨言看着她笑弯的眉眼，不假辞色地赞美。

好想余生每一天清晨或深夜，睁眼闭眼都有你——那将是他此生，瞧见过的，最美的风景。

环住她纤腰的臂弯不自觉向内一扣将她带入怀中。苏栗马听着他的心跳问：“怎么了？”

他没说话。

他默默将心里那些话，藏在了这个怀抱里。

之后苏栗马顺利进入基金会，季谨言忙得连轴转。快到圣诞节前夕，季老爷子给季谨言捎来了口信，让他圣诞节那日回家吃个饭。

因为季谨言的母亲——曾兰，回国了。

所以希望一家人吃个团圆饭，另外还补了一句，可以携带家属。

季谨言对这顿团圆饭秉持可有可无的态度，特地是询问了苏栗马的意见。

苏栗马思索再三，她没理由驳了人家天伦之乐的小聚，于是便也应承了下来，并表示会陪季谨言一同回去。

圣诞节当天，天色微暗，一大早便隐约飘了些雪粒子。天气很冷，可是为了这场饭局，苏栗马还是挑了一套要风度不要温度的搭配，内里一条天鹅绒的酒红色连衣裙，外头套了一件驼色羊绒大衣。

好在一路都有暖气，从车里到季宅，倒也不觉得冻人。

季老爷子苏栗马是认识的，季太太却是她第一次打照面。

亮堂宽敞的餐厅里，灯光打得恍如白昼。季老爷子坐在主位上，右手边一位年约五十来岁的女子约莫就是季太太，曾兰。

她穿着一袭定制秀珠旗袍，上半身围着一件白色皮草，举止端庄优雅，虽年近不惑，却也看得出保养得极好，锁部往上丝毫没有褶痕，皮肤细致光滑。

苏栗马挽着季谨言入内。

在季老爷子红外线射光般的眼神下，她规矩入座，硬着头皮，保持微笑向两位长辈打招呼：“季老爷子好久不见，季夫人初次见面请多多指教。”

曾兰淡淡地点了点头，既不热络也不冷淡，对待季谨言也如此，母子二人只是相互点头致意，权当打了招呼。

直到开始吃饭，依然是这种状态。

曾兰全程都是不温不火的样子，维持着自己得体的举止，只有在提到季琞时，才会带上些笑意：“这傻孩子，非说今日有事，不愿回来吃饭，也不知道圣诞节他能忙些什么。”

“还能忙什么，肯定又在哪片花丛里飞不出来了。”季老爷子嗤道。

曾兰不由得出言维护：“爸，给他一点时间，小琞他会渐渐长大的，前不久还成立了自己的工作室，我想这次他是认真去做事的。对吧，谨言？”

问题突然抛给了季谨言，他却只是点点头，应了一声。

苏栗马有些狐疑，目光在曾兰和季谨言身上打量了一圈，这对母子客气到……有些古怪。曾兰似乎只有在提到季琞才会真心实意笑两声，与季谨言却莫名很是疏离。

“哼，连谨言这么挑三拣四的都定下来了，他还是哥哥呢，还不收收心。”

苏栗马的思绪被老爷子中气十足的声音拉了回来。

随后话题又莫名其妙转移到了她身上。

季老爷子托举起酒杯：“苏小姐，让你见笑了，来我这个老头子敬你一杯。”

苏栗马很是受宠若惊地双手拿起酒杯，却被季谨言拦在了空中，他声音淡淡：“空腹不能喝酒。”言罢，随即拾起自己的酒杯，对季老爷子说，“她胃不好，不能喝酒，我敬爷爷一杯。”

季老爷子一双老花眼在二人身上打转，更是狐疑。

其实打从一开始，他是不相信谨言千挑万选结果选了这个小跟班。毕竟不是没有先例，上次谨言就合计着林家丫头来骗他，他开心了半天，没承想林丫头居然是宋振宁那小子的妻子，连孩子都有了。

得知真相后，他那个气啊。

后来又听说谨言居然跟他身旁的小特助在一起了，这个消息，无异于一个重磅炸弹。起初他还以为又是这小子的套路，来搪塞他这个老头的。

虽然目前看起来很真……

但他还是不由得多留了几个心眼，他倒要看看他们会不会露出马脚。

“你们别怪爷爷多事啊，我就是没弄明白，你俩认识也好久了吧，苏丫头也来过季家几次，那是早在一起了呢，还是最近才勾搭上的呢？”

勾搭……

季老爷子用词十分不羁，苏栗马内心腹诽，又偷觑了一眼季谨言，见他神色淡淡，似乎并不想回答。她轻轻放下筷子，刚想说话，季谨言的声音却蓦然响起：“在一起不久，不过我喜欢她很久了。”

苏栗马一怔，随即感觉到放在餐桌下的左手，被他温热的手掌覆住，抬眸便能瞧见他清明笃定的目光。

季老爷子被噎了一下，也不放弃，继续试探道：“那有没有考虑结婚？”哼哼，上次提起结婚，谨言可是马上反驳露馅的。

季谨言：“只要她愿意。”

沉静清冽的口吻，吐字清晰之余还铿锵有力，苏栗马没由来地心跳加速。

季老爷子依旧满腹怀疑，谨言这小子没处下手，他找其他突破口，转而问苏栗马说：“苏丫头啊，你呢，怎么想？谨言这个人吧，你也知道他完全不会疼女孩子，爷爷也不想看你受委屈，你要有什么不满一定要说出来啊，爷爷替你做主！”

他都说得那么直白了，肯定得承认了吧。

没想到苏栗马只是恰到好处地微笑着，摇了摇头：“爷爷，谨言他对我很好，也很照顾我。如果他有结婚的想法，我当然也很高兴。”话是对着季老爷说的，目光却溺在季谨言的视线里。

季谨言眉宇疏朗，牵着她的手从餐桌下举起，宣告：“我们是以结婚为前提在交往。”

“不是你们……”

季老爷子还想说话，曾兰的酒杯碰了过来，发出清脆的声响：“好了，爸，孩子的事情他们自己有主意的。”

她抿了一口，又将晶莹剔透的酒杯朝向季谨言，说：“恭喜。”

季谨言牵着苏栗马的手并未松开，用空闲的左手，举杯回敬，只说了两个字：“谢谢。”

季老爷子闷闷地不再作声，目光却还死盯着两人来回打转。

见季谨言体贴地给苏丫头夹菜，这还是他亲孙子不？季老爷子越瞧越难以置信，只能用一个解释来说明了……

他俩是真爱。

其实说到底，他对这个准孙媳妇，并不是太过满意。

毕竟出身家世摆在那里，既不会给谨言助力也不会给季氏锦上添花，但是他比任何人都清楚这个孙子的性情，谨言要做的事没人可以反对，要选的人大概也容不得别人置喙，哪怕是亲人……

所以尽管他不太满意，却也没有宣之于口，挑明来说，无疑会把关系弄僵，说不定还会让他们岌岌可危的爷孙关系，直接名存实亡。

他才不会如此蠢钝。

所以对待这段关系，季老爷子选择了静观其变的态度。

闷了半晌，终于在晚餐快要结束时，季老爷子才说了一句：“谨言，你长大了，爷爷不好再干预什么，你自己考虑清楚就好了。”

季谨言没回答，一只手始终牵着苏栗马，直到离开。

从季宅出来，才发现外头已经下过一场雪。

长街上满是节日的氛围，路边光秃秃的树干挂满了彩灯，绵延至街尾，宛如一条灯龙，盘亘在夜色当中，不见首不见尾，神秘莫测。

灯光闪烁，掠过商务车的玻璃窗，透过车窗也能看到地面落的皑皑白雪，被映上细碎霓虹。

这是今年的第一场雪。

仔细想来，苏栗马好久未见雪夜了。去年冬日雪少，她只记得有一天半夜下过一阵，可等她次日醒来，雪已经化去七分，丝毫没有看到满天雪景。

于是乎，她也来了兴致。

“能麻烦，在前面路边停一下车吗？”她转头对季谨言说，“陪我下车走走？”

从车内下来，一阵冷风混合着几片雪花，直往她脖子里灌。

今天为了吃饭，她穿得有些单薄，不由得缩了缩脖子。

季谨言见状，脱下自己的黑色长款绒外套，披在她身上，搂着她，沿着挂满节日长灯的街道，缓缓向前行。

两排脚印深深浅浅地印在他们走过的雪地里。

雪积得不厚，但每走一步，还是能踩出踏雪而行的“嘎吱”声。

苏栗马看着地上的白雪，突然说道：“季老爷子，好像不太满意我。”

“我满意就好。”

季谨言说话时，都能呵出白气，他将苏栗马往怀里带了带，好像在让她安心。

苏栗马笑了笑：“我没有不开心，我一向脸如城墙厚，深得你真传。”

季谨言几不可闻地笑了笑。

周围人行色匆匆，他们却不紧不慢，像散步一样往前走。

又走了两步，苏栗马忽而问他：“你跟你的母亲，一向这么生疏吗？”这个问题她方才在饭桌上就很是好奇。季谨言性子偏冷，不太热络倒是理解，只是那个做母亲的似乎对季谨言也很客套疏离。

季谨言：“她不是我亲生母亲。”

苏栗马的脚步蓦然顿住，抬眸去看季谨言并无变化的神色，听他耐心解释道：“她是季理的生母，不是我的。我是我父亲的私生子，我一生下来就被送到季家抚养，不过始终亲疏有别，她待我生疏也正常。”

平静的陈述，却像惊涛骇浪吞没了苏栗马的心绪。

两人的脚步不知何时又开始向前，亦步亦趋，一前一后。苏栗马问：“那你父亲和……你亲生母亲呢？”

“死了，他们在一次外出偷情的时候，出了事故。”季谨言提起这件事的时候，声色依旧平静无波，让人听不出情绪。

可不知道为什么，苏栗马就是觉得一阵揪心，鼻子倏然泛起酸意。

“这些年，季家和季太太，他们对你好吗？”肯定不好吧，豪门私生子，一听就是从小备受欺凌，想着林兮那样的嫡亲大小姐，因为继母进门都受到了那样的待遇，何况季谨言当年还是个那么小的孩子。

苏栗马眼里被冻出了水汽。

季谨言瞧了她一眼，似乎猜到了她在想什么，说道：“你不要脑补太多，他们对我算不上很好，但也算不上不好，从未苛待过我，只是……”

那个家，让他感觉不到一丝温暖，处处都是铜墙铁壁的冷硬，没有一丝烟火气。

他从小就生活在那样的环境里，倒也不觉得奇怪，好像一切都是理所应当。加上他本就性情淡漠，很长一段时间里，他都是冷静地去分析每件事的利弊，不会投注情感去考虑问题，只计较得失。

譬如最开始意外查出林兮育有一子，拟订合约，将人绑在他身边。原本他打算如果孩子真的属于季家血脉，他会把合约弄假成真，顺理成章与林兮结婚。无关于爱情，只是因为孩子和适合，跟宋振宁的选择一样。

可是人生总有意外，苏栗马就是那个意外。

他仔细一想，最开始关注她，约莫是她身上就藏着那股烟火气，似乎总能让他寻找到一丝慰藉，之后却是一发不可收拾的泥足深陷。

严雪至曾说过他，有近乎变态的克制力，然而，遇到苏栗马，他那些克制力就好像不翼而飞了一样，不复存在。

在确定林兮的孩子并不是自己的时候，他竟然有种如释重负的感觉。

似乎不知从何时起，他早已推翻了自己的原定计划，抗拒甚至是排斥，而原因无他，偏偏就是因为一个毫不起眼却活得真实鲜活的苏栗马。

如若见过阳光，就再也无法忍受黑暗。

他也一样，他很贪心，得到过，就不想再失去，哪怕要付出一切代价。

苏栗马：“只是什么？”

季谨言思绪回笼，一眨不眨地注视着她，语气不急不躁，和冬夜凛冽的风一起灌进苏栗马的耳朵。

“你是我第一个喜欢的人，很多事，我可能做得不够好。如果你觉得不满意，希望你可以直接告诉我，我会努力改正。”

苏栗马忽而抱住了他，被风吹红的小脸，贴在他胸口的位置。

“你这样就很好，不需要为了迁就我，去改变自己。我不希望你为了哄我，迁就我变得很疲累。一段关系里面如果一方疲倦了，迟早有一天这段关系都会走到尽头。所以，你就做你自己，因为我喜欢你，就只是因为你。”

“如果以后你生气，会离开吗？”

“不会，最多你让我打几下出出气，我答应你，只要你需要，我一直会留在你身边。”松开拥抱，她极其认真地向季谨言保证。

他冰凉的额头毫无预兆地抵住她，路旁的霓虹灯在季谨言的眼里投入光影。

“你咬我都行。”

圣诞夜，外头冬雪纷飞，俱乐部的节日气氛却丝毫不减。

滨江路上的俱乐部，人声杂乱，光线摇晃，音乐随着绚烂的光影跃动，震耳欲聋。这般纸醉金迷的场景，季珵却独自一人坐在卡座里，喝着闷酒。

烈酒一杯杯顺着喉口下肚。

不远处舞池里人影晃动，与他这边的卡座，泾渭分明，划分成两个世界。

又一杯威士忌入喉。

卡座里突然闯进一人，毫不见外地落座，声音也随之而来：“圣诞节，你居然一个人在这里喝酒？不用约会吗？”

季珵抬眼扫视而去，就见严雪至笑眯眯地望着自己。

“那你呢？不去约会，跑我这里来干什么？哦，我忘了，你对女人也不怎么感兴趣。我跟你说哦，你这样会‘注孤生’的，没人要的，结果就会被甩，知道吗？”

或许是酒喝多了，他开始碎碎念。

严雪至丝毫没有生气，又问他：“我听说，你家今天吃团圆饭，谨言都带着‘玛丽苏’回家吃饭了，你也不约会，怎么也不回去一起吃饭？”

季理“嘁”了一声：“回去看他们直播虐狗吗？省省吧。”

严雪至挑了挑眉，往沙发里靠了靠：“你这话，我怎么听着这么酸哪？”

“嘁，你以为我吃醋啊？”

严雪至递给他一个“是你自己说的，我可没说”的眼神。

季理稳稳接住后，不屑道：“你以为我花蝴蝶的名号怎么来的？我要女人，从这里排出去，可以绕整条街几圈。我会吃醋？我连这两个字怎么写都不知道！”

“其实你一直很聪明，看似与世无争，不过是会审时度势，你比你们家那只老狐狸更看得清局势。”严雪至抿了口酒继续说，“至于感情方面，我希望你一样能保持清醒。”

“你到底想说什么？”

季理“当”一声将酒杯砸在大理石台面上，语气不善。

严雪至依旧噙着微笑，递给他一个情绪不明的眼神：“我只提醒一句，你大概也不希望，你们的关系变得更复杂吧？”

“用得着你多事提醒？”

今晚的季理语气很冲，拿起桌上的酒杯，猛灌了一口，似乎反而清醒了些许。

“我知道你的意思。其实，连我自己都不太明白，我也许是对苏栗马有些不一样的感觉，但是好像也不是非她不可。”

严雪至往沙发里靠了靠：“花蝴蝶飞累了想找朵花栖身，能理解，但是总要找朵无主的名花不是？说真的，你现在这样，我倒是看不习惯了。”

“怎么，碍你眼了？”

严雪至：“倒也不是，就是瘆得慌。”

季珵闻言一笑："我也觉得，还是人从花中过，片叶不沾身，比较适合我。"

"来，今晚我陪你喝，喝到你满意为止。"严雪至举起酒杯，杯口被一束掠过的光照得发亮。

季珵瞧了一眼："喝就喝，看谁先趴下。"

圣诞节过后，便是年末，今年的春节与往年相似，却也有所不同。

苏栗马身边多了个季谨言。

两人在季家吃完年夜饭，便回到苏栗马蜗居似的小屋里看春晚，自从禁鞭之后，年味虽少了很多，却也变得格外安静。

苏栗马躺在季谨言怀里，恬静又美好。

如果此刻的时光能被无限拉长有多好！

静谧的空气，让苏栗马打了个哈欠，她忽然没由来地问了一句："我们，会这样慢慢变老吗？"

季谨言俯下身，贴着她耳后根，亲了一下。

"会，我陪着你。"

后来他们又有一搭没一搭地说了许多话，不过苏栗马都记不太清了，只记得自己很困，聊着聊着便在季谨言怀里睡着了。

整个年就这样过得平淡却又幸福。

年后季谨言又投入工作当中，苏栗马也是忙着基金会的运作，日子便一天一天流逝得飞快，转眼已至次年春末。

五月的天，草长莺飞，春风和煦。

林兮与宋振宁婚礼当日，天色碧蓝如洗，阳光柔和，气温怡人，宜嫁娶。

婚礼的地点选在市内的茉华酒店，婚礼仪式安排在户外进行，宴席则安排在茉华酒店内的宴会大厅，宋家对这次婚礼十分重视，听说足足安排了三百桌宴请宾客。

苏栗马作为林兮唯一的伴娘，早早便来到会场打点帮忙。

硕大的化妆间，林兮坐在欧式化妆镜前，有些紧张不安地交握着双手，似乎呼吸都有些不顺畅。

苏栗马在一旁忍不住调笑道：“你看你，用得着紧张成这样？”

林兮：“你不知道，这婚纱勒得我都喘不过气了，搞得我越来越紧张。”

“婚纱表示很冤枉好吗？你这是往婚纱头上扣帽子，为自己的紧张开脱呢。”

“你就笑话我吧，下次轮到你，等你跟季总结婚的时候，看你还能不能站着说话不腰痛。”

“好了好了，我不说你了还不行吗？怎么就扯我身上了？”

林兮透过镜子看苏栗马微垂着头，追问道：“你们什么时候结婚呀？婚礼要尽早办了。万一有宝宝了，穿婚纱就不好看了。”

苏栗马没想到林兮提起了这个，忙抬起头道：“我们平常都做了防护措施的。”

末了，又觉得这话露骨，见镜子的林兮笑得暧昧，苏栗马微恼：“倒是你，婚礼之后，就可以考虑要二胎了。”

林兮脸上爬过一阵羞涩。

“好了，我不说你了，你也别再打趣我。”

苏栗马这才满意地笑了笑：“成交。”

镜子里的林兮身着白色定制婚纱，头发简约地绾起发髻，洁白垂顺的头纱一泻而下。她本就身材姣好，长相出众，一袭婚纱更是将她衬托得端庄美丽。

“你今天真的很漂亮。”苏栗马望着镜子里的她，嘴角含笑，“希望你此生顺遂，一生幸福。”

林兮愣了一下，半晌才转过来，郑重其事地看着苏栗马说：“一直以来，我都很谢谢你。我觉得我这辈子最幸运的事，就是通过季总认识了你，答应我，我们一起幸福，好吗？”

苏栗马点了点头。

看到对方眼里闪烁的泪花，苏栗马不由得劝道："大小姐，你可千万别哭啊，等会儿别把妆哭花了，把你小相公都给吓跑了。"

林兮破涕为笑："还不都是你，突然这么感慨。别人出嫁，都是对着长辈哭，我差点就要对着你先哭了。"

经由林兮提醒，苏栗马才蓦然想起，先前在酒店大堂撞见了林倩倩和她母亲二人，像两只斗败的母鸡，羽翼藏收的模样格外好笑，于是便好奇地问："我在前头看到林倩倩和她妈妈了，她们似乎很郁闷的样子。"

瞧见她们这样，她很不厚道地暗爽了许久。

林兮点了点头："嗯，好像是上次被季氏踢出楼盘项目之后，回去就被我父亲教训过了。具体发生了什么我也不太清楚，反正那对母女现在也翻不出什么大浪，我父亲忙着巴结他的新女婿，怕是没工夫理睬她们了。"

林兮说话的语气略带不屑，似乎也不太满意林堂见风使舵的样子。

"那个……昕旺广场的项目，季氏将林家除名，多少也有一点我的原因。我不知道该怎么说，只能跟你说句抱歉。"苏栗马想起林兮终归也还是林家的人。

林兮摇摇头："我父亲的生意，跟我没关系，他是他，我是我。你不必为了这件事跟我道歉，也不用怕这样会影响我们之间的关系。

"我更担心，我嫁给宋振宁以后，我怕因为他们两个，我们之间会有隔阂。"

苏栗马笑了笑："那我们约法三章，谁都不要提起对方另一半生意场上的事情，他们要斗让他们自己去斗，我们有我们自己的友谊。"

林兮笑道："嗯，约好了。"

话音刚落，苏栗马握在手里的手机一声振动，打开一看，是来自季谨言的微信。她立马说道："谨言来了，我去接他。"

"看来我的担心多余了，季总那么讨厌振宁，都愿意为了你来参加婚礼，看来你这迷魂汤药效十足，季总是爬不上来了。"林兮打趣道。

收到消息，心情大好，苏栗马也没脸没皮地顺着往下接了一句：

“那是，灌得他眼里只有我，都看不到别人了。”

季谨言给苏栗马发完微信，就在门庭处下车，径直往内走。

今日他穿着一身高定西服，剪裁合适贴身，勾勒得身形越发挺拔英俊，虽然一路面无表情，却还是引来了不少目光。

只是未走几步，就在酒店大堂遇到了阻碍。

刺鼻的香水味先一步飘进他鼻尖，让他皱了皱眉，视线循着扫过去，便看到一张浓妆艳抹的脸，有些印象，却记不起来了。

“小姐，你挡路了。”季谨言淡淡地开口。

“Excuse me？季总你真是贵人多忘事，还是被打击太大伤心过度，都开始失忆了？”她自认为自己姿色过人，照理说应该不至于让男人转身就忘，但还是自我介绍，“我是茉华集团的方茉莉，我们之前还一起吃过饭呢，你忘了吗？”

季谨言回忆了一下：“好像是有这么一个人。”

除此以外，还是没什么印象。

“……”

方茉莉轻轻咳了一声，尝试挽回因为尴尬遗失的面子：“季总，怎么样，前任结婚了，新郎不是你的感受如何？”

季谨言微微皱眉，有些不耐。

这女人怎么回事，要站在这里跟他叽叽喳喳多久？

他目光不悦地越过方茉莉，蓦然瞧见，远处的长廊里，缓缓走来的苏栗马。她今天穿了身薰衣草色的小裙子，穿堂风刮过，裙摆随着她的步伐，微动。

他原本紧蹙的眉头，因为她的出现，骤然放松，嘴角也不自觉稍稍扬起。面前的女人好像还在说话，他完全没有听进去，目光定格在那抹由远及近的身影上，堪堪停住。

这个画面，在苏栗马看来就不太美好了。

她差点以为自己刚立的Flag，要当众打脸了。

刚还在林兮那儿，豪言壮语地说季谨言眼里只有她，转头就看到季谨言站在大堂跟别的女人说话，这死男人居然……还在笑?

苏栗马顿时气不打一处来。

踩着高跟鞋，像捉奸一样，直接往那边走。

直到方茉莉感觉到背后有一阵杀气靠近，也终于发现季谨言的目光是穿过她，看向她身后，她不自觉转过身，就瞧见一个陌生女人像浮游灵一样站在她背后。

方茉莉吓了一跳：“小姐，你哪位？”

苏栗马径直越过她，宣示主权一般挽起季谨言的胳膊，递给他一个“还不介绍介绍”的眼神。

季谨言：“我女朋友，也是未婚妻。”

苏栗马这才满意地点点头，暗暗决定回去给他加鸡腿。

又来一个未婚妻？方茉莉狐疑地上下打量了一下苏栗马：“带着现任未婚妻，参加前任未婚妻的婚礼？这位小姐，你也真够大度的。”

苏栗马：“我们情比金坚，我绝对相信他。”

方茉莉才不要看他们在面前秀恩爱，她一定要找点碴硌硬一下他们！蓦然想起先前季谨言怼自己的话，方茉莉打算拿出来分享分享：“这位小姐，季总口味很独特的，我看搞不好在他眼里，别人都还不如他的特助好呢，你也要有危机意识。”

特助，说的是她吗？苏栗马看看方茉莉又看看季谨言，有些恍然，难道季谨言以前在这个女人面前说过自己的什么好话?

她突然有些心花怒放。

方茉莉却沉默了，这女人好生奇怪，她好心提点，对方却好像越来越开心了?

苏栗马这才感受到对方犹疑的眼神，假意咳了一声，推了推身边的季谨言，装腔作势道：“你说，我还比不上你的小特助？”

季谨言无奈地看着她：“比得上。”

“她在你心里重要，还是我在你心里重要？”

“你重要。”

“那你喜欢她，还是喜欢我？”

“喜欢你。”

苏栗马满意地点点头，递给方茉莉一个“你看，他就是这么爱我”的无奈眼神。

“……”

方茉莉后牙槽发痒，她怎么就自讨没趣地看别人秀了一拨恩爱呢，还跟唱双簧一样，郁闷地提步就走，也忘记什么礼仪告辞之类的，仓皇而逃。

苏栗马看着方茉莉逃跑的背影，惋惜道：“怎么样？我又轻而易举地解决了一个，你心里是不是觉得很可惜？”食指戳着他胸口的位置，一想到他刚才对着那个女人笑，她就来气。

季谨言一把抓住她的手：“你做得很好。”

“是吗？我觉得你跟她相谈甚欢啊，一副笑脸盈盈的样子。”

“是看见你才笑的。”

“？”

仔细一想，刚才季谨言似乎确实是对着她走来的方向在笑，这么说是她误会了？

季谨言顿悟了什么：“你吃醋了？”

“哪有，刚才的事情你给我忘了，不许记得。”苏栗马抽回自己的手，讪讪地往来时的方向走，感觉方才这醋吃得有些丢人，只想尽快逃离现场。

季谨言低笑着，跟在她身后。

苏栗马感觉到背后那道浓烈的视线，转过身来警告道：“你再笑试试看，要尝尝小米煮粥没有肉的日子吗？”

季谨言立马收回笑意：“我没笑。”

“你刚才明明笑话我了！”

“刚才发生了什么吗？我忘了。”

"……"

这会儿已经走到化妆间门口，苏栗马见他很识时务地选择性失忆，也不再与他计较，直接推门而入。

化妆间里，在苏栗马出去这一阵，直接多了三个人，加上她和季谨言，瞬间显得有些拥挤。

阿姨抱着小外，季珵则正站在一边逗孩子，抬眸见他们走进来，不由得问道："你接个人，还能接这么久？"

季谨言方才的好心情，因为季珵，顿时烟消云散。

空气有一瞬间冻结。

苏栗马悄悄看向林兮，无声地问她："季珵怎么在这里？"

林兮讪讪地回答："季大少说要来看看他干儿子，就跑到化妆间来了。其实我也不太明白，为什么小外突然变成他干儿子了……"

季珵边笑眯眯地逗弄着孩子，边说道："那是，'玛丽苏'还是宝宝的干妈呢，我当然是干爹了。"

季谨言脸色一沉。

求生欲使苏栗马即刻反驳道："你胡说八道些什么呀，我们什么时候成了小外的干爹干妈了。你不要乱认亲戚，我跟你不熟。"

季珵："我没胡说啊，你忘啦，之前在医院门口，小外喊你妈妈，还喊我爸爸来着，他自己认的，怎么叫我乱认亲戚了？"

"……"好像是有这么一回事来着。

季谨言眸色沉沉，看向苏栗马，眼神里写满了"你最好给我好好解释清楚，否则休怪我翻脸无情"的意思。

苏栗马打了个寒噤，大脑飞速运转："小外当时还在咿呀学语呢，我记得他当时说的是……baba……"

众人的目光都落到她身上。

"ba……是第一声，我觉得当时他可能想说的是，拉粑粑？"

"……"

众人脸色各异，苏栗马只急着去瞧季谨言，见他神色微缓，才略略安心，她这算是过关了吗?

“噗！”林兮实在没忍住，笑了出来。

季珵幽怨了，转头开始拼命逗弄小外，碎碎念叨：“不，小外肯定不是这个意思。来，小外，再叫一声，爸爸！是第四声，爸爸，跟我念。”

小外只是睁着大眼睛，好奇地打量着面前的怪叔叔，不发一语。

场面一度十分滑稽。

苏栗马懒得伫在这里看这只花蝴蝶搞笑，就对林兮说：“我去外面，看看仪式场地布置得怎么样了。”

得到首肯，她又悄悄扯了扯季谨言的衣袖，轻声说：“你陪我一起。”

终于离开吵吵闹闹的化妆间，苏栗马如释重负地长吁一口气。

仪式的场地是一片无垠广袤的碧绿草坪，无边无际地铺展而去。中间用饱满欲滴的鲜花做成拱门，间隔而立，开出一条甬道，两边就是排列有序的宾客座位。

苏栗马与季谨言走入那条甬道。

四周都是馥郁的花香和青草的气味，抬头就能见到阳光洒下，照在花上，落在草上，还能见到盈润的水珠，散发着柔和的微光。

这条路上，好像洋溢着幸福的芬芳。

苏栗马走了两步，蓦然感觉到身旁那阵黏人的视线。脚步停下，她无奈地望向季谨言：“之前小外话都说不利索呢，学说话的时候小孩子总是乱说话的，你总不能因为这个就怪我……我不是立马撇清关系了吗……”

她越说声音越轻，还觉得自己有点小委屈：“你自己刚才还跟别人有说有笑的呢。”

季谨言仔细瞧着她：“我说了，我是在对你笑。”

苏栗马不由得开始翻旧账。

“那你还住在酒店里这么多年，为了等别的女孩子，我说什么了吗？”她又忍不住用手指去戳他胸口。

“我也说了不等了，等新房子装修好，我们马上就搬进去。”

“哼，说不等就不等。”大猪蹄子！她手指越戳越起劲。

季谨言倒是任凭她指间动作，半晌，莫名其妙来了一句：“因为我已经等到了。”

苏栗马戳人的手指蓦然一顿，抬眸对上他的视线。

过了好一会儿，她才反应过来，有些惊讶地问他：“你什么时候知道的？”

季谨言：“之前宋振宁找我谈判的时候。”

“他说的？”

季谨言点头。

苏栗马忽然感觉被日光晒得有些发昏，这死男人这么早就知道她就是两年前那姑娘，偏生扮猪吃老虎到现在?

想到之前，自己莫名吃的自己那顿醋，她好想掐死他!

“问你个问题，你之前看我傻兮兮地问你是不是在等两年前那个姑娘，你心里什么感觉？是不是在嘲笑我？”苏栗马背过身，“算了，你还是别回答了，我需要冷静冷静。”

走了两步，她又觉得气不过，转过来身来指责道：“你就不能早点跟我说吗？”

“你没说。”

“我没说，你就不说吗？”

“嗯，怕你脸皮薄。”

他还有理了！苏栗马气得在内心捶胸顿足。

季谨言望着她：“我只是觉得，两年前那个女生是不是你，其实都无法改变未来，哪怕另有其人，都无法改变余生我想与你走下去的想法。”

他的声音沉稳有力，像凿在了苏栗马心上。

让她沉默了半晌，才嘟嘟囔囔道：“还说你不说话呢，我看最会说话的就是你了……”

“不生气了？”

季谨言这么一问，苏栗马又觉得当时，好像都是自己脑补吃自己的醋，反而不好意思起来，讪讪地往回走。

“看得差不多了，回林兮那边吧。”

她垂着头，走得飞快。季谨言两三步跟上她，蓦然牵住她的手，与她并肩而行。

阳光透过疏密有致的花朵投下细碎的影子。

苏栗马暗自思忖着方才季谨言那番话，他是有与她共度一生的意思？其实她不该存疑，他的所有行为都已经宣告得极其明显。

或许未来有一天，她也会挽着季谨言的手，在所有人的祝福下，走过这一条不短不长的鲜花小路。

第一次有了一种难以言喻的期待。

季谨言温热的手掌被她紧紧反握住。

步调一致地走过这条路，她没由来地想到当初那份合同，其实差一点这场婚礼的主角就变成了季谨言和林兮了，心里那个好奇了许久的问题也被再次拎了出来。

“我有个问题想问你，当初你既然跟林兮签了合约，最后为什么又不去领证了呢？

“是要先确定孩子的身份吗？”

她连发两问，季谨言蓦然停下脚步，微微侧首看她。阳光从他头顶倾泻而下，让她初次看见他直达眼底的温柔，如穿堂而过的春风。

“差不多，我季谨言的配偶栏，只许丧偶，没有离异。”

“你好恐怖……那万一结婚后，感情不和，你还得弄死你配偶？”

“……”

季谨言有些自闭了。

他的意思是，此生此世，他的配偶栏只会有一个人的名字，直到自己或者她离开这个世界。可是这么肉麻的话，他无法宣之于口，只能换个方式表达，结果她怎么就想歪了?

他停在原地，万分懊恼。

原本已经走出几步的苏栗马，倏然转过身来，对他笑得眉眼弯弯，比阳光还要灿烂。

“不过，这是我这辈子听过的——最动听的情话了。”